"江南名邑古宣州"文史丛书

政协宣城市宣州区委员会◎编

唐诗宋词里的宣州

焦正达◎主编

时代出版传媒股份有限公司
安徽文艺出版社

图书在版编目（CIP）数据

唐诗宋词里的宣州/政协宣城市宣州区委员会编；焦正达主编.—合肥：安徽文艺出版社，2023.2
（"江南名邑古宣州"文史丛书）
ISBN 978-7-5396-7632-6

Ⅰ.①唐… Ⅱ.①政… ②焦… Ⅲ.①唐诗－诗歌研究②宋词－诗词研究 Ⅳ.①I207.2

中国版本图书馆CIP数据核字(2022)第239484号

出 版 人：姚 巍
责任编辑：张妍妍　姚爱云　　　　装帧设计：徐　睿
....
出版发行：安徽文艺出版社　　www.awpub.com
地　　址：合肥市翡翠路1118号　　邮政编码：230071
营 销 部：(0551)63533889
印　　制：安徽联众印刷有限公司　(0551)65661327
....
开本：710×1010　1/16　印张：16.5　字数：250千字
版次：2023年2月第1版
印次：2023年2月第1次印刷
定价：56.00元
....
（如发现印装质量问题，影响阅读，请与出版社联系调换）
版权所有，侵权必究

《唐诗宋词里的宣州》编辑委员会

编委会主任：时国金

副 主 任：汪征跃　李士慧　吴寒飞　汪海根　许亚军
　　　　　徐　明　朱跃明　孙立新　阮金平

执行主任：吴寒飞

委　　员：汤文军　马　荣　焦正达　童达清　李居白

主　　编：焦正达

关于本书中的"宣州"

在三代,宣州属古扬州地域。至吴太伯南迁,归入吴文化圈。荆楚扩张,宣州在吴、楚之间辗转反复。十二诸侯时期,宣州始有地名,吴名陵平,楚名平陵。公元前473年,越灭吴,宣州归越。公元前333年,楚"尽取故吴地";直到公元前223年,宣州一直归属楚国。楚亡后,宣州纳入大中华版图,向大中华主流文化圈融汇。

秦始皇二十六年(前221),宣州始置县,名"爰陵",县治即今市区,此后一直为郡、州、府、路治所。汉武帝元封二年(前109),更置丹阳郡,改爰陵为"宛陵",治宛陵;时丹阳郡辖地广大,有17—19县,包括整个皖南及江苏、浙江邻近地区。孙吴景帝永安(258—263)年间,置故鄣郡,治宛陵。晋武帝太康元年(280),故鄣郡更名"宣城郡",治宛陵;歙(徽)州6县析出。南朝陈(557—589)时,改宣城郡为"宣州"。隋文帝开皇元年(581),宛陵更名"宣城",州改为郡,开皇九年(589),宣城郡、宣城县同治所。

至唐时,宣城郡改为宣州(玄宗天宝元年曾一度复为郡),初辖除歙州外的皖南各县及江苏溧水、溧阳、丹阳等地,计13县,治宣城;江南西道、宣歙(饶、池)观察(节度)使、州、宣城县同治所。代宗永泰元年(765),析4县置池州。五代十国杨吴时(902—937),亦为宁国军。南唐复为宣州。北宋为宣州。宋太宗太平兴国二年(977),析3县置太平州;四年(979),析2县置广德军;宣州辖6县,治宣城。南宋孝宗乾道二年(1166),宣州升宁国府。元世祖至元十二年(1275)宁国府为宁国路,治宣城。明、清时恢复宁国府,治宣城。1912年废宁国府、存宣城县,后设行政督察专员公署,署治宣城。1949年后,宣城县先后隶属宣城专区、芜湖专区(地区)、宣城地区。1987年,宣城县撤销,成立宣州市。2001年宣城地区撤销,成立宣城市;宣州市改为宣城市宣州区。

  以上简述宣州的建制沿革,是为方便读者阅读。本丛书中的"宣州",一般都是指今"宣州区";"唐宋诗词"在这里所展示的,是宣州区的社会和文化,但在特定语境下,亦为县上之"州",读者自明。

序言

宣州，古称宛陵，自秦初置县后，为历代郡、州、路、府治所，地域辽阔、物阜民丰、文风昌盛、名人辈出，素有"江南鱼米之乡"和"上江人文之盛首宣城"的美誉。

宣州是一方文化厚重之地。自古以来，宣州因其独特的地理位置、适宜的气候条件、优越的自然环境，境内物产丰富、交通便利、商贸繁荣、人文荟萃，孕育出了具有鲜明地方特色的历史文化。这里有陈山旧石器、宣州窑、胡家涝古宣纸场等历史遗迹，有金宝圩、养贤圩、佟公坝等水利兴修典范，有广教寺、宁东寺、龙泉寺等千年古刹；有皖南花鼓戏、皖南采茶歌、"三月三游敬亭"等戏曲文化和民俗活动，有梅尧臣、梅清、梅文鼎、施闰章等宣州名人。中国历史上众多文化名人曾在这里为官或寓居，各种思想和文化曾在这里碰撞和交汇，积淀出钟灵毓秀、鸾翔凤集的深厚底蕴。

宣州是一方山清水秀之地。天宝年间曾在宣城任长史的李昭称："宣州自古为名邑上郡，星分牛斗，地控荆吴，为天下之心腹，实江南之奥壤。既有山川之胜，又兼海陆之丰。"由此可见宣州曾经的壮丽与辉煌。古老的宣州大地上，水阳江、青弋江蜿蜒曲折，百舸争流；敬亭山、柏枧山层峦绝壑，秀出云表；南漪湖、固城湖烟波浩渺，水天一色。这些山山水水宛如一幅幅秀丽的山水画卷，令人心旷神怡、如痴如醉。此外，古宣州还有句溪塔影、北楼远眺、澄江夜月、碛石吞舟、鳌峰赤壁等十处绝美景致，构筑出温润婉转、眉清目秀的动人面貌。

宣州是一方诗情画意之地。翻开唐诗宋词，宣州众多的人文胜迹，优美的自然风光，让历代迁客骚人流连忘返，更因李白、杜牧等人的大量歌咏，享有"宣城自古诗人地"的美誉。循着中国画史的发展脉络，宣州书画作为宣州文化的重要一脉被浓墨重绘。其中，以晚唐画家周昉为开端，又有宋代以画虎闻名的包贵、包鼎父子，元代花鸟画家边鲁等为后继。至明末清初，宣州涌现出以梅郎中、梅清、梅庚、高咏、半山等本籍人士为代表的画家群体，学术界称之为"宣城画派"。自此宣州书画艺术达到顶峰，影响中国画坛数百年。这些文人墨客为宣州留下了无数传世佳作和千古绝唱，展现出她笔精墨妙、文采飞扬的卓越风采。

文化是一个地方的根脉与灵魂。宣州的辉煌过去已穿过历史的河流，如何吸取精华、推陈出新，再创新的辉煌，构建折射时代光芒的宣州文化，是我们光荣而艰巨的使命。为深入挖掘和展示宣州历史文化的深厚底蕴,更好地传承和弘扬宣州文化,自2022年起,宣州区政协组织编纂"江南名邑古宣州文史"丛书。丛书以史料为基础,用通俗易懂的语言、精美绝伦的画面、生动活泼的故事,系统全面地记述宣州,真实反映宣州民风、民俗、遗迹等人文魅力,深刻阐释宣州文化的丰富内涵,是一套集历史性、普及性和可读性于一体的地方历史文化读物。

我们相信,这套丛书的出版,必将成为宣传和推介宣州的"文化名片",让更多的人感受到宣州的山水之美、人文之厚、精神之丰,进而坚定信心、增进共识、凝心聚力,进一步激发全区干部群众奋力推动经济社会高质量发展的磅礴力量!

是为序。

俞志刚

目 录

关于本书中的"宣州" / 001

序言 / 余志刚 001

一、经典宣州

为你停留 / 焦正达 003

"百代文宗"从这里扬帆 / 焦正达 023

白居易:"宣州乡贡" / 刘永红 031

杜牧时代的宣州烟雨 / 吴俊 036

灿烂流星从宣州大唐天空划过 / 刘永红 043

梅尧臣:"开山" / 焦正达 052

三人行:绍兴二十四年的科举与宣州 / 吴俊 060

二、水墨诗心

行板如歌 / 李居白 077

"问君能有几多愁" / 李居白 083

宛溪杨柳最长枝 / 石巍 090

水阳古镇的烟火与禅意 / 袁晓明 093

一江流水 / 清祺 098

三、世情烟火

　　"宣城文雅地",借此可疗伤 / 刘永红 109

　　许浑:水阳之夜 / 袁晓明 114

　　张乔诗里的信息 / 石巍 119

　　素月如梅 / 焦正达 122

　　"宛陵包虎天下无" / 童达清 125

　　程炎子的"白衣"人生 / 吴俊 130

四、宦海钩沉

　　宣州的"长卿" / 焦正达 139

　　"绿窗明月为君留" / 焦正达 143

　　叶清臣《宣城留题诗》 / 童达清 147

　　吴山:"一年荒宿敬亭岚" / 吴俊 152

　　文天祥主政宣州 / 童达清 156

　　"相见双溪风月,待人归" / 石巍 160

五、诗禅一味

　　广教寺:缘起 / 焦正达 167

　　张乔的"佛心" / 吴俊 172

"皎皎空中孤月轮" / 刘永红 177

梅尧臣："始忆高僧" / 童达清 181

六、浅吟低唱

宛溪柳 / 李居白 189

周紫芝："尊前心事人谁问" / 焦正达 193

宣州竹 / 李居白 199

"江山有恨英雄老" / 焦正达 203

风流最数宣城 / 李居白 213

七、珠光璧采

"昔观唐人诗，茶咏鸦山嘉" / 焦正达 223

梅诗：风物记 / 童达清 227

广教寺·双塔 / 张婷 236

诸葛笔誉满天下 / 李鑫 239

宣木瓜：芬芳了宋诗 / 李居白 242

后记 / 249

一、经典宣州

JINGDIAN XUANZHOU

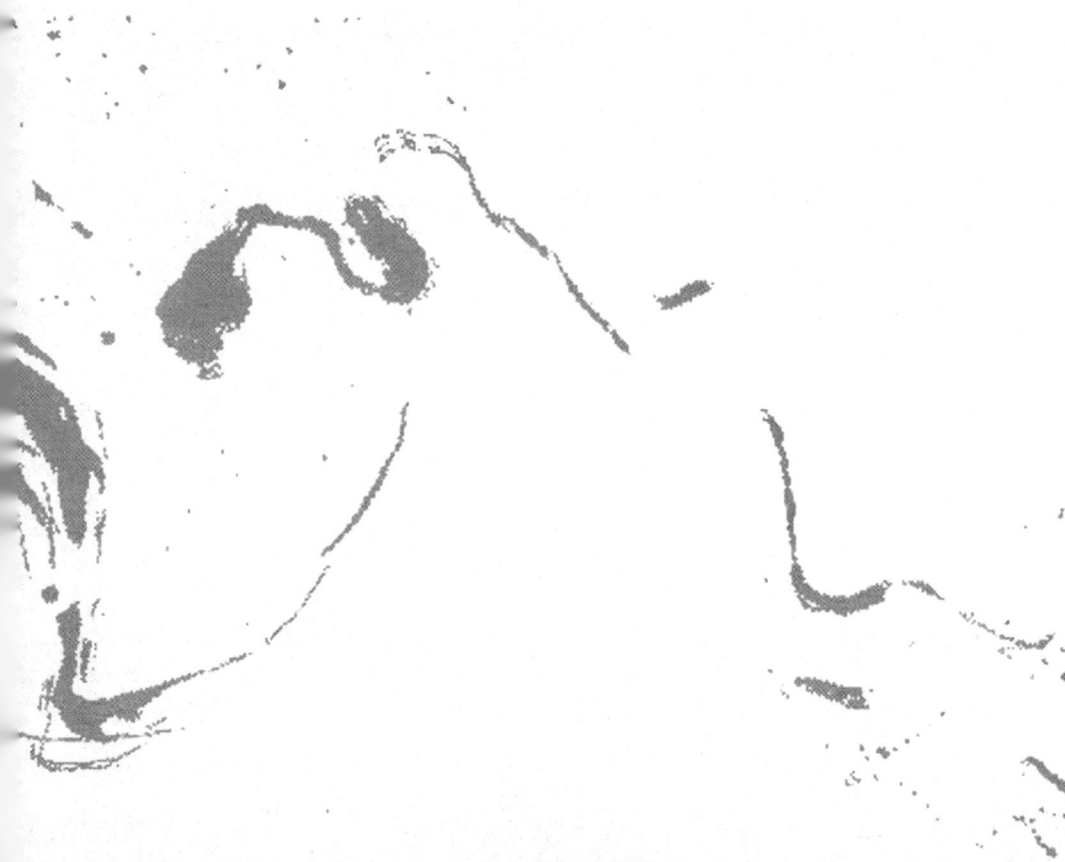

为你停留

——李白在宣州5年的诗踪

焦正达

大唐玄宗天宝十二载(753),秋风萧瑟,树叶飘零。

宣州城北,敬亭山。

52岁的大诗人李白漫然独行,山势绵延回环,仿佛张开了怀抱,拥抱着诗人内心沉重的孤独。此时,距李白离开京城长安已整整10年。流离漂泊,世态炎凉,本不足道,但"安社稷、济苍生"的壮志难酬,却令李白深深地感到悲愤和无奈。宣州的友情和风物,慰藉着李白的苍茫情怀;敬亭无语,承载着浩瀚的寂寥与孤独,与李白的心境产生了奇妙的呼应。在群鸟飞翔、云卷云舒之际,李白停下彷徨已久的脚步,凝目青山,朗声长吟道:

众鸟高飞尽,孤云独去闲。
相看两不厌,只有敬亭山。

这首诗就像是信手拈来,平实如话。这首题为《独坐敬亭山》的小诗,千载以来被推崇备至,如宋代学者顾乐在《万首唐人绝句选评》中所论"命意之高不待言,气格亦内外俱作,五绝中有数之作",成为历代习诗者必读之作、历代唐诗或李白研究者必论之作,现在仍被选入小学课本。于是,说汉语、写汉字的人,几乎都知道宣州的这座名山。

"山不在高,有仙则名。"敬亭山绝好地印证了这句话。

敬亭山之"仙",是指一代"诗仙"李白。似乎还没有哪座山像敬亭山这样,因诗和诗人而成名。

李白(701—762),字太白,号青莲居士。少年时居蜀中,读书学道。25岁出川远游,遍访名山,后来客居湖北、山东等地。41岁奉诏任翰林供奉,因"安能摧眉折腰事权贵,使我不得开心颜",他被迫离开朝廷,开始"浪迹天下,以诗酒自适"。在开封梁园,李白收到一封家书,信中写道:

> 宣州自古为名邑上郡,星分牛斗,地控荆吴,为天下之心腹,实江南之奥壤。既有山川之胜,又兼海陆之富。永嘉以后,衣冠避难,多来江左,六朝文物,萃于斯邑,至今余风犹存,虽闾巷之间,吟咏不辍……吾兄曷兴乎来!继余霞成绮之句,赋临风怀谢之章,舍兄其谁哉!

李白把目光投向江南。

宣州注定迎来了千年荣光。

"尔佐宣州郡,守官清且闲。常夸云月好,邀我敬亭山……"(《寄从弟宣州长史昭》)753年,应宣州长史李昭之邀,李白随着秋风来到宣州。多年的漂泊生涯,寄人篱下,和政治理想的破灭,使李白豪放的外表下深深地隐藏着一颗孤苦难抑的心。从弟李昭、从叔李云和太守宇文审(天宝元年,宣州曾改为宣城郡,刺史改为太守,下有长史、司马、录事参军佐官各一)、侍御史崔成甫,包括后来众多的宣州文人官员,他们的热情、真诚,让李白感到安慰、温暖。还因为宣州有谢朓,有敬亭山。

李白对谢朓感情十分特别,他曾在自己的诗中引用、点化谢诗有数十处,以至清代大诗人王士禛说他"一生低首谢宣城"。这可能存在一种相怜相惜之情。谢朓离开宣州后身陷小人堆中,两度被动卷入宫廷政变,35岁即死于监狱。"解道澄江净如练,令人长忆谢玄晖",李白扼腕叹息。亲自来到了宣州,来到了敬亭山,李白明白了谢朓心寄于此的原因。

敬亭山一如既往，展开开阔的胸怀，接纳每一个出世入世者，感受他们的心跳，倾听他们的心声，抚慰他们的心灵。

李白的情感终于找到了对应。

> 我家敬亭下，辄继谢公作。
> 相去数百年，风期宛如昨。
> 登高素秋月，下望青山郭。
> 俯视鸳鹭群，饮啄自鸣跃。
> 夫子虽蹭蹬，瑶台雪中鹤。
> 独立窥浮云，其心在寥廓。
> 时来一顾我，笑饭葵与藿。
> 世路如秋风，相逢尽萧索。
> 腰间玉具剑，意许无遗诺。
> 壮士不可轻，相期在云阁。

这是李白的长歌《游敬亭寄崔侍御》（按：唐代侍御史属台院，与殿院、监院并列为监察官，玄宗后亦为观察使佐官之加官，宣州很多诗歌都与侍御史、监察御史相关），既缅怀谢朓，也自感萧瑟，但始终志气不灭。

自此，李白在宣州题咏不断，成为宣州最珍贵的文化名片。

李白就这样停下了脚步。

这是李白为宣州的"停留"，而不是以往他在各地的"经过"。此时，李白自己可能也没有想到，他以后的人生会与这里结下如此深厚的渊源。宣州，成为李白晚年主要的身心栖息之地。

山川秀美，人文厚重，民风淳朴；经济发达，交通便利，与越州、润州同为当时江南三大中心城市，是宣歙观察使（707年设）、江南西道按察使（720年设）的治所；官员政绩颇佳，雅擅诗文，喜爱结交高人名士——

这些是李白留在宣州的外在原因,而根本原因还是他自身的遭际,以及他无处安放的孤寂灵魂——这是繁华盛唐的悲哀,这是大唐由极盛转向衰落的无奈,但这是宣州的幸运。

在宣州,畅快的游踪、豁达的精神、沉郁的心境、敏锐的诗情矛盾而又统一地交织在一起,在李白的胸中翻涌,从他的笔端喷薄而出,成就了一篇篇绝世华章。

他与宣州友人追寻谢朓遗踪,敬亭山、宛溪、句溪、清溪、响山,与友人以笔交心,率性地表达着他的情感。

佐政宣州的崔成甫同李白相识于长安,李白游历潇湘时再遇崔成甫,结为知交;后崔成甫因得罪权相李林甫而被贬金陵,与李白重逢,崔成甫曾作《赠李十二白》一诗,李白亦为他的《泽畔吟》20章作序。他乡遇故知,都是沦落人,可谓悲喜交集。崔成甫政余便做了李白的"全陪导游",李白为崔成甫赠诗不下10余首,多是长歌和名作;还有他和宇文太守等人的酬唱及游历、宴饮、赏玩等诗作,都从侧面反映了当时宣州的山水风物、生活习俗和社会面貌。

李白的《赠崔侍御》写道:"长剑一杯酒,男儿方寸心。洛阳因剧孟,访宿话胸襟。但仰山岳秀,不知江海深……"高度赞美崔成甫,然后笔锋一转,"高风摧秀木,虚弹落惊禽",最后"谁怜明月夜,肠断听秋砧";既是感叹崔成甫的遭际,其实也是对自己"木秀于林,风必摧之"的不平。

> 宛溪霜夜听猿愁,去国长为不系舟。
> 独怜一雁飞南海,却羡双溪解北流。
> 高人屡解陈蕃榻,过客难登谢朓楼。
> 此处别离同落叶,朝朝分散敬亭秋。

这首《寄崔侍御》写出了他们特定的遭遇和心情,看起来格调略显低沉,诗句虽情思哀婉,却又蕴含清新、劲直之气,耐人咀嚼品味。中间两联对仗严整,用典无痕,又富有自然流走之势,读起来气畅意达;结语为形象化的比喻，境界清空淡远，有不尽之味。全诗哀而不伤，通透蕴藉，极具审美价值。

"时游敬亭上，闲听松风眠。或弄宛溪月，虚舟信洄沿。颜公二十万，尽付酒家钱。兴发每取之，聊向醉中仙。过此无一事，静谈秋水篇。君从九卿来，水国有丰年。鱼盐满市井，布帛如云烟。"（长歌《赠宣城宇文太守兼呈崔侍御》）从这首诗中可以得知，当时的宣州市井繁华，商贸发达。

"敬亭一回首，目尽天南端……下视宇宙间，四溟皆波澜……"（《登敬亭山南望怀古赠窦主簿》），俯瞰宇宙，四海波澜，是何等地开阔壮美！

"合沓牵数峰，奔地镇平楚。中间最高顶，仿佛接天语。"（《独坐敬亭山》之二），这是神驰平野，心聆天语。

"背风振六翮，对舞临山阁。顾我如有情，长鸣似相托。何当驾此物，与尔腾寥廓。"（《宣城长史弟昭赠余琴溪中双舞鹤诗以见志》）托物言志，豪气干云。

"何意苍梧云，飘然忽相会？才将圣不偶，命与时俱背。独立山海间，空老圣明代。知音不易得，抚剑增感慨。当结九万期，中途莫先退。"（《赠从弟宣州长史昭》）他说，我这个飘然如苍梧浮云的人，在这里与你相会。才高而不得明主任用，命运与时势都不顺利。独立于山海、村野之间，竟然在圣明时代白白老去。难得有你这样的知音，令我抚剑感慨万分。我们都应矢志不移，定下九万年之约，谁也不得中途退却——无论处于什么样的困境，李白从来都不曾颓丧。

宣州南郊有好水，名"清溪"，清溪与宛溪交汇处有潭，潭水深不可测，行舟其上，水声回应作响，故名"响潭"。潭边有座葫芦形小山，因潭名而为"响山"，响山上有严子陵古钓台遗址。宛溪经响山、鳌峰自城东向北流，与句溪合流入水阳江，绕敬亭山而下，最后注入浩浩长江。而清溪至敬亭山一线的山水，就是一条诗画长廊，这条长廊，最初就是由李白的诗歌造就的。

《宣城清溪》:"青溪胜桐庐,水木有佳色。山貌日高古,石容天倾侧……"

《宣州九日闻崔四侍御与宇文太守游敬亭,余时登响山,不同此赏,醉后寄崔侍御》(长歌,二首):"九日茱萸熟,插鬓伤早白。登高望山海,满目悲古昔。远访投沙人,因为逃名客。故交竟谁在,独有崔亭伯……""九卿天上落,五马道旁来。列戟朱门晓,褰帏碧嶂开。登高望远海,召客得英才……"

李白在响山诗意高涨,作诗多篇。《九日登山》(长歌,一作《登响山》):"古来登高人,今复几人在?沧洲违宿诺,明日犹可待。连山似惊波,合沓出溟海……"《九日》:"地远松石古,风扬弦管清。窥觞照欢颜,独笑还自倾。落帽醉山月,空歌怀友生。"

《题宛溪馆》:"吾怜宛溪好,百尺照心明……"水深百尺,水色清明,临水照心,水清心明。

《过崔八丈水亭》:"高阁横秀气,清幽并在君。檐飞宛溪水,窗落敬亭云。猿啸风中断,渔歌月里闻。闲随白鸥去,沙上自为群。"南宋诗论家严羽曾评此诗:"前两句,摄语意俱尽。取境甚夷,不求高,亦不堕下一格,此政太白以浅近胜人处。"

《送友人》:"青山横北郭,白水绕东城。此地一为别,孤蓬万里征。浮云游子意,落日故人情。挥手自兹去,萧萧班马鸣。"青山、流水、红日、白云,相互映衬;孤蓬随风,班马长鸣,有声有色,气韵生动,自然美与人情美完美交融。朱谏《李诗选注》评曰:"句法清新,出于天授。"此后,这条汇入宛溪的小河上的这座小桥,就叫"别士桥"。

《谢公亭》:"谢亭离别处,风景每生愁。客散青天月,山空碧水流。池花春映日,窗竹夜鸣秋。今古一相接,长歌怀旧游。"宣州北郭宛、句二水合流处有一亭,为昔年谢朓送好友范云赴零陵之地,"黯然销魂者,唯别而已",青天、明月、空山、碧水,开阔而又寂寞;春花映日、自开自落,秋竹夜鸣、清凉寂寞;在缅怀遐想中,仿佛再见古人的风貌,又与谢朓产生了精神上的共鸣。

李白青年时代曾"修道",同时也喜欢结交僧人。他来宣州写的第一首诗,就赠给敬亭山僧会公(长歌《自梁园至敬亭山见会公,谈陵阳山水兼期同游,因有此赠》):"我随秋风来,瑶草恐衰歇……开堂振白拂,高论横青云。雪山扫粉壁,墨客多新文。为余话幽栖,且述陵阳美……"李白笔下的会公,手挥拂尘,高谈阔论;墙上画着山水,朋友写着诗文,商讨幽美的隐居之地,实在是"不羁才子"的形象。

灵源寺僧仲濬是李白的老乡,雅擅抚琴,李白赞他"风韵逸江左,文章动海隅。观心同水月,解领得明珠"(《赠宣州灵源寺仲濬公》),他也是个文人雅士。"蜀僧抱绿绮,西下峨眉峰。为我一挥手,如听万壑松。客心洗流水,余响入霜钟。不觉碧山暮,秋云暗几重。"(《听蜀僧濬弹琴》)这位来自峨眉的僧人,抱着名琴绿绮,随手一挥,美妙的乐音从指尖流淌而出,仿佛山谷的风吹拂着青松,令人陶醉,心灵瞬间获得平静,如被流水洗涤。悠扬的琴声和着薄暮的钟声,不知不觉间,青山已被暮色笼罩,重重叠叠的秋云布满天空。诗句戛然而止,意境未绝,美妙的琴音却不绝于耳。

的确,宣州的著名僧人,不仅是佛法精湛的高士,还是文采飞扬的诗人。当时来宣州参佛、修行、说法的僧人很多,李白与他们谈禅论诗,结下很深的情谊。其中就有宣州属县南陵的僧人通禅师,待通禅师离去,李白作诗惜别:"我闻隐静寺,山水多奇踪……他日南陵下,相期谷口逢。"(《送通禅师还南陵隐静寺》)期待他日再见,后来李白果然去了南陵。这时期,李白还写有《寻山僧不遇》《别山僧》等交游"方外"之作。

身为天下名士,"安能摧眉折腰事权贵"的李白,对布衣侠士、寻常百姓却能折节相交。宣州城北敬亭山下的纪氏酒坊,亦是李白日常流连之所,酒坊主人纪叟也成了李白的朋友。

在宣州的岁月快乐、悠闲、无拘无束,极大地释放了李白心中郁结的情绪,但终究无法完全排解他内心深处的寂寥与悲怆。他实在是敏感而矛盾的，会因一些外在景象心静如水，也时时会因人、因事、因物而引发身世之感，以及对国事、时局的感慨和愁思，忧国忧民的大悲悯情怀始终是他精神最光明的部分。

"白鹭下秋水，孤飞如坠霜。心闲且未去，独立沙洲傍。"他见到一只白鹭鸶，从空中潜入秋水之中，像白霜一般洁白，秋水泛起白色微波，秋日的天空上白云悠悠飘动。静静地看着这一切，寂寞、清冷的感觉轻轻生起，心灵也一时放空，这种意境不觉凄凉，反而觉出了一种清淡之美。

"观鱼碧潭上，木落潭水清。日暮紫鳞跃，圆波处处生。凉烟浮竹尽，秋月照沙明。何必沧浪去，兹焉可濯缨。"李白在作《观鱼潭》之时，他的洒脱不羁的气质、傲视独立的人格、易于触动而又易爆发的强烈情感无比鲜明地展现了出来。

"胡人吹玉笛，一半是秦声。十月吴山晓，梅花落敬亭。愁闻出塞曲，泪满逐臣缨。却望长安道，空怀恋主情。"（《观胡人吹笛》）与宇文太守、崔侍御等人观胡人吹笛，令他忆起"胡人"安禄山的骄横跋扈，对国家前途产生无尽忧虑，却只能空怀一腔热血，而报国无门。

尽管精神上承受着重压，但始终未曾放弃心中的理想；尽管忧愤苦闷，愁绪满怀，但始终未曾消解豪迈雄放的气概，这一点在李白饯别李云之时体现得淋漓尽致。李云，又名李华，擅长文赋，进士及第，曾任秘书省校书郎，天宝十一载（752）任监察御史，为官清正不阿。新旧《唐书》均有《李华传》，但不见其任职宣州的记载。李白在宣州认他为族叔，这也是古人风习。李云离开宣州，李白为他饯行，作《饯校书叔云》："少年费白日，歌笑矜朱颜。不知忽已老，喜见春风还。惜别且为欢，裴回桃李间。看花饮美酒，听鸟临晴山。向晚竹林寂，无人空闭关。"而后宣州官员聚饮于谢朓楼，送别李云，李白席上更作《宣州谢朓楼饯别校书叔云》：

弃我去者昨日之日不可留，
乱我心者今日之日多烦忧。

> 长风万里送秋雁,对此可以酣高楼。
> 蓬莱文章建安骨,中间小谢又清发。
> 俱怀逸兴壮思飞,欲上青天揽明月。
> 抽刀断水水更流,举酒消愁愁更愁。
> 人生在世不称意,明朝散发弄扁舟。

前者可以说是真正的饯别诗,而后者则全然是"借他人酒杯,浇自己块垒"了。这首长歌感怀身世,思绪瞬息变幻,波澜迭起;章句腾挪跌宕,起落无迹,奔放自然;气势慷慨豪迈,大开大阖,壮思欲飞;墨迹未干,便已传诵海内,成为中国古典诗歌中的经典名篇。

天宝十三载(754)春,李白游金陵;秋天,他回到宣州。

一个晴朗的傍晚,李白独自移步谢朓楼。登高望远,风景如画,东边的句溪、宛溪静静流淌,两水环抱,其间一泊清澈的湖水泛出晶莹的光,有如明镜。两座长长的桥梁横跨于溪上,倒映在透明的水中,夕光照耀下,桥影幻映出璀璨奇异的色彩,美如天上的彩虹。远处静寂的原野上,缕缕炊烟飘起。丛林间,橘柚凋零,梧桐青黄,一派苍凉景象,正是秋光渐老之时。

> 江城如画里,山晚望晴空。
> 两水夹明镜,双桥落彩虹。
> 人烟寒橘柚,秋色老梧桐。
> 谁念北楼上,临风怀谢公。
>
> ——《秋登宣城谢朓北楼》

李白完全沉浸在他的思绪里,他的观察深刻而细致,下笔迅疾而精准,他抓住了刹那间的感受,用极其凝练的形象语言,在看似随意的点染中,高度概括了一幅秋日图景和深深弥漫在这个季节、物象中的气韵;他不仅写出了秋景,也写出了秋意。面对着谢朓当年吟赏的山川,李白在缅怀中感受到他们精神上的遥遥相接。而现实中人的境遇、家国的命运,使他更增苦闷,彷徨而又孤独,孤独而又渺茫,那样复杂微妙的情怀,又有谁能真正理解? 这首著名的五言律诗,写的正是李白的这种心境。

不同的心境赋予相同景物不同的感情色彩,这次重游宣州,李白的笔下又是另一番意味。还是崔八丈水亭,挚友崔成甫奉命离开宣州,将往金陵,李白依依送别崔氏兄弟,"秋风渡江来,吹落山上月","扁舟敬亭下,五两先飘扬。峡石入水花,碧流日更长。"(《送崔氏昆季之金陵》,一作《秋夜崔八丈水亭送别》)没有了之前的明朗,而多了不尽的惆怅。

再行清溪,李白写道:"清溪清我心,水色异诸水。借问新安江,见底何如此? 人行明镜中,鸟度屏风里。向晚猩猩啼,空悲远游子。"(《清溪行》)此时,李白不再注重写景状物,而更多的是表达他的主观感受,营造出一种悲凉清寂的境界。一个"空"字,道出了沉重的漂泊感,不仅是身体上的,还有精神上的。离开繁华而混乱的长安,来到这清澈见底的清溪畔,固然感到"清我心",但他敏锐地感受到即将来临的家国巨变。虽然他怀有济世之心和报国之志,却只能避世远游,他被一种深深的无能为力的感觉笼罩,内心郁闷、落寞,而又孤寂。

这一年秋尽,李白自宣州城抵达宣州属县南陵,再到属县秋浦,游秋浦河、登九华山,然后到了黄山。

天宝十四载(755)春,李白又到浙江青田茅山,访问在此云游的老友元丹丘。夏,经横江去宣州属县当涂,再应宣城县令崔钦之邀回到宣州。

"尔有鸟迹书,相招琴溪饮。手迹尺素中,如天落云锦……"(《酬崔十五见招》)李白原在华山脚下与崔钦相识,天宝十四载至十五载,崔钦任宣城县令,其人有干吏之材,擅长书法,李白称他"令德之后,良材间生"。收到崔钦的书信,李白回诗作答,表达了他对崔县令才华的赞赏和书法的喜爱,以及对崔钦殷勤相邀的谢忱和对友情的珍视。

这时,宣城太守宇文审已离开宣州。接任者赵悦,年已七旬,是李白

一、经典宣州

旧日的忘年交。故友相见,分外亲切,郡、县新的官员都对李白深加接纳。主宾之间,诗酒流连,一时其乐融融。录事参军吴镇造像,求李白赐书,李白作《宣城吴录事画赞》:

大名之家,昭彰日月。生此髦士,风霜秀骨。图真像贤,传容写发。束带岳立,如朝天阙。岩岩兮谓四方之削成,澹澹兮申五湖之澄明。武库肃穆,辞峰峥嵘。大辩若讷,大音希声。默然不语,终为国桢。

李白就是李白,即便是应酬的诗文,也能写得超凡脱俗。客套赞语之外,还巧妙地借用老子的哲语,点明画像"默然不语"的特点和"终为国桢"的条件,使赞文多了一层寓意。

类似的还有《赵公西候新亭颂》(并长序)。赵悦在城南鳌峰新建一亭,官员政余来此休闲,百姓亦来赏景游玩,可谓"官民同乐"。李白形容:"如鳌背突兀于太清,如鹏翼开张而欲行";也赞美赵太守:"瞻而思之,罔敢大语。赵公来翔,有礼有章。煌煌锵锵,如文翁之堂。"

国家的形势越来越糟,而当政者毫无警觉,日益歌舞升平。李白虽受到赵悦等官员的优礼,但闲散之余,忧心国事之心不曾稍减,他仍希求有朝一日能伸展志愿,作鹏鲲飞举。因此,李白作长歌《赠宣城赵太守悦》:

赵得宝符盛,山河功业存。
三千堂上客,出入拥平原。
六国扬清风,英声何喧喧。
大贤茂远业,虎竹光南藩。
错落千丈松,虬龙盘古根。
枝下无俗草,所植唯兰荪。
忆在南阳时,始承国士恩。

公为柱下史,脱绣归田园。
伊昔簪白笔,幽都逐游魂。
持斧冠三军,霜清天北门。
差池宰两邑,鹗立重飞翻。
焚香入兰台,起草多芳言。
夔龙一顾重,矫翼凌翔鹓。
赤县扬雷声,强项闻至尊。
惊飙颓秀木,迹屈道弥敦。
出牧历三郡,所居猛兽奔。
迁人同卫鹤,谬上懿公轩。
自笑东郭履,侧惭狐白温。
闲吟步竹石,精义忘朝昏。
憔悴成丑士,风云何足论?
猕猴骑土牛,羸马夹双辕。
愿借羲皇景,为人照覆盆。
溟海不振荡,何由纵鹏鲲。
所期玄津白,倜傥假腾鶱。

　　曾国藩在《求阙斋读书录》中评说:"首十二句叙赵世胄之盛,'忆在南阳'二十句,叙昔相见之早,并颂太守之贤。'迁人'十六句谢赵款接之厚,仍冀其汲引也。"

　　这首诗结构严谨、内容深刻、清新飘逸、想象丰富,是李白五言诗中的名篇。李白赞颂了赵悦刚正不阿的人格,感慨他对自己的照拂,自嘲困顿的处境,空怀报国之志而难以实现;同时,也表达出他希冀得到赏识,为国家建功立业的志向。在诗中,李白将大鹏作为抒发壮伟气概、表现巨大抱负的载体,他希望能像大鹏一样扶摇直上,搏击云天,去实现远大理想。同时,大鹏形象也是李白自由精神的化身,无论顺境逆境,大鹏那种任天而飞、旷达豪迈、傲岸自信的性格,贯穿着李白的一生。

李白忧心的事终于发生了。当年末,安禄山于范阳起兵叛唐,"安史之乱"爆发。

当时,李白游秋浦、泾县刚返回宣州。他的爱子伯禽尚留在东鲁,李白非常担忧。李白的崇拜者、门人武谔前来探望、保护他,闻知情由,自告奋勇去接伯禽,李白非常感动,作《赠武十七谔(并序)》赠之。

"乃是要离客,西来欲报恩。笑开燕匕首,拂拭竟无言。"武谔就是要离那样的侠客,闻乱发后西来报恩;擦拭如荆轲刺秦的匕首,尽在不言中。"林回弃白璧,千里阻同奔。君为我致之,轻赍涉淮原。精诚合天道,不愧远游魂。"古人林回甘弃珍贵之白璧,携幼儿千里逃难;而今你为救我的儿子,轻装涉险淮海平原,如此天道精诚,不愧是孤身远游的豪侠英雄。一个重然诺、轻生死的侠客形象跃然纸上。

随即李白也离开宣州,前往宋城迎接夫人宗氏南下。

天宝十五载(756)岁初,李白与夫人抵达宣州属县当涂。这时洛阳失陷,安禄山在洛阳自称大燕皇帝,中原板荡,李白再到宣州,准备避难剡中,留长诗《经乱后将避地剡中留赠崔宣城》:

> 双鹅飞洛阳,五马渡江徼。
> 何意上东门,胡雏更长啸。
> 中原走豺虎,烈火焚宗庙。
> 太白昼经天,颓阳掩余照。
> 王城皆荡覆,世路成奔峭。
> 四海望长安,颦眉寡西笑。
> 苍生疑落叶,白骨空相吊。
> 连兵似雪山,破敌谁能料?
> ……

李白先以三个历史典故表明了安禄山叛乱前的种种迹象,事情的发展果然如此,不久,安禄山的叛军便如虎狼践踏中原大地,使夕阳也收敛了它的余晖。战乱中的百姓尸横遍野,生命像落叶那样轻微渺小。面对战火兵燹,朝廷一时毫无抵抗之力。而李白对时局、对民生、对社稷的关心和担忧也寓于字里行间。

……(续前)
我垂北溟翼,且学南山豹。
崔子贤主人,欢娱每相召。
胡床紫玉笛,却坐青云叫。
杨花满州城,置酒同临眺。
忽思剡溪去,水石远清妙。
雪尽天地明,风开湖山貌。
闲为洛生咏,醉发吴越调。
赤霞动金光,日足森海峤。
独散万古意,闲垂一溪钓。
猿近天上啼,人移月边棹。
无以墨绶苦,来求丹砂要。
华发长折腰,将贻陶公诮。

在不断恶化的时局中,素以济天下、救苍生为自任的李白看不到实现抱负的途径,他的心情矛盾而复杂。"我垂北溟翼",表现了他的雄心壮志;"且学南山豹",反映了他在现实面前只能"以屈求伸",也就是积聚力量、修养品行,以求时机到来时能有所为。接下去,李白又以轻快的笔调,记叙了与崔钦在宣州的愉快交往,劝他与自己一起隐居修道。全诗前半部分沉着悲愤,饱蘸血泪;后半部分轻松明快,满含情谊。整篇诗作看似很不协调,内容风格反差明显,但过渡自然,结合巧妙,全从题意行文出发,是一篇情深意切的临别赠言。

随后,李白到宣州属县溧阳,与"草圣"张旭相遇,留诗《猛虎行》,再经杭州抵越中。

六月,玄宗逃往蜀中,途经马嵬坡,军士哗变,杀杨国忠,赐死杨贵妃。七月十二日,太子李亨于灵武即位,当年即改元至德,遥尊玄宗为太上皇,一时"二皇并存"。玄宗逃至汉中,命李亨为天下兵马大元帅,以永王李璘为山南东路、岭南、黔中、江南西路四道节度使,江陵郡大都督。九月十七日,肃宗李亨命广平王李豫、名将郭子仪为正副元帅,出兵征讨叛军。

李白听到郭子仪、李光弼在河北大胜的消息,又返金陵。得知玄宗入蜀,又向西行,至庐山暂居。

当时富庶的南方未遭兵燹,江淮租赋尽积于江陵。永王手握四道重兵,辖地数千里,便图谋占据金陵,保有江东,伺机而动。十一月,肃宗令永王归蜀,永王不听。因李白名扬天下,永王为壮声势,数次礼聘李白。几经犹豫,李白终于决定入永王幕府。

"……问我将何事,湍波历几重。貂裘非季子,鹤氅似王恭。谬忝燕台召,而陪郭隗踪。水流知入海,云去或从龙。树绕芦洲月,山鸣鹊镇钟。还期如可访,台岭荫长松。"

崔钦问李白:你历尽风波险阻,到底想去干什么?李白答:我已接受永王征召,要像郭隗辅佐燕昭王那样,去帮助他建立功业。江水奔流,滔滔入海;风云激荡,巨龙飞腾。我这一去如能得偿所愿,功成身退,我们再于山间松荫下重逢。在这首《江上答崔宣城》中,可知李白对永王抱有很大期望,也表明了自己视富贵如浮云、功成身退的想法。

入世、出世,这两种情绪搅扰着李白的一生:报国无门,退隐不甘。其实,李白未必有经天纬地、经世致用之雄才,他的遭际对他个人来说是不幸的,却是中国文化之大幸。大唐因此少了一个官吏,却多了一位最伟大的诗人。没有李白的盛唐,就像华美高贵的皇冠上缺了一颗最璀璨的明珠。

但此时的李白并不知,这个决定将给他带来灾难性的后果。

至德二载(757)正月,永王引兵东出(永王实际出兵日为至德元年十二月二十五日)。二月,永王与唐军战于丹阳,兵败被诛。李白被捕入浔阳狱。

夫人宗氏、妻弟宗璟为救李白而四处奔走。江南宣慰使崔涣、御史中丞宋若思也极力营救李白,使李白暂时获释。是年,宋若思出任宣城太守、江南西道采访使,领兵三千赴河南,辟李白为军幕参谋,掌军中文书事务。九月,李白卧病宿松。因仍未脱罪,且面临"世人皆欲杀"之困境,李白曾两次赠诗宰相张镐求救;后得郭子仪之助,从轻发落,判流放夜郎。

乾元元年(758)四月,李白自浔阳出发,经江夏、岳州、江陵,冬入三峡。

乾元二年(759)三月,李白至白帝城遇赦,经南平、江陵至江夏,羁留到冬。再游洞庭湖,又至零陵,游潇湘。

上元元年(760)春,李白由洞庭湖返江夏。秋至浔阳,再登庐山,决意游仙学道以度余年。冬至建昌,岁末至豫章。

肃宗上元二年(761)春,李白沿长江东下金陵。流落此地,生活窘迫,靠人接济为生。是时季广琛为宣州刺史,充浙江西道节度使。季广琛本也参与永王叛乱,却又暗中归顺了朝廷,但他也因此与李白结下了一段渊源。

夏,李白回到宣州,他依然受到了热烈的欢迎。饮宴、游览似乎同以前一样,参与平定"刘展之乱"的节度副使刘将军还赠予李白名驹紫骝马。

而在市井坊间,在宣州百姓眼里,李白还是初见时的李白。8年前,他们见证的一段君子之交,后来传为千古佳话。

纪叟酒坊内,李白手持酒杯,与一位老人会心一笑。

"但得酒中趣,莫为醒者传。"宣州出产优质稻米,水流清澈,非常适宜酿酒,南朝之后酿酒之风大盛。李白漫游天下,畅饮天下美酒,他的诗名也和"酒中仙"之名一样显赫。753年,在的宣州,李白第一次与纪叟"老春"相遇。从此,老春酒跻身中国历史文化名酒之列。

在纪叟眼里,李白令人炫目的身份并不重要;但是,这是个爱酒、懂酒、尊重酒的人。爱酒的人数不胜数,懂酒的也大有人在,而爱酒、懂酒、尊重酒的人,却难能可贵。李白就是这样的人。他与一个普通的酿酒匠人做了朋友,纪叟引李白为酒中知音,向他捧出自己最好的酒。老春酒使李白诗情蓬勃燃烧,化作一首首传世佳作。

而今,李白再去敬亭山下寻访纪叟,老人已经作古。面对纪叟去世前特意留给自己的美酒,李白留下了几行简洁素朴、深切沉痛的文字:

纪叟黄泉里,还应酿老春。
夜台无李白,沽酒与何人?

——《哭宣城善酿纪叟》

纪叟和他的老春酒,被永远定格在经典之中。

李白在宣州度过了夏天,其间再游泾县。秋,李光弼讨伐史朝义,李白又请缨赴临淮投其军幕,因旧病复发,半道还,留居金陵。入冬,李白再回宣州。

处江湖之远、嫌疑之境,屡起退隐修道之意,却始终未敢忘忧国,李白实在是个矛盾的人。刘副使赴京述职,众人欢送,"斗酒满四筵,歌啸宛溪湄",李白以诗作别:"君即刘越石,雄豪冠当时……千金市骏马,万里逐王师。结交楼烦将,侍从羽林儿。统兵捍吴越,豺虎不敢窥。大勋竟莫叙,已过秋风吹……"(长歌《宣城送刘副使入秦》)他盛赞刘节度副使像刘琨一样雄豪,统兵捍卫江东之地,虎狼般的叛军也不敢东窥;但他立下大勋绩而无嘉奖,功劳如被秋风吹过。这是李白对朝廷赏罚不公的批判,可能也蕴含着对自身遭遇的感叹,也未尝没有对将领们保家卫国之期望。

"秉钺有季公,凛然负英姿。寄深且戎幕,望重必台司……"手握兵权、英姿勃勃的季广琛节度使对你寄予厚望,将来你必成为栋梁之臣。"贵贱交不易,恐伤中园葵……此别又千里,秦吴渺天涯。月明关山苦,水剧陇头悲。借问几时还,春风入黄池。无令长相忆,折断绿杨枝"表达了李白对刘副使依依惜别、期盼再见的真挚感情。

不久,李白去南陵,宿五松山;至当涂卧病,寄宿于当涂县令李阳冰处。

代宗宝应元年(762)春三月,李白最后回归宣州。

他凭吊布衣之友蒋华,作《宣城哭蒋征君华》:"敬亭埋玉树,知是蒋征君。安得相如草,空余封禅文。池台空有月,辞赋旧凌云。独挂延陵剑,千秋在古坟。"他称这位宣州友人为知音,用司马相如和延陵季子的典故来表达他对友人去世的深切悼念之情。然后,身心俱疲的李白再登敬亭山。

敬亭山风景依然,而物是人非;不到十年间,天下大变,桑田沧海。一块奇石上,当年的题字已被镌刻。昔年李白游山,偶见一块奇石,下有云雾升腾,仿佛弥漫山间的烟云从这片巨石下飘出,于是他题下"云根"二字。曾经独坐冥思之处,心灵漫游于无极时空的奇妙感觉,尚可留待回味。而放眼俱见,那漫山遍野开遍的姹紫嫣红,就是敬亭山最美的杜鹃花。

蜀国曾闻子规鸟,宣城还见杜鹃花。
一叫一回肠一断,三春三月忆三巴。

在李白的家乡四川,流传着一个古老的传说。先秦时期,蜀国有一个国王叫杜宇,号望帝,他爱护百姓,深得民心。后来失国身死,魂魄化作杜鹃鸟。杜鹃鸟不舍离开故土,徘徊翻飞,它啼出的血变成了杜鹃花,"望帝春心托杜鹃";它的哀鸣好像在说"不如归去,不如归去",如唤游子归来,故又名"子规(归)鸟"。

《宣城见杜鹃花》描写了敬亭山美丽的杜鹃花,勾起李白无尽的乡思。

"不如归去",可是,何处是归途?

又是深秋的季节,李白到当涂依附从叔李阳冰,病况日下,自知无望,他将平生所著托付给李阳冰,留诗《献从叔当涂宰阳冰》。而李阳冰退隐在即,欲走却无路,仍将李白诗文辑成《草堂集》十卷,并为之作序,称李白"千载独步,唯公一人","唯公文章,横被六合,可谓力敌造化欤"。

宝应元年(762)十一月,李白病逝于宣州属县当涂。

但人们更愿意相信那个传说:李白醉酒于采石矶,扑入江中捉月,骑鲸羽化而去。的确,这似乎更符合"诗仙"李白浪漫传奇的诗意人生。

临终之际,李白作《临路歌》:"大鹏飞兮振八裔,中天摧兮力不济。余风激兮万世,游扶桑兮挂石袂。后人得之传此,仲尼亡兮谁为出涕。"无限苍凉,慷慨悲壮,千秋万世之下,仍令人膜拜仰视。

李白的诗歌在宣州落下帷幕,中国历史上的"盛唐气象"也就此落幕。

李白的晚年无疑是失意的,但他绝没有失志。李白性情率真,才高千古,交游天下,具有极强的人格魅力和感染力。李白在宣州,不仅与地方官员交好,还结识了三教九流人士,对他们真诚以待;而宣州无论官绅士民,无不对李白敬仰而又倍感亲切,陪他游览山川、寻幽探秘、饮酒会友、论道谈禅等,使他身有所寄,有宾至如归之感。而李白豪迈豁达、超凡脱俗的精神气质,在秀丽神奇的宣州大地上留下了深深的印记,垂万世而不朽,成为宣州永远的骄傲。故此,李白与宣州,可谓相得益彰。李白生命的最后9年,除短期出游和投军、流放之外,有近5年的时间,都是在以古城宣州为中心的地方度过的。李白把这里当作他的另一个家,他的心灵最后的皈依之地。

宣州，是李白浪漫传奇人生之旅的最后一站。

李白在宣州创作的诗歌，仅传世佳作就有 60 余篇，占《李太白集》近 8% 的篇幅；若加上宣州属县，则不下 100 篇。这些作品充满昂扬的激情、奇瑰的想象，生命力与创造力洋溢喷薄，铮铮风骨和雄健脉搏至今犹存。正是："笔落惊风雨，诗成泣鬼神。"中国古典诗歌，空前绝后者，李白一人。

是宣州，成就了一个完整的、属于全世界的伟大诗人。

"百代文宗"从这里扬帆

焦正达

"书山有路勤为径,学海无涯苦作舟。"

昔日敬亭山昌黎祠中这副对联,千百年来成为莘莘学子无上的励志格言。

韩愈(768—824),字退之,世称"韩昌黎"。他不仅是著名的文学家、"唐宋八大家"之首,还是著名的思想家、教育家,在中国文化史上有着重要的地位。

"安史之乱"中,中原和北方的士大夫纷纷到相对稳定的江南避难,对唐代文化,尤其对江南文化,产生了广泛而深远的影响。战后,仍不断有士大夫在江南置办产业,以备不时之需。当时的宣州区域广大,包括皖南大部(宣歙观察使辖整个皖南)及江苏溧阳、溧水、丹阳、高淳大部分地区,物产丰饶,人口繁盛,百业兴旺,是置业的重要所选之地。韩愈的父亲韩仲卿曾任邻近宣州的饶州鄱阳令,二叔韩少卿曾任宣州当涂县丞,三叔韩云卿曾任宣州广德令,四叔韩绅卿曾任距宣州不远的扬州高邮县尉,故韩氏在宣州敬亭山麓顾村置办起田产别业,暂由韩愈长兄韩会管理。事实证明,他们的做法十分明智。

韩愈3岁丧父,由长兄韩会抚育。大历九年(774)韩会入仕,大历十二年(777)贬官至广东,9岁的韩愈随兄嫂到岭南。韩愈12岁时长兄病逝,他随长嫂郑氏回到河南老家,生计艰难。建中二年(781),韩愈又依附郑氏"就食江南",来到敬亭山韩氏家族的别业。

韩会也是一个古文家,比韩愈大30岁,闲时曾亲自教导弟弟。韩愈7岁启蒙,13岁已能写出诗文。但此前颠沛流离,并没有接受系统的教育,甚至还没有"官名"。在宣州别业安顿下来,郑氏考虑让韩愈和继子读书。韩会无子,过继了二弟韩介的儿子韩老成,韩老成在家族排行十二,比韩愈小2岁。郑氏首先想给韩愈起个官名,她说:你哥哥们的名字都是人字作头,意思是要做人群之首;"会"是聚集,"介"是耿直,你的名字也应当参照兄长。韩愈说:我就叫"愈"吧。郑氏问:为什么?韩愈说:"愈",就是更胜,我长大后要做一番大事,更胜过前人。郑氏拍手叫绝。

当时,古文名家梁肃正在江南游学,郑氏久闻大名,就设法为韩愈求师,韩愈正式拜入梁肃门下。

梁肃(753—793),字宽中,安定人,学问渊博,尤擅古文。《旧唐书·韩愈传》说:"大历、贞元之间,文字多尚古学,效扬雄、董仲舒之述作,而独孤及、梁肃最称渊奥,儒林推重。愈从其徒游,锐意钻仰,欲自振于一代";韩愈自己也说:"值中原之有事兮,将就食于江之南。始专专于讲习兮,非古训为无所用其心。"(《复志赋》)从13岁到19岁,韩愈在宣州开始了"三更灯火五更鸡"的读书生涯。他在别业写下那副对联,告诫自己"业精于勤荒于嬉,行成于思毁于随";刻苦钻研学问,"口不绝吟于六艺之文,手不停披于百家之编","沉浸酿郁,含英咀华",奠定了他一生的学业根基。"少始知学,勇于敢为;长通于方,左右具宜"(《进学解》),终于青出于蓝而胜于蓝。

天时,地利,人和。"百代文宗",始成于宣州。

韩愈存世最早的3篇文章《通解》《鄠人对》《择言解》,都是在宣州学习期间的成果。据专家推断,这3篇文章是他17岁前的作品,南宋樊汝霖在《五百家注音辩昌黎先生文集》(《四库全书本》)中说,因是少作,文未老辣,后来韩愈与李汉在编文集时,弃之而不入于正集。但现在来看,这些文章仍有一些观点是值得思考的。

《通解》言:"岂不由圣可慕而不可齐,贤可及而可齐邪?今之人行未能及乎贤,而欲齐乎圣者,亦见其病矣。"

《鄠人对》:"然或陷于危难,能固其忠孝,而不苟生之逆乱,以是而死者,乃旌表门闾,爵禄其子孙,斯为为劝已。矧非是而希免输者乎?曾不以毁伤为罪,灭绝为忧,不腰于市而已黩于政,况复旌其门?"

《择言解》:"言起于微,而为用且博,能不违于道,可化可令,可告可训,以推于生物;及其纵而不慎,反为祸矣。火既我灾,有水而可伏其焰,能使不陷于灰烬矣;水既我患,有土而可遏其流,能使不仆于波涛矣;言既我祸,即无以掩其辞,能不罹于过者亦鲜矣。"

德宗时期,宣州官员对这个勤学敏思、雏凤初啼的少年都很赏识,州县一些诗文集会也邀韩愈出席。贞元元年(785)某日,王司马宅院红芍药盛开,他请刺史孙会等官员及州中才子前来饮酒赏花、赋诗联句,韩愈于席间作《芍药歌》(一作《王司马红芍药歌》):

> 丈人庭中开好花,更无凡木争春华。
> 翠茎红蕊天力与,此恩不属黄钟家。
> 温馨熟美鲜香起,似笑无言习君子。
> 霜刀剪汝天女劳,何事低头学桃李。
> 娇痴婢子无灵性,竟挽春衫来此并。
> 欲将双颊一晞红,绿窗磨遍青铜镜。
> 一尊春酒甘若饴,丈人此乐无人知。
> 花前醉倒歌者谁,楚狂小子韩退之。

诗中说,花儿成熟时,温馨鲜柔的芳香飘起,如同效仿君子般的微笑无言。天女用霜雪修剪,你才如此美丽,何须低头学那些桃李之花?可谓以花咏志,韩愈通过歌咏芍药独自开放、不与世俗争俏的品质,来表现他不羁世俗的眼光与特立独行的狂放姿态。这是韩愈诗集中的第一首诗。

贞元三年(787),19岁的韩愈赴长安应进士科考。

韩愈之所以能赴京赶考,离不开宣州官员的接力"培养"。贞元初,宣州刺史孙会离任,继任者皇甫政同样欣赏韩愈。皇甫政本与同僚议定,破例给予韩愈贞元三年"宣州乡贡"的身份(韩愈非宣州籍,其后白居易依然,都属"高考移民"),使他有资格参加礼部考试。唐朝进士录取率极低,考生名额也非常少。据《唐摭言》记"敕应诸州贡士":上州岁贡3人,中州2人,下州1人。宣州为"望州",贡举名额等同上州,每年只能推荐3人。但当年二月皇甫政迁浙东观察使,也离任宣州;好在新任刺史刘赞应众人推介,这才成全了韩愈。

但韩愈惨遭落第。幸因偶然的机会,拜见了当时的名将马燧;马燧恰被罢去兵权,进为司徒,兼旧职侍中,封北平郡王,只上朝参拜,事实上是赋闲在京。韩愈得到马燧的帮助,才得以安身。贞元四年、五年间,韩愈连续参加科考,主考官为宣州刘太真,他却屡试不第。贞元七年(791),韩愈回宣州探视长嫂郑氏和侄子韩老成,继续发愤读书。

贞元八年(792),在刘赞等官员的关照下,韩愈第四次作为宣州乡贡进京应试。本年壬申科主考官为贤相陆贽,梁肃、王础等协助阅卷;韩愈与李绛、崔群、王涯、冯宿、李观、欧阳詹等当时才子同榜进士及第,就此一去不复返。

但在韩愈的心中,宣州敬亭山下的亲人无一日忘却;而对亲人最好的报答,就是奋发有为,实现在别业立下的志愿。

应该说,后来的韩愈做到了。

郑氏是一个伟大的女性,对韩愈影响甚为深刻。长嫂如母,贞元十一年(795),郑氏去世,韩愈为她服丧,并在客旅中作《祭郑夫人文》,祭奠郑氏之灵。

"呜呼!天祸我家,降集百殃。我生不辰,三岁而孤。蒙幼未知,鞠我者兄。在死而生,实维嫂恩。"嫂嫂郑氏无微不至地关怀着韩愈:"念寒而衣,念饥而飧;疾疹水火,无灾及身。劬劳闵闵,保此愚庸。"他随兄嫂南迁,长兄病逝,郑氏独立支撑,艰难北上,才使韩家老小没有变为"蛮夷"之民。他深切表达对郑氏教导的感激之情:"视余犹子,诲化谆谆","念兹顿顽,非训曷因;感伤怀归,陨涕熏心"。最后韩愈说,"幼养于嫂,丧服必以期",他要像对母亲一般,为嫂嫂郑氏守制。

这篇含泪泣血写成的祭文,让一位古代贤良睿智长嫂的形象跃然纸上,而韩愈与郑氏名为叔嫂,实如母子的似海深情,千载之下,仍令人感动。清人储欣评析说:"直叙颠末,而嫂夫人之贤,公之沐其鞠养教育之恩而未及报,以为恨者,昭昭如揭。"

这时,韩愈虽得中进士,却一直没有通过吏部铨选,不能任职,所以他觉得对不起郑氏的期望:"有志弗及,长负殷勤。"直到贞元十二年(796)七月,韩愈才因宣武节度使董晋推荐,得试任秘书省校书郎,入幕为宣武节度使观察推官。

韩愈与韩老成都由郑氏抚养成人,两人共历患难,情逾骨肉。韩愈做官后韩老成到汴梁来探望他,次年才回宣州。

贞元十六年(800)冬,韩愈自洛阳返长安,准备第四次参加吏部选试(801年通过铨选,任国子监四门博士,成为朝廷正式"在编"官员)。因久经考场,屡遭败绩,此时念及亲人,心中不免感慨,他挥笔写下《河之水二首寄子侄老成》:

> 河之水,去悠悠。
> 我不如,水东流。
> 我有孤侄在海陬,三年不见兮使我生忧。
> 日复日,夜复夜。
> 三年不见汝,使我鬓发未老而先化。
>
> 河之水,悠悠去。
> 我不如,水东注。
> 我有孤侄在海浦,三年不见兮使我心苦。
> 采蕨于山,缗鱼于渊。
> 我徂京师,不远其还。

这两首小诗通俗流畅，颇有古乐府的风神，句句发自肺腑，骨肉深情，感人至深。同时，他对生活在宣州的侄子说，"我祖京师，不远其还"，其实内心已将宣州当作他的家乡了。

韩愈众多的子侄、孙辈都居住在宣州。韩老成也一直在家侍奉母亲。贞元十年（794），韩老成的儿子出生，小名叫"爽"。贞元十九年（803），韩愈擢升监察御史。同年，年仅32岁的韩老成病故，葬于敬亭山下。韩愈悲不自胜，写下被誉为"祭文中千古绝调"的《祭十二郎文》。

……呜呼！汝病吾不知时，汝殁吾不知日，生不能相养于共居，殁不得抚汝以尽哀，敛不凭其棺，窆不临其穴。吾行负神明，而使汝夭；不孝不慈，而不能与汝相养以生，相守以死。一在天之涯，一在地之角，生而影不与吾形相依，死而魂不与吾梦相接。吾实为之，其又何尤！彼苍者天，曷其有极！自今已往，吾其无意于人世矣！当求数顷之田于伊颍之上，以待余年，教吾子与汝子，幸其成；长吾女与汝女，待其嫁，如此而已。

呜呼，言有穷而情不可终，汝其知也邪？其不知也邪？呜呼哀哉！尚飨！

这篇祭文一反传统的铺排郡望、藻饰官阶、历叙生平、歌功颂德的固定模式，而是记叙日常琐事，联系家庭、身世，抒发难以抑制的悲哀，描写刻骨铭心的骨肉亲情，也饱含着韩愈自身坎坷仕途中的人生感慨。文章形式上破骈为散，几乎是同逝者对话，如泣如诉；哀家族之凋落，哀己身之未老先衰，哀死者之早夭，疑天理神明，疑生死之数，乃至疑后嗣之成立，极写内心的心酸悲痛；语意反复而一气贯注，具有震撼人心的情感力量。

苏轼说："读诸葛亮《出师表》不下泪者，其人必不忠；读李密《陈情表》不下泪者，其人必不孝；读韩愈《祭十二郎文》不下泪者，其人必不友。"

宪宗元和十四年(819)正月,韩愈因上《论佛骨表》谏迎佛骨被贬潮州,冒大雪过蓝关。他的侄孙"爽"远道而来,护送韩愈赴潮州。这个在敬亭山长大的"爽","官名"叫作韩湘。韩愈作《左迁至蓝关示侄孙湘》:"一封朝奏九重天,夕贬潮州路八千。欲为圣朝除弊事,肯将衰朽惜残年。云横秦岭家何在?雪拥蓝关马不前。知汝远来应有意,好收吾骨瘴江边。"全诗沉郁顿挫,苍凉悲壮,叙事、写景、抒情熔为一炉,诗味浓郁,诗意醇厚,且以"文章之法"行之,是唐诗中的名篇。韩愈还写了《宿曾江口示侄孙湘二首》赠韩湘。此后,韩湘在韩愈官所读书。而韩愈早已名满天下,门生故旧遍布朝野,韩湘也多与韩愈众门生弟子交游。

穆宗长庆三年(823),韩愈由吏部侍郎转任京兆尹兼御史大夫;因御史中丞李绅的弹劾,改职兵部侍郎,不久复为吏部侍郎。这一年,29岁的韩湘考取进士,冬,被韩愈的同年、宣歙观察使(例兼宣州刺史)崔群辟为从事,奏授校书郎,回宣州入幕。韩愈为他设家宴饯行。诸友作诗或序勉之:贾岛作《送韩湘》,姚合作《送韩湘赴江西从事》,朱庆馀作《送韩校书赴江西幕》,马戴作《送韩校书江西从事》,无可作《送韩校书赴江西》等。韩愈亦亲作《示爽》赠别:

宣城去京国,里数逾三千。
念汝欲别我,解装具盘筵。
日昏不能散,起坐相引牵。
冬夜岂不长,达旦灯烛然。
座中悉亲故,谁肯舍汝眠,
念汝将一身,西来曾几年。
名科掩众俊,州考居吏前。
今从府公召,府公又时贤。
时辈千百人,孰不谓汝妍。
汝来江南近,里闾故依然。

昔日同戏儿，看汝立路边。
人生但如此，其实亦可怜。
吾老世味薄，因循致流连。
强颜班行内，何实非罪愆。
才短难自力，惧终莫洗湔。
临分不汝诳，有路即归田。

韩愈还在诗后加注："宣城在江之南，愈有别业在焉。"这首长诗表达了他对韩湘的关切与牵挂之情：侄孙要和我们分别了，所以家人脱下正装，系上围裙，亲自下厨，设宴为你饯行。亲人们在家宴上饮酒话别，天黑了，还不忍散去。席间人们坐下去又站起来，站起来又坐下去，心中躁动不安，通宵达旦，夜不能寐，大家都恋恋不舍。同时，诗中也表现韩愈对宣州"里闾""亲故"的念念不忘，还说他自己打算"有路即归田"，可见韩愈对他的养育地、成长地——宣州的深刻感情。

韩愈的这个侄孙善于吹笛，颇有韩愈三叔韩云卿的风采。当年李白听了韩云卿吹笛，赞叹不已，作《金陵听韩侍御吹笛》："韩公吹玉笛，倜傥流英音。风吹绕钟山，万壑皆龙吟。王子停凤管，师襄掩瑶琴。馀韵度江去，天涯安可寻？"盛赞他的笛声环绕钟山，好似龙吟在山间飘荡。韩湘的笛声也很受名流雅士的欣赏，被人写进了诗文笔记，越传越神奇。后来，他就成了传说中道教八仙里的韩湘子。

长庆四年（824）十二月，韩愈在长安靖安里的家中病逝。

后世学者认为，韩愈人生黄金时期在宣州度过，是宣州哺育了韩愈，对韩愈思想性格的形成，以及在立志、修身、求学、交友和奋斗发展等多方面，奠定了毕生的基础，令其受用一生。所以说，韩愈的学业和人生方向，完成和确立于他身心成长的地方——宣州。

白居易："宣州乡贡"

刘永红

唐代诗人张九龄(678—740)曾写过一句关于宣州的诗句，"林下纷相送，多逢长者车"(《送宛句赵少府》，《全唐诗》卷四十八)。这句诗句让人非常有代入感，仿佛可见那时宣州一派林下执手、路边长揖的诗礼簪缨的景象，也高度概括出了彼时宣州昌明隆盛的社会风貌。"长者车"，典出《史记》，说的是汉丞相陈平未发达时，却有很多长者乘车去拜访他的故事。这样的文明昌盛之邦，犹如繁花满树，自然会引起蝴蝶纷至沓来。自谢朓以后，来到宣州宦游、寓居、参禅的士子文人、高僧大德载籍浩瀚，灿若星辰。在这样的社会背景下，宣州成为一块诗歌的高地，不过是水到渠成的事。

白居易(772—846)和张九龄相隔了百年。百年演绎，沧海桑田。宣州，从南朝袁淑(408—453)笔下的"怅焉讯旧老，兹前乃楚居"，一个只有询问"旧老"，才能得到一个"楚居"标签的地方；到有了"上江人文之盛，首宣城"这样的称号。白居易与宣州相遇，彼此都是有福的。

唐贞元年间，宣州因谢朓、李白等高士的诗歌而誉满天下，被称为"宣州文雅地"。贞元十五年(799)初，白居易随大哥白幼文寓居宣州，又再一次夯实了"宣城自古诗人地"的基石。但白居易和宣州是互相成就的，这一点又十分特别。

白居易自幼苦读诗书，十几岁就写下脍炙人口的《赋得古原草送别》，其中"野火烧不尽，春风吹又生"，充满了一种昂扬的旋律感。加上他在宣州这块诗歌高地，"昼课赋，夜课书，间又课诗"；读书之暇，他漫步谢、李遗迹，登敬亭，游宛溪，赏山水胜迹，饱经阳光雨露，也了解了不少宣州的风土人情。白居易还有一个重要的目的：他旅居长安多年，通过举荐入仕之愿未能实现，他打算取得地方"乡贡"的资格，参加进士科考。在叔父白季康（时任宣州溧水县令）的引荐下，白居易拜见了以御史中丞衔观察宣、歙、池三州的崔衍。崔衍亦久闻白居易的诗名，同意让他参加当年宣州的乡贡考试。

天静秋山好，窗开晓翠通。
遥怜峰窈窕，不隔竹朦胧。
万点当虚室，千重叠远空。
列檐攒秀气，缘隙助清风。
碧爱新晴后，明宜反照中。
宣城郡斋在，望与古时同。

这一年乡贡考试的试题为《射中正鹄赋》《窗中列远岫诗》，诗题出自谢朓《郡内高斋闲望答吕法曹诗》中的名句"窗中列远岫，庭际俯乔林"。白居易的这首《窗中列远岫》应试诗，以窗摄景，用蒙太奇的手法由远及近，不仅写出宣州的"秋山""晓翠"的美景，"万点"和"千重"，也隐隐透出了他胸中的大家气象；"碧爱新晴后，明宜反照中"，更是借景暗喻，展现出了他远大的政治抱负。全诗物象众多，奇句迭出，意蕴博大又浑然天成，才华已然融汇在宣州的山水之中了。因为这首诗，宣、歙、池观察使崔衍等官员，将白居易选为"宣州乡贡"，使他得以去长安参加科举考试。贞元十六年（642），白居易得中第四名进士。

及第后，白居易为自己"十年常苦学，一上谬成名"（《及第后归觐留别诸同年》）而无比喜悦，更想到荣誉的获得来自宣州的推荐，是年秋，他又回到宣州，专程拜谢崔衍等人的贡举之恩。他在《叙德书情四十韵上宣歙崔中丞》中写道："身忝乡人荐，名因国士推。提携增善价，拂拭长妍姿……"还作有《重阳日》诗："敬亭山外人归远，峡石溪边水去斜。茅屋老妻良酿酒，东篱黄菊任开花。"一年后，白居易为客死宣州的堂兄白逸奔丧,再一次来到宣州,并作有《祭乌江十五兄文》,当年秋离开。

白居易确实没有辜负宣州。他明白,是宣州的山水人情成就了他。"盛时贫可耻,壮岁病堪嗟",这时的他正意气风发;"扶摇重即事,会有答恩时",从此进入了他"兼济天下"的时代。后来,白居易在朝廷、地方担任各类官职,都取得了很好的政绩;他的诗名,更是震铄天下。而宣州再一次因他如椽大笔,增添了浓墨重彩。他著名的《新乐府》组诗中,有两首取材于宣州,其中一首《紫毫笔》使得宣州毛笔千古留名,蜚声海内外:

紫毫笔,尖如锥兮利如刀。
江南石上有老兔,吃竹饮泉生紫毫。
宣城之人采为笔,千万毛中拣一毫。
毫虽轻,功甚重,管勒工名充岁贡;
君兮臣兮勿轻用。勿轻用,将何如?
原赐东西府御史,愿颁左右台起居。
搦管趋入黄金阙,抽毫立在白玉除。
臣有奸邪正衙奏,君有动言直笔书。
起居郎,侍御史,尔知紫毫不易致。
每岁宣城进笔时,紫毫之价如金贵。
慎勿空将弹失仪,慎勿空将录制词。

此诗本为"讥失职也",但在诗中,白居易先强调紫毫笔原料的名贵、制作的精良,经过宣州笔工精心的选制,柔韧锋锐,经久耐用,是宣州人民世代凝结而成的智慧结晶,受到书画家的热捧。到了宋代宣州笔便有了"千金求买市中无"(黄庭坚《谢送宣城笔》)、"海内称第一"(梅尧臣《次韵永叔试诸葛高笔戏书》)的盛誉,受到欧阳修、苏轼、蔡君谟、黄庭坚、蔡襄等众多大文学家、书法家的一致赞许。直到清代,诗人沈正曜还在诗中说:"独有宣州笔,千回郑重看。名从白傅出,制拣紫毫难。"(《咏宣州紫毫笔》)今天,宣笔也正在政府扶持下重振声威,为世所重。

如果说唐朝诗歌李白是天,杜甫是地,则白居易在人间。白居易是"新乐府运动"的主要倡导者之一。"新乐府运动"是一场诗歌革新运动,是由白居易相对汉乐府而提出的口号,主张恢复古代的采诗制度,发扬《诗经》和汉魏乐府讽喻时事的传统,使诗歌起到"补察时政""泄导人情"的作用,体现出一种现实主义精神。"文章合为时而著,歌诗合为事而作";白居易的诗,语言平易通俗,注重"根情、苗言、华声、实义"(《与元九书》)。就他的另一首新乐府诗歌《红线毯》来说,更是他践行自己"讽喻体"诗歌主张的一个典范:

红线毯,择茧缫丝清水煮,拣丝练线红蓝染。
染为红线红于蓝,织作披香殿上毯。
披香殿广十丈余,红线织成可殿铺。
彩丝茸茸香拂拂,线软花虚不胜物。
美人踏上歌舞来,罗袜绣鞋随步没。
太原毯涩毳缕硬,蜀都褥薄锦花冷。
不如此毯温且柔,年年十月来宣州。
宣城太守加样织,自谓为臣能竭力。
百夫同担进官中,线厚丝多卷不得。
宣城太守知不知,一丈毯,千两丝;
地不知寒人要暖,少夺人衣作地衣。

这首诗为"忧蚕桑之费也"之作,通过宣州进贡红线毯之事,讽刺了官员讨好皇帝的行为,暴露统治者只顾自己享乐,毫不顾惜织工的辛勤劳动,表达了对百姓的深切同情。此诗的最大特点就是"质而径""直而切",语言质朴直率,感情真切表露,记事直截了当,通俗易懂。全诗形式也很自由,"篇无定句,句无定字"(《新乐府序》),采用以七言为主,间以三言句,长短句配合协调,参差有致,"言"足可为"意"服务;如"一丈毯,千两丝"两个三言出语精练、有力,对比鲜明,传神地表达出他的愤慨之情。另外，全诗非一韵到底，而是多处转韵，按诗意的层层递进而转韵，也清晰地表现了感情的发展层次，有利于表现"系于意不系于文"（《新乐府序》）的观点和特色。

白居易因"宣州乡贡"步入人生辉煌，他对宣州始终怀着一份特殊的情愫，对宣州的恩情自始至终都念念不忘。直至晚年，他还作有《寄题郡斋》诗："无复新诗题壁上，虚教远岫列窗间……再喜宣城章句动，飞觞遥贺敬亭山。"

杜牧时代的宣州烟雨

吴俊

　　杜牧（803—853），字牧之，京兆万年人，大和二年（828）进士。是年，尚书右丞沈传师转任江西观察使，将杜牧召入麾下，任职团练巡官。沈传师生于769年，比杜牧大了34岁，既是杜牧的长辈，又被杜牧视为恩师。杜牧出身不凡，祖父杜佑是德宗、顺宗、宪宗时的三朝宰相，父亲杜从郁也一直在朝中任职。杜、沈两家是多年的世交，加之沈传师又非常欣赏杜牧的才华，因此，杜牧颇受沈的关爱。大和四年（830）九月，沈传师迁任宣歙观察使，杜牧随同，官授团练判官兼殿中侍御史内供奉京衔。初来宣州的杜牧，可谓青年才俊，23岁时就写下名噪一时的《阿房宫赋》，又有炫目的背景，正是风流倜傥、意气风发之时。幕府同僚都对他颇为仰慕，他在沈的麾下是相当自由。在宣州期间，杜牧时常与幕府同僚饮酒吟诗，其间也周游了宣州的山水名胜。

　　众所周知，杜牧年轻时不羁而多情。那首写于大和八年（834）著名的《张好好诗》，便有杜牧在宣州时，与张好好相处的三年底蕴。诗的开篇便有详细介绍："牧大和三年，佐故吏部沈公江西幕，好好年十三，始以善歌来乐籍中。后一岁，公移镇宣城，复置好好于宣城籍中。"杜牧初识张好好的前一年是在江西，在宣州又相处了2年。他在诗作中如此形容初见张好好时的美貌："翠茁凤生尾，丹叶莲含跗……双鬟可高下，才过青罗襦"；又赞其才华是："众音不能逐，袅袅穿云衢"，他惊叹她那美妙的歌声都上了云霄，是天籁。不久，张好好嫁给沈传师的弟弟，红颜薄命的她，最后又被其抛弃。到了835年，杜牧在洛阳偶遇卖酒为生的张好好时，不禁悲从心来，遂写此名篇传世。整篇诗歌如涌泉急奔，可谓积累已久的抒发。观其整篇诗文的流露,杜牧对张好好绝不仅仅只是欣赏她的歌舞才华,更有暗积在心底已久的情愫。偌大的洛阳城,岂能有那么巧的"偶遇"?

除此之外,民间还流传着他初来宣州时,与泾县籍流落在青弋江畔的歌伎苏柳云的风流韵事,有他的《南陵道中》为凭:"南陵水面漫悠悠,风紧云轻欲变秋。正是客心孤回处,谁家红袖凭江楼。"南陵道的水面正是青弋江,那"红袖凭江楼",是否指的就是民间歌伎苏柳云呢?无论真假,杜牧从首次来宣州直至大和七年(833)随沈传师迁京离开,他在宣州的这四个年头,是惬意、潇洒和风流的,从而让杜牧对宣州人间风物格外流连。

到了开成二年(837),杜牧在长安任监察御史,分司东洛阳。他告假前往扬州,看望寄住禅智寺养病的弟弟杜颛。唐制规定:"职事官假满百日,即合停解。"《旧唐书·杜牧传》中亦有记载:"以弟颛病目弃官,授宣州团练判官,殿中侍御史内供奉。"当年,恰逢崔郸调任宣歙观察使,杜牧便向崔郸献诗自荐,并得到崔郸的复函,召他为宣州团练判官。秋后,杜牧便和他从同州(今陕西大荔)请来的著名眼医石公集,携其弟自扬州转道至宣州任职。虽然说崔郸是崔郾的弟弟,崔郾又是力荐杜牧为进士的主考官,但是以杜牧的背景、名气和才华,他完全可以自荐于其他州府,可杜牧偏偏惦记着宣州。

时隔4年,杜牧二度来宣州时已34岁,他自嘲"怪我苦何事,少年垂白须"(《张好好诗》)。《新唐书·杜牧传》称他:"刚直有奇节,不为龌龊小谨,敢论列大事,指陈病利尤切至。"当时朝中宦官掌权,党争严重;性格直爽的杜牧,敢于直谏,不免卷入朝局纷争,令他身心俱疲,不复当年的翩翩少年郎了。叵测的人心、复杂的时局,不仅丰富了他仕途的阅历,也让他开始反思人生。再次来宣州任职的他,性格已有所沉淀,也是他人生的一次转折,使他把更多的精力投入诗歌创作中来。其间,他曾多次步入开元寺,留下5首关于开元寺的诗篇。在他的诗篇里,开元寺承载的不仅是他人生的一部分,还凝结着他的迷惑和痛楚、开朗和远见。

因他非凡的才情,开元寺千年之前的春夏秋冬缓缓铺开。

第二次来宣州的次年(838)春天,杜牧写下《题宣州开元寺》:

南朝谢朓城,东吴最深处。
亡国去如鸿,遗寺藏烟坞。
楼飞九十尺,廊环四百柱。
高高下下中,风绕松桂树。
青苔照朱阁,白鸟两相语。
溪声入僧梦,月色晖粉堵。
阅景无旦夕,凭阑有今古。
留我酒一樽,前山看春雨。

杜牧在此诗题下自注:"寺置于东晋时。"据《大清一统志》写宁国府的篇首注:"景德寺,在宣城县治北陵阳三峰山。东晋寺名永安,唐名开元,兰若中之最胜者。"

当时的大唐,文宗被软禁,宦官掌权,藩镇割据,时局动荡。杜牧在诗的前四句,深叹了朝代更迭的时代宿命,他需要融入开元寺的春色里释怀:"楼飞九十尺,廊环四百柱……"开元寺建筑层层叠叠,错落有致,回廊百转,他踱步其内,阵阵春风飒飒而来,穿廊绕柱,拂乱了他的衣角,也吹动了他微微泛白的鬓须。苍劲的古松、桂树与高"九十尺"的殿堂影叠,曲径通幽处茂密的枝叶随风舞动。更远处的斜坡之下,水阁影映在宛溪河畔青绿的苔藓之中,有三两只白鹭在河畔徘徊。从"溪声入僧梦,月色晖粉堵"里,可以看出他是时常寄居寺庙里的(可能杜牧的弟弟在寺庙养病)。夜里,涓涓溪流如幽琴泛音,传到已被暗黄的月光笼罩的寺庙寮房里。一片静谧之下,众僧已入梦,杜牧却无眠,他在床榻上神思。白天凭栏远眺的景象和潜入夜的开元寺,在他似梦非梦的神思里交替,他忽地遗憾起来,寺的前山在春雨之下定有迷人的景致,等春雨来时,他定要携酒前去。那么,诗情又何尝不是一樽迷人的酒?

　　春雨淅沥而去,转瞬即夏。夏雨又是:"东埂黑风驾海水,海底卷上天中央。"他在《大雨行》题下注:"开成三年,宣州开元寺作"。

> 东埂黑风驾海水,海底卷上天中央。
> 三吴六月忽凄惨,晚后点滴来苍茫。
> 铮栈雷车轴辙壮,矫跃蛟龙爪尾长。
> 神鞭鬼驭载阴帝,来往喷洒何癫狂。
> 四面崩腾玉京仗,万里纵横羽林枪。
> 云缠风束乱敲磕,黄帝未胜蚩尤强。
> 百川气势苦豪俊,坤关密锁愁开张。
> 太和六年亦如此,我时壮气神洋洋。
> 东楼耸首看不足,恨无羽翼高飞翔。
> 尽召邑中豪健者,阔展朱盘开酒场。
> 奔觥槌鼓助声势,眼底不顾纤腰娘。
> 今年阒茸鬓已白,奇游壮观唯深藏。
> 景物不尽人自老,谁知前事堪悲伤?

　　这雨下得多么诡谲磅礴,像是大醉之后醒来的隐伤。这是一首忆往事话今朝、情绪汹涌、豪迈悲怆的七言歌行。开元寺六月的向晚,狂风横扫,厚云压天,寺内古树与大风相撞,天色一片昏暗,檐角的风铃在癫狂的风雨中剧烈地晃响。这一阵骤雨,仿佛是阴帝携神将鬼兵,驾雷车牵蛟龙滚滚而来;又似黄帝和蚩尤对阵,在天地之间铺开的万里羽林枪。在神话传说中,黄帝是胜于蚩尤的,诗文有意让胜败反转,寓意杜牧对时下朝廷的内斗极为愤慨,令他的一腔热血被裹挟在一片群魔起舞的昏暗之中。他有着"百川气势苦豪俊,坤关密锁愁开张"的迷惘。紧接着,他说"太和六年亦如此",那是杜牧初次来宣州的第三年,那时年轻气盛,有"恨无羽翼高飞翔"的远志,有"尽召邑中豪健者,阔展朱盘开酒场"的豪迈,用"眼底不顾纤腰娘"的决绝,坚定着他的宏图和期待。从"景物不尽人自老,谁知前事堪悲伤"中,亦可以读出,故地思故人已让他心难平静,他叹惋着岁月不留人的无奈。当然,在他的"谁知前事堪悲伤"里,不仅有情缘难尽的悔意和对逝去年华的惋惜,更是沉淀下来的人生阅历,让他明白了他的政治理想在动荡的时势下,凭他的一己之力,已无挽回的可能。他自叹:"今年阆茸鬓已白",之后是"奇游壮观唯深藏",深藏的不仅是壮观之景,还有一颗淡泊仕途的心。

其实,人生的无常令杜牧早有感触。祖父、父亲相继去世,让他对身患眼疾的弟弟杜𫖮格外呵护。开元寺又是幽静的佛门,他在例行公事之后,常来此寄居,便于照顾其弟,也便于静心修性。杜牧深知,颓败的朝廷局势是一个囚笼,他需要让心挣脱出来。这年秋,他在开元寺写下了著名的七律《题宣州开元寺水阁阁下宛溪夹溪居人》。清人薛雪在《一瓢诗话》里论:"杜牧之晚唐翘楚,名作颇多,而恃才纵笔处亦不少。如《题宣州开元寺水阁》,直造老杜门墙,岂特人称小杜而已哉?"薛雪夸他此诗的造诣可与诗圣杜甫相提并论。反省之后的杜牧,更注重黎民百姓的疾苦,他开始用沉淀的笔墨写实:

> 六朝文物草连空,天淡云闲今古同。
> 鸟去鸟来山色里,人歌人哭水声中。
> 深秋帘幕千家雨,落日楼台一笛风。
> 惆怅无日见范蠡,参差烟树五湖东。

晚唐深秋的开元寺,寺庙的回廊檐角已覆盖了一层凌乱的落叶。枯黄的蒿草从坡下一直延伸到坡上的殿角,杜牧又向空中望去,天空是恒久的,之下的古寺却已经历了六朝。他悟到,无论处于哪个朝代,鸟儿都在山中往复,宛溪河畔都流淌着人间的悲欢。他一定是从宛溪河畔的"人歌人哭水声中"走过,才能让他的悲喜与两岸庶民的悲喜交织在一起。百姓为衣钵,诗人忧天下。那天的秋雨,像是挂在千家门前的雨帘,是美景,更是担忧。雨停过后,杜牧站在寺殿楼台的一角,秋风滑过檐角的缝隙,如笛声入耳。远处,落日的余晖铺洒在河畔千家闾舍中,又落在了蜿蜒的宛溪河里。

这首诗,已有了望穿今古的禅空之境,有了看向人间的悲悯,有了像范蠡一样隐于江湖、不闻世事的归隐之心。他已从《大雨行》里癫狂、愤慨和纠结的"夏雨",转化到怜悯人间"千家雨"的当下。从古至今,朝代的动荡和安稳,直接关乎苍生百姓的生存福祉,杜牧已然悟到和苍生百姓相比,他的政治期望是如此渺小,只不过是归于时空里的虚无。诗人的世界已从自我的困囿渡到天地,又去向了芸芸众生里。时代的痛楚是一个巨大的旋涡,他又何尝不是无法摆脱的众生之一?838年,开元寺如一个用佛经慰藉他的老僧,宽容地惜护着杜牧蜕变的灵魂。从春入冬,杜牧一直流连在开元寺的山水和月色之中。酒化作诗人内心愁肠的回声,也是洗涤诗人心灵的清泉。

从他在同年冬写下的《宣州开元寺南楼》中,终于得见他的寄居之所:

小楼才受一床横,终日看山酒满倾。
可惜和风夜来雨,醉中虚度打窗声。

夜深了,他躺在寺庙南楼简约的寮房里(或许他的弟弟在隔壁)。方桌上余有半壶的酒,酒香四处浮。他没有醉,只是难寐。诗中的山,既不是近处的陵阳三峰,也不是远处的敬亭山,是缥缈在风雨中的晚唐江山。"醉中虚度打窗声",此醉是对晚唐深深的无奈和痛惜。自大和九年(835)的"甘露之变"后,天下朝官人人自危,杜牧侥幸逃过一劫。"打窗"声,似乎是暗喻着危难的时局。"小楼才受一床横",这逼仄的容身之所,不正是杜牧对他自身处境的讥讽吗?

是年底,朝廷任命杜牧为左补阙、史馆修撰。《寄题开元寺》是他在离开宣州之前留下的最后一首诗作:

松寺曾同一鹤栖,夜深台殿月高低。
何人为倚东楼柱,正是千山雪涨溪。

在838年,开元寺的每一处回廊都回荡着杜牧轻踱的脚步声,每一道幽径松荫下都印着他携酒徐行的身影。在将要离开的某夜,杜牧流连在开元寺的夜色中,一夜无眠。"夜深台殿月高低",从月亮初升到缓缓落下,杜牧一直在东楼的檐柱之下徘徊。寺庙的山坡、亭盖和松枝上的冬雪,在月光之下微微地泛着白光。"正是千山雪涨溪",那一年的雪下得很大,无眠的冬夜是多么寒冷。四周的大雪在逐渐消融,远处的敬亭山和近处的溪涧里,有雪水在月光之下,汩汩地流动。"松寺曾同一鹤栖",此句是多么逍遥而让人流连,而"鹤"将要飞离,在杜牧的心里,宣州的开元寺是他的一个难得的安身之处。

杜牧赴京,他像一只从晚唐的时空中飞来的仙鹤,从830年到833年,又从837年到839年,两次来宣州,度过了近6年的时光。"天淡云闲今古同",宣州的天空因有了杜牧的远眺而有不同,他酒后纵情的诗句仍在溪涧里流淌,潋滟着宛溪河向晚的霞光。月亮还是杜牧时的那轮月亮,月光之下,开元寺塔如孤鹤独立,轻吟诗篇,轻轻地唤来了晚唐的一个无眠之夜。

灿烂流星从宣州大唐天空划过

刘永红

大唐的天空群星璀璨,大唐宣州的天空也是星光闪烁。其中,还有一颗颗一闪而过的流星,虽然并未作停留,但它们所形成的流星雨,其光芒亦足以惊艳后世。

孟浩然:"山泊敬亭幽"

孟浩然和宣州不期而遇,留下了一片洋洋大观的湖光山色。他在《夜泊宣城界》(一题作旅行欲泊宣州界)中写道:

西塞沿江岛,南陵问驿楼。
湖平津济阔,风止客帆收。
去去怀前浦,茫茫泛夕流。
石逢罗刹碍,山泊敬亭幽。
火炽梅根冶,烟迷杨叶洲。
离家复水宿,相伴赖沙鸥。

这是孟浩然在游历东南途经宣州时写下的一首诗,诗中述说途中所见。一路走来,地名和风物互依,景色和典故相济,很好地展现出古时宣州境内的古迹名胜,和依山临水的幽秘风光。据《旧唐书·地理志三·江南西道》记载:"宣州,隋宣城郡。"唐改宣州,至开元(713—741)时辖今宣城市、芜湖市、马鞍山市、池州市及江苏溧阳、溧水（含高淳）等县。又《元和郡县志·江南道四·宣州》："梅根监，在（南陵）县西一百三十五里。梅根监并宛陵监，每岁共铸钱五万贯。"《读史方舆纪要·池州府·贵池县》："梅根监，府东五十里，亦名梅根冶。自六朝以来，皆鼓铸于此。"

"山泊敬亭幽"，这是孟浩然写给敬亭山的诗句。敬亭山原名昭亭山，属黄山支脉。方圆不过十数里，高不过几百米，历代咏颂敬亭山的诗文及画却数以千计，被称为"江南诗山"，饮誉海内外。这本来是个热闹的地方，诗人着一"幽"字，就有了"蝉噪林逾静，鸟鸣山更幽"（南北朝王籍《入若耶溪》）的味道了。结句更有凄然的思乡之情，也合了他"此地动归念，长年悲倦游"（同上）般的归隐思想。

孟浩然（689—740），名浩，字浩然，号"孟山人"，世称"孟襄阳"，唐代著名山水田园派诗人。其诗艺术造诣很高，他的一首《春晓》："春眠不觉晓，处处闻啼鸟。夜来风雨声，花落知多少。"简洁平淡，妇孺皆知，至今仍是幼儿启蒙必背的唐诗。

孟浩然与宣州还有另一番"渊源"，他有一个"忘年交"，这个小伙子名叫李白。李白28岁那年，孟浩然40岁，两个属牛的人在洞庭湖相遇。当时李白初出茅庐，孟浩然则已名满天下，李白怀着一颗景仰的心去拜访仰慕已久的前辈，孟浩然并没有摆出名人倨傲的样子，反而对李白推崇有加。李白高兴地写下了"吾爱孟夫子，风流天下闻"的诗句，孟浩然也只是和蔼一笑，意味深长地看了看眼前这位"神气高朗，轩轩然若霞举"的后生。开元十八年（730）三月，孟浩然要去广陵，李白亲自送到江边，写下著名的《黄鹤楼送孟浩然之广陵》，"孤帆远影碧空尽，唯见长江天际流"。《诗境浅说续编》评说："十四字中，正复情深无限，曹子建所谓'爱至望苦深'也。"然而李白和孟浩然之间的诗事，完全是李白单方面奉献，传世的《孟浩然集》里一首赠李白的诗都没有。若干年后，李白在宣州步孟浩然足迹，只怕也是"别有一番滋味在心头"吧。

孟浩然一生布衣不仕，后隐居鹿门山，与唐代另一位田园诗人王维合称"王孟",著诗200余首。他是盛唐山水田园诗派的第一人,"兴象"创作的先行者;他在《来阇黎新亭作》诗中写道:"弃象玄应悟,忘言理必该。静中何所得?吟咏也徒哉。"孟浩然借用了佛学和道家哲学中的"弃象忘言"说,提倡诗歌创作的抒情言志、表情达意不必太直露,要有弦外之音,象外之旨。他的诗如行云流水般自然,达到一种"兴象玲珑"的艺术境界,具有极高的艺术价值和审美价值。这样一位大师,与宣州相遇虽说是因缘偶合,但其间也有着"鲜花——蝴蝶"般的因果必然。

王昌龄:"昨夜宣城别故人"

王昌龄(?—756),字少伯,京兆长安人,有"诗家夫子""七绝圣手"之称。开元十五年(727)进士及第,授校书郎,迁汜水县尉。开元十九年(731)以博学鸿辞登科,后坐事流放岭南。开元末年返回长安,授江宁县丞。王昌龄与李白、高适、王维、王之涣、岑参等人交往深厚。其诗以七绝见长,是史上著名的边塞诗人,存诗180多首。吴乔《围炉诗话》说:"王昌龄七绝,如八股之王济之也。起承转合之法,自此而定,是为唐体,后人无不宗之。"其诗作《出塞二首》中的"秦时明月汉时关,万里长征人未还。但使龙城飞将在,不教胡马度阴山",广为传诵,妇孺皆知,耳熟能详。

天宝七载(748),任江宁丞前后达8年的王昌龄再遭不幸,被贬黜为巫州龙标县尉。龙标今属贵州省,在唐代时也是流放官员的热门地。王昌龄自金陵赴龙标,途经宣州一游,顺便造访故友,写下了一首《至南陵答皇甫岳》:

与君同病复漂沦,昨夜宣城别故人。
明主恩深非岁久,长江还共五溪滨。

这看似是一首简单的诗,其实却内藏乾坤,大有周章。诗题中的皇甫岳生平已不可考,但他和王维是好友是事实,并且有一处叫作"云溪"的别墅。王维在《皇甫岳云溪杂题》组诗中的《鸟鸣涧》,就是为他的云溪别墅而写的:"人闲桂花落,夜静春山空。月出惊山鸟,时鸣春涧中。"这样的地方,主人一定不俗。王维在《皇甫岳写真赞》中对他有描写:"有道者古,其神则清。双眸朗畅,四气和平。长江月影,太华松声。周而不器,独也难名。且未婚嫁,犹寄簪缨。烧丹药就,辟谷将成。云汉之下,法本无生。"从中可以推知,皇甫岳是炼丹辟谷修道的隐士,且是一位道教中的高人,并非寻常的隐士。

唐朝文人间的交流,往往用诗歌酬唱的方式。从诗中可以看出,昨夜王昌龄还与皇甫岳在宣州欢聚,但今天他就要离开宣州这个江南名邑,远赴边地。他出西门而行,渡青弋江至宣州属县南陵境,再从南陵到长江,溯江而上,前往龙标。他很感谢朋友的盛情招待,本应作一首欢悦、留恋的诗答谢;但王昌龄想到自己已是知天命之年,再被流放,前为岭南,今又龙标,天涯漂泊,都是崇山烟瘴之地,是否有命生还亦未可知,不禁悲从中来,诗的格调再也无法轻快。诗的结尾"明主恩深非岁久,长江还共五溪滨",不消说是对"明主无情"、世事无常的感悟;而"五溪"也逐渐演变为"归隐山林"的代名词;但对王昌龄来说,却是欲归隐而不得。

"安史之乱"爆发后,天宝十五载(756)肃宗在灵武登基,当年改元至德。是年,王昌龄才得以离开龙标还乡。次年,王昌龄途经亳州,惨遭亳州刺史闾丘晓杀害,一代宗师就此陨落。

刘禹锡:"遥想敬亭春欲暮"

唐长庆四年(824),宣州地界又一位诗人应约而至,他就是著名诗人、哲学家刘禹锡。刘禹锡诗文俱佳,涉猎题材广泛,与柳宗元并称"刘柳",与韦应物、白居易合称"三杰",又与白居易合称"刘白",史称"诗豪"。

刘禹锡(772—842),字梦得,洛阳人,自称"家本荥上,籍占洛阳";又自言系出中山，其先为中山靖王刘胜。他自小学习儒家经典，吟诗作赋，聪明勤奋，后得到当时著名诗僧皎然、灵澈的熏陶指点。贞元九年（793），刘禹锡进士及第，开始步入仕途。贞元十八年（802），调任京兆府渭南县主簿，不久迁监察御史。当时，韩愈、柳宗元均在御史台任职，三人结为好友，过从甚密。贞元二十一年（805）正月，刘禹锡参与王叔文"永贞革新"，三月，被宦官俱文珍联合裴钧等人反扑，改革失败，刘禹锡与柳宗元、韩泰、陈谏、韩晔、凌准、程异及韦执谊等8人被贬为边远八州司马，史称"八司马"。

元和九年（814）十二月（815年2月），刘禹锡奉召回京，旋即外放连州，几经辗转，长庆四年（824）夏，调任和州刺史。

这一年秋，曾任宰相的宣州刺史崔群（字敦诗）向刘禹锡发出邀请。刘禹锡在长诗《历阳书事七十韵并引》中说："长庆四年八月，余自夔州转历阳，浮岷江，观洞庭，历夏口，涉浔阳而东。友人崔敦诗罢丞相，镇宛陵，缄书来招曰：'必我觏而之藩，不十日饮，不置子。'故余自池州道宛陵，如其素。敦诗出祖于敬亭祠下……"邀请之殷切，许诺的招待之热情、礼遇之高标，溢于言表。刘禹锡深受感动，作《酬宣州崔大夫见寄》回复：

　　白衣曾拜汉尚书，今日恩光到敝庐。
　　再入龙楼称绮季，应缘狗监说相如。
　　中郎南镇权方重，内史高斋兴有余。
　　遥想敬亭春欲暮，百花飞尽柳花初。

于是，刘禹锡便有了宣州之行。途经青阳，他作《九华山歌》："君不见敬亭之山黄索漠，兀如断岸无棱角。宣城谢守一首诗，遂使声名齐五岳。"刘禹锡是较早辩证地看待名人和山水风物关系的人之一，他对敬亭山的评判，与他不久后所作经典短文《陋室铭》中"山不在高，有仙则名；水不在深，有龙则灵"的观点非常一致。殊不知，在他身后，他的"陋室"

也成了和州一处著名景点。

刘禹锡来到宣州,在崔群的陪同下,追寻谢朓、李白的遗迹,遍览宣州境内的名胜古迹,对宣州留下了深刻的印象。他还登临了宣州城东的道家修炼地麻姑山,为"仙山"写下了这样一首诗:

曾游仙迹见丰碑,除却麻姑更有谁?
云盖青山龙卧处,日临丹洞鹤归时。
霜凝上界花开晚,月冷中天果熟迟。
人到便须抛世事,稻田还拟种灵芝。

——《麻姑山》

更为难得的是,这些十分写实的诗句,使得宣州境内的麻姑山有了一次正名的机会。一般认为麻姑得道处为江西抚州南城麻姑山,但宋代学者张君房《云笈七签》说:"麻姑,古宣城人也。"明人邬鸣雷、陆键修、左宗郢所纂抚州《麻姑山丹霞洞天志》卷十七亦记载:"麻姑,古宣城人也,宁国路有麻坊,其地举皆麻氏。""宁国路"即宣州。古籍还记载麻姑在"麻姑山丹霞宛陵洞天"(三十六小洞天之二十八)修道成仙。刘禹锡的"日临丹洞"定然不是虚词,何况现在的麻姑山仍然有一处叫作"丹山"的地方。近来在麻姑山下棋盘村境内又发现有"天妃宫"的石碑,"天妃"是海神的称谓;这也符合《名山志》所说"唯独麻姑山,既有洞天,又有福地,秀出东南",以及"麻姑目睹三次沧海桑田"的说法,更别说有"宛陵"这个独有的元素。

刘禹锡在宣州盘桓多日,但不能久辍公务,终须离去。临别崔群赠马,让刘禹锡尽快回到任所。刘禹锡感于崔群友情,作《谢宣州崔相公赐马》诗:

浮云金络膝,昨日别朱轮。
衔草如怀恋,嘶风尚意频。

曾将比君子，不是换佳人。

从此西归路，应容蹑后尘。

处贬谪失意之际，刘禹锡的诗中仍有"从此西归路，应容蹑后尘"的豪情，不愧为一代"诗豪"。

刘禹锡还与宣州稽亭山僧元晓为友，曾作《送元上人归稽亭》诗赠之："重叠稽亭路，山僧归独行。远峰斜日影，本寺旧钟声。徒侣问新事，烟云怆别情。应夸乞食处，踏遍凤凰城。"

柳宗元：别业在宣州

宣州是李白最后的故乡，却是柳宗元儿时的家园。

柳宗元（773—819），字子厚，唐代著名的文学家、思想家，为"唐宋八大家"之一。曾与韩愈发起古文运动，二人诗文难分伯仲，被后人并称"韩柳"。因属河东人望族（河东柳氏与薛氏、裴氏并称"河东三著姓"），世称"柳河东"，著有《柳河东集》四十五卷、《外卷》二卷。

肃宗至德二年（757），为避"安史之乱"，柳宗元的父亲柳镇（736—793）带着家人逃难于江南，并在宣州置办下产业。不久，韩愈的父亲也在宣州置办了"别业"。柳镇之所以在宣州置业，是因为当时宣州位列望州，人口众多，繁荣富庶，为东南财赋地之一。在农业时代，从人口密度变化就可看出一地的盛衰。《新唐书·地理志》载宣州人口状况，可对比同期东南各大州：

宣州宣城郡，望。土贡：银、铜器、绮、白纻、丝头红毯、兔褐、簟、纸、笔、薯蓣、黄连、碌青。有铅坑一。户十二万一千二百四，口八十八万四千九百八十五。

润州丹杨郡……户十万二千二十三，口六十六万二千七百六。

越州会稽郡……户九万二百七十九，口五十二万九千五百八十九。

　　苏州吴郡……户七万六千四百二十一，口六十三万二千六百五十。

　　杭州余杭郡……户八万六千二百五十八，口五十八万五千九百六十三。

　　湖州吴兴郡……户七万三千三百六，口四十七万七千六百九十八。

　　其时宣州人口仅次于长安、洛阳，位居全国第三。

　　大历十二年（777），在地方做小官的柳镇被朝廷授太常博士，但柳镇以照顾母亲为由，趁机请求出任宣州宣城县令并获准，直至建中二年（781）柳镇调任阌乡令，在宣州前后计4年。当时柳宗元年仅4岁，他先是和母亲卢氏居住在京西庄园，接受启蒙教育；后曾随母亲来宣州探亲，在宣州待过较长一段时间。卢氏出身望族，有很高的文化素养，7岁即通《毛诗》和《列女传》，从柳宗元幼时起就亲授他诗文，客居宣州仍授业如故，"古赋十四首，皆讽，传之"。柳宗元后来能写下"千山鸟飞绝，万径人踪灭。孤舟蓑笠翁，独钓寒江雪"（《江雪》）这样的千古绝句，以及大量经典诗文，这和他幼承亲教是分不开的，和他在宣州的学习也是分不开的。对此经历，柳宗元在《先侍御史府君神道表》中说："吏部命为太常博士。先君固曰：'有尊老孤弱在吴，愿为宣城令。'三辞而后获，徙为宣城令。"同时可知，柳镇在宣州置业后，他的老母亲仍然留在这里。

　　除了柳宗元父亲任职宣州，他的从伯也曾任宣州宁国丞，从叔曾任宣州旌德尉，柳氏家族与宣州实在是缘分匪浅。

　　贞元九年（793），柳宗元进士及第，与刘禹锡为同榜。二人后又因事一起被贬到南荒之地，真是一对"难兄难弟"。刘禹锡家有老母，柳宗元便和他"交换贬地"，自己到了更远更苦的地方。而在柳宗元去世后，刘禹锡为其抚养6岁的幼子，视同己出，并为他编辑了《河东先生集》，可见二人情谊极其深厚。

宋人严羽说"唐人惟子厚深得骚学",柳宗元的"九赋"和"十骚",感情真挚,内容充实,为一时佳作。柳宗元不仅善写散文,能诗能赋,还是一位哲学家。毛泽东曾说:"柳宗元是一位唯物主义哲学家,见之于他的《天说》,这篇哲学论著提出了'天与人交相胜'的论点,反对天命论;刘禹锡发展了这种唯物主义。"

梅尧臣:"开山"

焦正达

"风雪双羊路,梅花溪上村。"宋真宗咸平五年(1002),江南东路宣州城南九同碑梅溪之畔,一位大诗人的诞生,使这个很平常的小村庄在中国文化史上留下了永远的印迹。

梅尧臣(1002—1060),字圣俞,世称"宛陵先生"。高祖梅远晚唐时迁居宣州,至梅尧臣已是第四代。其父梅让一生耕读于乡;叔父梅询进士及第,官至翰林学士,颇有诗才。梅尧臣12岁前居故里读书,"幼习于诗,自为童子,出语已惊其长老";12岁至25岁从叔父梅询宦学于襄、鄂、苏州,陕西京兆府,怀、池州和广德军诸地。仁宗天圣中尝举进士不第,天圣六年(1028),以叔父荫补为太庙斋郎,历桐城、河南、河阳三县主簿;时西京留守、"西昆诗派"领袖钱惟演特嗟赏之。后又结识欧阳修、范仲淹、苏舜钦、石曼卿、尹洙、余靖、陆经等大批当时名士,并和欧阳修成为莫逆之交。此间,梅尧臣与欧阳修、尹洙、苏舜钦等同人,针对宋初以来专事雕琢、空洞无实的诗歌弊端,发起了一场声势浩大的诗文革新运动。梅尧臣率先自树一帜,在汲取唐诗尤其是白居易、韩愈、孟郊等人诗歌精华的同时,顺应时代文化特点,在诗歌的题材、感情表现和语言形式等各方面做了新的尝试,从而开辟了宋诗新的道路。故此南宋诗人刘克庄称:"本朝诗惟宛陵为开山祖师。"

景祐元年(1034)后,梅尧臣以德兴县令知建德县,又知襄城县。景祐三年(1036),"新党"要员范仲淹反对丞相吕夷简擅权,被其反扑后失败,范仲淹、欧阳修、尹洙、余靖等相继遭贬斥,梅尧臣寄诗众友以示声援,并作《猛虎行》等诗鞭挞当权者。宝元元年(1038),西夏李元昊称帝,谋取西北之心昭然若揭。梅尧臣忧心国事，开始研习兵法，并注《孙子》。次年西边战事爆发，梅尧臣进呈《孙子注》，自言："信有一日长，可压千载魂。"但他空怀报国之心，却无人采纳；甚至好友范仲淹出任陕西经略安抚副使兼知延州，担负守西土重任时亦未重视。梅尧臣一声叹息："谈兵究弊又何益，万口不谓儒者知。"渐与范仲淹疏远。庆历元年（1041），梅尧臣改监湖州盐税。庆历四年（1044），"旧党"王拱辰以苏舜钦私售旧档废纸宴客为由，严劾苏舜钦，已任参知政事的范仲淹和枢密使杜衍、枢密副使富弼等受累离职；梅尧臣作《杂兴》等诗同情新党。其后梅尧臣又任佥书忠武、镇安两军节度判官，监永丰仓，困顿州县达10余年。皇祐三年（1051），才因大臣屡谏"宜在馆阁"，仁宗召试学士院，赐同进士出身，改任太常博士。同年在唐介弹劾丞相文彦博案中，梅尧臣又作《宣麻》《兵》《书窜》等诗斥文彦博。其无畏权贵之举，受到世人的尊敬。

嘉祐元年（1056）梅尧臣补国子监直讲。嘉祐二年（1057），欧阳修知贡举，王珪、梅挚、韩绛为副主考，梅尧臣、张子谅等为参详官，负责阅卷。阅卷时梅尧臣被一篇策论《刑赏忠厚之至论》吸引，观其文，严谨精练，气势雄浑，不由击节，赞"有孟轲之风"，力荐其为榜首。欧阳修见文中"皋陶杀人"无所出典，不合章法；加之他误认为是自己门下曾巩所作，为了避嫌，便列置第二。此事叶梦得的《石林燕语》、陆游的《老学庵笔记》、杨万里的《诚斋诗话》都曾记载。

那篇文章的作者就是旷世奇才苏东坡。苏轼对梅尧臣的知遇之恩深为感激，他在《上梅直讲书》中颂扬梅尧臣："名满天下而位不过五品，其容色温然而不怒，其文章宽厚敦朴而无怨言，此必有所乐乎？斯道也，轼愿与闻焉！"这个丁酉科的进士榜可谓群星闪耀，会聚大批政治、军事、经济、文学、经学等领域的顶级人才，《宋史》列传凡24人：章衡、窦卞、罗恺、邓考甫、王回、王韶、王无咎、吕惠卿、刘庠、刘元瑜、苏轼、苏辙、郑雍、林希、梁焘、曾巩、曾布、程颢、蒋之奇、杨汲、张载、张璪、章惇、朱光庭，被誉为中国古代科举"天下第一榜"。嘉祐五年（1560），梅尧臣迁尚书都官员外郎，预修《新唐书》，书成未奏，于四月癸未日病逝，享年59岁。

梅尧臣的诗名冠绝当世，《宋史·梅尧臣传》称："欧阳修与为诗友，自以为不及。尧臣益刻厉，精思苦学，由是知名于时。宋兴，以诗名家为世所传如尧臣者，盖少也。"欧阳修称梅尧臣："自武夫、贵戚、童儿、野叟，皆能道其名字，虽妄愚人不能知诗义者，直曰此世所贵也，吾能得之，用以自矜。故求者日踵门，而圣俞诗遂行天下。"（《梅圣俞墓志铭》）梅尧臣还在河南任职时，诗人宰相王曙见其文，叹曰："二百年无此作矣。"梅尧臣的诗流传极广，上自宫廷，下至乡里，甚至远及边疆少数民族地区；有人得西南夷布弓衣，其上织有梅尧臣《春雪诗》，名重于时如此。

梅尧臣一生困顿仕途，家境不佳，喜饮酒，善谈笑，贤士大夫多从之游，时载酒过门。又极爱奖掖后进，王安石、苏东坡等后辈诗人都曾受其提携。欧阳修将梅尧臣归为"穷者"的行列，他论梅尧臣诗："世谓诗人少达而多穷，夫岂然哉？盖世所传诗者，多出于古穷人之辞也。"（《梅圣俞诗集序》）"其初喜为清丽闲肆平淡，久则涵演深远，间亦琢刻以出怪巧，然气完力余，益老以劲。其应于人者多，故辞非一体，至于他文章皆可喜，非如唐诸子号诗人者僻固而狭陋也。"（《梅圣俞墓志铭》）梅尧臣自己也极力推举"平淡"的风格，认为"作诗无古今，唯造平淡难"（梅尧臣《读邵不疑学士诗卷，杜挺之忽来，因出示之，且伏高致辄书，一时之语以奉呈》），把"平淡"作为诗歌艺术的最高境界，反对诗语"浅俗"。他的这种"平淡"，在一定程度上包含了宋人后来逐步明确的古雅、朴拙、简淡、闲静、深远等审美理想，因而很得宋代诗人的推崇，欧阳修、王安石、司马光、苏轼、刘敞、张芸叟、陆游、刘克庄、方回、胡仔等无不极尽褒赞。梅尧臣在宋代诗史上的地位正如后人所言："去浮靡之习，超然于昆体极弊之际；存古淡之道，卓然于诸大家未起之先。"（明·龚啸《宛陵先生集·附录》）也就是说，梅诗在宋诗史上具有划时代的意义，他的诗歌引导了宋诗风格发展的基本方向。

梅尧臣热爱家乡的山水风物，关心民生疾苦，宣州至今还流传着诸如"圣俞读书石""莫打鸭"等众多佳话逸事；还因在家乡赠送欧阳修银杏果，与其互作诗歌纪事，而留下了"千里送鹅毛"的典故。梅尧臣创作了大量描写宣州风光人文的诗歌,其中《东溪》堪称代表作。他写敬亭山:"曰山何必高,要在出云雨。昭亭非峻峰,雄雄若蹲虎……"写宛溪河:"宛水过城下,滔滔北去斜。远船来橘蔗,深步上鱼虾。鹅美冒椒叶,蜜香闻稻花。岁时风俗美,笑煞异乡槎。"他访敬亭山广教寺僧友:"山僧邀我辈,置酒比陶潜。紫蕨老堪食,青梅酸不嫌。野蜂时入座,岩鸟或窥檐。薄暮未能去,前溪月似镰。"他登响山:"鸟过空潭响,船随碧濑流。梅花三叠罢,烟火起沧州。"游开元寺:"偶来心意静,尘虑如扫垒。"饮谢朓楼:"吟余陇首云初散,唱尽阳关露已寒。不管星河渐西落,自将烟水去程宽。"梅尧臣还作有很多吟咏家乡物产的诗歌,他写诸葛宣笔:"诸葛久精妙,已能开国都。紫毫搜老兔,苍鼠拔长须。露管何明净,烟丸事染濡。班超投此去,死作玉关夫。"诸如宣木瓜、白果、花红、马蹄鳖、牛尾狸、橡子、漆、茶、枇杷、梅子、中草药等皆入其笔端,传名天下。

梅尧臣传世的诗集从天圣九年(1031)起存稿,早期大量诗作多自行删弃,现存诗2800余首。他曾提出一个著名的诗歌理论:"凡诗,意新语工,得前人所未道者,斯为善矣。必能状难写之景如在目前,含不尽之意见于言外,然后为至也。"(《宋史·梅尧臣传》)而他也以自己的诗歌创作践行着这个理论。结合古今多家论者观点,可以归纳出梅尧臣在诗歌艺术上以下主要成就:

一是创造了"闲肆平淡"的风格。欧阳修论梅诗风格"清切""古硬""覃思精微""深远闲淡"。欧阳修与梅尧臣相知30年,他对梅尧臣的评价当极为准确。梅诗贯穿始终的特征就是清切平淡,而这个基本风格又有一个不断发展、变化的过程。从诗体上看,梅尧臣擅长五言,尤其是五言古诗。他推崇的也多是五言诗家,如陶渊明、韦应物等人山水田园诗清淡娴雅的风格;孟郊、贾岛等人诗作的构思精微、语意新奇;他还表示要追踪苏武、李陵、阮籍、陈子昂等人的古诗风调。他的诗风是兼备上述因素,同时又加进了自己平静叙述、从容议论的笔调——这种笔调被欧阳修、陆游等人称为"宛陵体",众诗人频频加以仿效。梅尧臣最能体现"平淡"诗风的名作如在宣州所作《东溪》《早春田行》等:

风雪双羊路,梅花溪上村。
鸟呼知木暖,云湿觉山昏。
妇子来陂下,囊壶置树根。
予非陶靖节,老去爱田园。

——《早春田行》

行到东溪看水时,坐临孤屿发船迟。
野凫眠岸有闲意,老树著花无丑枝。
短短蒲茸齐似剪,平平沙石净于筛。
情虽不厌住不得,薄暮归来车马疲。

——《东溪》

　　这些作品语气连贯,语言流畅,节奏舒缓,经过细密的琢磨而返归于自然。像"老树著花无丑枝""鸟呼知木暖"等诗句,都是意趣新奇,而不是句式、语汇、修辞手段的新奇,读起来自然亲切。前一句甚至可以作为宋诗的一种审美特征来看。大抵六朝至唐,多以华丽、生气外发为美,而"老树著花无丑枝"却是内敛的、令人心境平静的美。可见梅尧臣的"平淡",并非易至之境。

　　二是扩展了诗歌的题材。中唐以来古典诗歌题材已表现出日常化的倾向,而梅尧臣则进一步拓宽了诗歌的表现渠道。在对个人日常生活的描写吟咏外,他还强调《诗经》以来文学反映社会现象、针砭现实的传统,反对诗歌转为娱乐、游戏的倾向。梅尧臣写了不少反映现实政治问题和民生疾苦的作品,既欲以此警示上层统治者,又借以表现自己的道德良心。如《襄城对雪》之二,面对漫天风雪,想到受冻的士兵,并以"念彼无衣褐,愧此貂裘温"表达自己的内疚心情。《蔡君谟示古大弩牙》一诗,则在观看古代弩机之时,表达了祈望边地战争胜利和士兵少受伤亡的意愿。有的诗还写到劳者无所获的社会问题,如《陶者》等。

梅尧臣还有一些作品直接批评了朝廷的具体政令措施。仁宗时宋与西夏交战，因兵员缺乏，朝廷下令征集民丁充当弓箭手，而地方官并不照"三丁籍一"的诏命行事，无论老少，均难幸免。梅尧臣为此作《田家语》，借农民之口揭露了百姓不堪负担、田园荒废的情形。《汝坟贫女》又用一位贫女的口吻，述说了被征服役者的悲惨遭遇。他的《小村》一诗也形象地写出了农村的荒凉景象和农民的困苦生活。他在宣州写的《闻进士贩茶》诗，嬉笑怒骂，辛辣无比：

> 山园茶盛四五月，江南窃贩如豺狼。
> 顽凶少壮冒岭险，夜行作队如刀枪。
> 浮浪书生亦贪利，史笥经箱为盗囊。
> 津头吏卒虽捕获，官司直惜儒衣裳。
> 却来城中谈孔孟，言语便欲非尧汤。
> 三日夏雨刺昏垫，五日炎热讥旱伤。
> 百端得钱事酒卮，屋里饿妇无糠粮。
> 一身沟壑乃自取，将相贤科何尔当。

从这些诗中，人们看到一个具有政治责任感和道义良知的下层官吏，对时弊的看法和对民众的同情，以及改革政治的愿望。在宋初诗歌沦为文字游戏、偏重于追求辞藻和形式之美的风气中，梅尧臣的创作，对于恢复诗歌的严肃性、转向表现重大题材，无疑起到了积极的作用。

三是描写精切细致，构思命意深刻。梅尧臣善于在一些以往诗人不经意的地方发现诗意，捕捉诗题；在抒情诗作中，又能以质朴的语言写出深挚的感情。如他为悼念夭亡的幼女而写的《戊子三月二十一日殇小女称称》："蓓蕾树上花，莹絜昔婴女。春风不长久，吹落便归土。娇爱命亦然，苍天不知苦。慈母眼中血，未干同两乳。"情真意切，令人恻然。他的诗还有意识地转向各种自然景象、生活场景、人生经历的细节，也开创了宋诗好为新奇、力避陈熟的风气，为宋诗逃脱唐诗的笼罩找到一条途径。

譬如他写破庙,写变幻的晚云,写怪诞的传说,写丑而老的妓女,甚至写虱子、跳蚤……这些琐碎平常的题材入诗,很容易显得凡庸无趣,但梅尧臣以其精细的观察和哲理性的思考贯穿其中,加深了诗歌的内涵,使之耐人寻味。如《范饶州坐中客语食河豚鱼》,开头"春洲生荻芽,春岸飞杨花。河豚当是时,贵不数鱼虾"四句,以平易的语言写出河豚的珍贵,而后描绘它的面目可憎、剧毒可怕,人们却"皆言美无度,谁谓死如麻"!最终归结为"甚美恶亦称,此言诚可嘉",把食河豚这一日常生活的现象,与"至美与至恶相随"这一具有普遍意义的哲学问题联系在一起,诗的分量也就显得格外凝重。

四是以散文笔法入诗。梅尧臣的部分诗歌有明显散文化的倾向,善以生僻艰涩的语汇、怪异奇丽的意象,构成幻觉性而非日常意味的诗境。这些诗句夹杂在他平易流贯的诗歌中,有时反而具有独特的效果:首先,因古诗长期以来逐渐形成了固有的组合形式,散文化则打破了诗对这种形式的依赖,既重新获得一种"陌生感""惊奇感",又得到了更为自由的表现。其次,矫正了晚唐五代以来到"西昆体"诗歌的疲软圆熟、藻饰整丽而内涵浅薄的弊病,获得一种雄健之美;又通过虚词的使用、符合常规语法的句式和引入一般认为不宜入诗的寻常事物、朴素字眼,使得诗中意象疏化,诗中的意境避免了迅速变换、错综迷离,也让读者更容易接近和体味诗歌的内涵。再次,梅尧臣的古体诗往往叙述性很强,而散文化的诗句叙述清晰,形象更加鲜明突出。

"诗老"梅尧臣首创的"宛陵体"对后世影响巨大,大诗人陆游最佩服的本朝诗人就是梅尧臣,以为欧阳修的文章、蔡襄的书法、梅尧臣的诗"三者鼎立,各自名家"。他在《书宛陵集后》说:"突过元和作,巍然独主盟。诸家义皆堕,此老话方行。赵璧连城价,隋珠照乘明。粗能窥梗概,亦足慰平生。"在《读宛陵先生诗》中又说:"李杜不复作,梅公真壮哉。岂惟凡骨换,要是顶门开。锻炼无遗力,渊源有自来。平生解牛手,余刃独恢恢。"把梅尧臣看作是李、杜之后的第一位诗人。宋末文天祥主政宣州,拜谒梅尧臣墓时题诗道:"大雅独不坠,修名照乾坤。"元代著名诗人贡奎论梅尧臣道："诗还二百年来作,身死三千里外官。知己若论欧永叔,退之犹自愧郊寒。"称雄于明末至清中叶诗坛的"宣城诗派"也推梅尧臣为鼻祖。

梅尧臣一生著作等身,除诗歌外,还作有大量的文、史和词等。他的词作清新可读,如《苏幕遮·草》："露堤平,烟墅杳。乱碧萋萋,雨后江天晓。独有庾郎年最少。窣地春袍,嫩色宜相照。　接长亭,迷远道。堪怨王孙,不记归期早。落尽梨花春又了。满地残阳,翠色和烟老。"著有《宛陵先生文集》六十卷,《唐载记》二十六卷,《毛诗小传》二十卷,《孙子注》二十三篇。

三人行：绍兴二十四年的科举与宣州

吴俊

北宋仁宗嘉祐二年（1057）的科举"天下第一榜"，群星闪耀，人们可谓耳熟能详。而南宋高宗绍兴二十四年（1154）的科举也是熠熠生辉："豪放词"代表张孝祥，"南宋四大家"中的范成大、杨万里、陆游（被秦桧除名），抗金名将虞允文等，无不在历史画卷中留下了浓墨重彩的一笔。其中范成大、杨万里、张孝祥这三位"同年"，都与宣州有着特别的关联。

"宣州女婿"范成大

范成大（1126—1193），字致能，号石湖居士，平江吴郡人，南宋名臣，著名诗人。高宗绍兴二十四年（1154），范成大登进士第。乾道六年（1170），他以起居郎、假资政殿大学士出使金朝，出发前，孝宗曾专门问范成大：听说大家都很怕出使金国，难道你不怕？范成大回答："臣已立后，为不还计。"气概凛然，视死如归。在金国，范成大可谓危机重重，他在接待他的驿馆里写下了明志诗《会同馆》："万里孤臣致命秋，此身何止上沤浮？提携汉节同生死，休问羝羊解乳不。"

范成大决心以汉苏武为榜样，他说，无论生死我都要像苏武一样不辱使命。史载，范成大"竟得全节而归"——出乎意料他捡回了一条命回到临安。尽管此次出使未能达成朝廷的两项要求，金国只同意南宋方面奉迁陵寝，并归还宋钦宗梓宫，但范成大的平安归来，象征意义远大于实际外交成果。归来后，写有使金日记《揽辔录》。

范成大家世显赫，在他2岁时，北宋亡国。父亲范雩是徽宗宣和六年(1124)进士,官至秘书郎;母亲蔡氏,是北宋书法四大家之一蔡襄的孙女、北宋名相文彦博的外孙女。但在他十七八岁时,随着母亲和父亲的相继病逝,他孤身带着两个妹妹,从都城临安返回故乡吴县。他以家中仅剩的财力帮助两个妹妹出嫁后,自己躲到昆山县的荐严寺读书,一读就是10年,直到绍兴二十四年,28岁的范成大考中进士,入朝为官。后来他与杨万里、陆游、尤袤齐名,号称"中兴四大诗人",与陆游更是挚友。

范成大的夫人是大家闺秀,出身宣州有名的文化世家——狸桥魏氏家族。他在《再辞免知建康府札子》中说:"臣妻族魏氏,见居溧水、宣城之间。"他的岳父魏信臣是南宋早期政坛风云人物魏良臣之弟。魏良臣对范成大十分赏识,"一见以远大期之"。魏良臣在官场沉浮多年,曾两度出使金国,后官至宰相,政治阅历深厚。事实也证明了魏良臣的远见,范成大最终成为南宋名臣。在范成大的心中,魏良臣不仅仅是长辈族亲,更多了一份敬重和友爱。范成大和魏良臣的唱和诗有《次韵宣州西园》:

苔茵无地著红尘,花草含芳一笑新。
不待东君能剪刻,相公笔力挽回春。

范成大在这首诗中,赞美了魏良臣卓尔不群的才能,将他与"东君"相比。"东君"在古时是太阳的意思,虽然夸大,却表达出范成大的钦佩之情。他在《二月三日登楼,有怀金陵、宣城诸友》诗中,又回忆与魏良臣共游宣州西园的感受:

百尺西楼十二栏,日迟花影对人闲。
春风已入片时梦,寒食从今数日间。
折柳故情多望断,落梅新曲与愁关。
诗成欲访江南便,千里烟波万叠山。

此诗情景交融,有畅游的娴雅,有对长辈故友的眷恋,更有释怀后的洒脱;其中"折柳故情多望断"等诗句,深沉中不失清丽,颇为后世所称道。魏良臣卒于绍兴三十二年(1162),享年69岁;这一年范成大在临安任职,监管太平惠民和剂局,他作文悼念并遥祭这位长者。后来他又曾到西园缅怀逝者,并作《晚步西园》诗:

料峭轻寒结晚阴,飞花院落怨春深。
吹开红紫还吹落,一种东风两样心。

诗中描绘了春深时节落花渐凋的景象。暮晚时分春寒料峭,阴霾的天空暮色苍茫,落红乱舞怨春深,心忧春尽留不能,东风有情无情,百花吹开吹落,如同人心一样有情与无情。诗的基调幽怨苍凉,风格平易浅显,语言清新妩媚,富有哲理,意蕴深刻。

范成大因是"宣州女婿",故便于尽览宣州山川,也与在宣州的诗人文士多有交往、诗文酬唱。这对他的诗歌创作大有裨益,也为宣州的"存史"做出了贡献。如他游览狸桥云山金牛洞,作《题金牛洞》诗:"故乡江吴多好山,笋舆篾舫相穷年。春风吹入江南陌,叠嶂双峰如旧识。闻道金牛更孱颜,古来铁锁高难攀。自从仙伯弭芝盖,凤舞鸾歌开洞天。新诗剩说山中妙,我不曾游先梦到。从渠弱水隔蓬莱,云山何处无瑶草。"他把岳家当作"故乡",云山峰亦如旧时相识;又作五律《游金牛洞题石壁上》。他的《自宁国溪行至宣城,舟人云凡百八十滩》写道:

波惊石险夜喧雷,晓泊旗亭笑眼开。
休问行人缘底瘦,适从百八十滩来。

从此诗可见,当年自属县宁国至宣州,舟行水阳江的状况:乱石穿空,惊涛拍岸,势若奔雷,指引行船的旗亭人紧张不已,待安全靠岸,不禁笑逐颜开,打趣乘舟人被险状惊瘦了腰。而如今"中流击水、浪遏飞舟"

的情形再不复现了。

范成大一生经历坎坷，年少双亲早逝，晚年境况亦颇悲苦。绍熙三年（1192），他的幼女出嫁前不幸亡故，这让他十分心痛。老友周必大写信劝慰他说，世间幻化，哭过恸过之后，自应一笔勾销。然而在次年，他的夫人也去世了。夫人魏氏知书达礼、秀外慧中，同范成大相濡以沫数十年，已是他重要的精神支柱。如今夫人先去，无疑给了范成大致命一击；当年九月五日，67岁的范成大与世长辞。

范成大在宣州留有多首诗作：《晓自银林至东灞登舟，寄宣城亲戚》《复自姑苏过宛陵，至邓步出陆》《清明日狸渡道中》《周德万携弩赴龙舒法曹，道过水阳相见，留别》等，著有《石湖集》《揽辔录》《吴船录》《吴郡志》《桂海虞衡志》等诗文集。他的诗风平易浅显、清新妩媚；诗的题材广泛，在南宋即产生了显著影响。"清新无丽，奄有鲍、谢；奔逸隽伟，穷追太白"（杨万里）、"公素以诗名一代，故落纸墨未及燥，士女万人已更传诵"（陆游）、"万年翰墨文章"（叶茵）。到清代影响更大，有"家剑南而户石湖"的说法；钱钟书之父钱基博说："其诗与陆游、尤袤及万里，号南宋四大家……（范成大）得山谷之遒炼，而不为捃摭；逊东坡之豪放，而约以婉峭；异陆游之熟易，而同其清新；有万里之幽瘦，而避其俗俚。""南宋四大家"就此定论。

另外，范成大家学渊源，受母亲影响，亦擅长书法。其书清新俊秀，典雅俊润，惜为他诗名所掩。明陶宗仪《书史会要》谓范成大："字宗黄庭坚、米芾，虽韵胜不逮，而遒劲可观。"

"诗人眼毒"杨万里

杨万里（1127—1206），字廷秀，号诚斋，吉州吉水人；因宋光宗曾为其亲书"诚斋"二字，故人们又称其为"诚斋先生"。杨万里绍兴二十四年（1154）高中进士，被分配到江西赣州做司户参军，这一年杨万里27岁；他就此开始了宦海沉浮的生涯。

史载杨万里性格刚烈，力主抗金，反对屈膝议和，敢于直谏。面对中原沦丧的局面，他报告孝宗："为天下国家者不能不忘于敌，天下之忧，复有大于此者乎！"（《千虑策·国势上》）他提醒光宗："要节财用、薄赋敛、结民心，民富而后邦宁，兴国之计，就在于此。"（《转对札子》）因此，孝宗贬他"直不中律"，光宗称他"也有性气"（《鹤林玉露》甲编卷四），于是他多次遭贬。

最后一次被贬是在绍熙三年（1192）。当时朝廷下令江南诸州行使"便钱会子"（相当于汇票、支票），导致伪钞盛行，通货膨胀。身为江东转运副使，暂代总管淮西和江东军马钱粮的杨万里不但不奉诏，还上书谏阻，因而得罪宰臣，改任赣州知州。杨万里未就职，八月谢病致仕，回归吉水。自此幽居在家，与世隔绝。此后，朝廷三番复召杨万里回朝，他都一一谢绝。

说到杨万里的诗歌，人们马上就能想到那脍炙人口的诗句："小荷才露尖尖角，早有蜻蜓立上头"，"接天莲叶无穷碧，映日荷花别样红"。近处是初夏才露眉的荷叶，蜻蜓蹁跹而至的轻盈身姿；接着是点点荷花，在无穷碧的莲花田里接天地绽放。写下此诗时，他已年过半百，此时的杨万里已在官场浮沉数年，难得有返璞归真的超然心境。杨万里一生，写下咏荷花的诗词有179首，可谓"好咏荷而重节，花因诗而闻名"。

杨万里第一次到宣州应是绍熙二年（1191）。上一年的秋冬之际，杨万里被外调江东，驻节金陵。冬去春来，他开始巡视江东诸郡，由溧水经宣州属县建平（郎溪）至宣州。久闻宣州诗人地，作为享名已久的诗人来此，怎可无诗？于是他挥毫写下《入建平界（二首）》《晓过花桥入宣州界》《宛陵道中》等多篇诗作。他的《晓过花桥入宣州界》一气呵成，便是四首：

路入宣城山便奇，苍虬活走绿鸾飞。
诗人眼毒已先见，却旋裹云作翠帷。

——《晓过花桥入宣州界》（其一）

首先打动诗人的便是宣州的秀丽山水。山道奇险,古树苍劲的枝丫遮天蔽日,满目翠绿。碧蓝的天空上,飘来北风撩起的云彩,云彩与山色相映,像是翠绿的帐幕挂在天地之间。

敬亭宛水故依然,叠嶂双溪阿那边。
谢守不生梅老死,倩谁海内掌风烟。
——《晓过花桥入宣州界》(其二)

敬亭山、谢朓楼是每个来宣州的诗人必去之地。诗人攀上敬亭之巅,远眺宛、句二水:水,依然是李白的双溪水,静水流深;又登谢朓楼,追思谢朓、梅尧臣,深情慨叹他们诗句里的风光犹在,斯人已去;而今掌海内笔墨风烟者谁?自不待言。

近山浅绿远深青,两样风姿一样清。
似怨朝阳卷云雾,被侬看著太分明。
——《晓过花桥入宣州界》(其三)

不是青山是画图,南山瘦削北敷腴。
两山名姓君知么,一字玄晖一圣俞。
——《晓过花桥入宣州界》(其四)

宣州的近山远水,流进了诗人的心底,酿出了优美的诗句。青绿风姿,朝阳破雾,青山画图,那是被谢朓、梅尧臣歌咏的山河,如今落入他的笔下,将与前贤一样辉映后世。这组诗从"似怨朝阳卷云雾,被侬看着太分明"之句,仍然可以看出杨万里忧国忧民的政治抱负,在赏景之余,波谲云诡的朝廷趋势,如一股暗云浮进了他的心底。

在《宛陵道中》,杨万里吟道:"溪缭双衣带,桥森百足虫。伞声松径雨,巢影柳塘风。犬误随行客,牛偏识牧童。追程非要缓,路滑试匆匆。"语言晓畅,情景如画,读之令人感到轻松亲切。

杨万里的《晓晴发黄杜驿二首》,流露出可贵的赤子之心,堪称南宋诗坛的名篇佳作:

望后月不落,偏于水底明。
对悬双玉镜,并照一金钲。
忽值山都合,浑无路可行。
多情小花径,导我度千萦。

巷竹欹将倒,林花湿不飞。
总将枝上雨,洒入轿间衣。
晴色犹全嫩,春寒肯便归。
秖能欺客子,户户闭荆扉。

"黄杜驿"现为宣州的黄渡镇。第一首虽写实景,但诗人"眼毒",偏偏看出了些玄虚。水中日月,双镜高悬;山合无路,忽度千萦;如此,便又多了些哲思。第二首则很活泼。初春的乡村景色宜人,淅沥的小雨斜飞进闾巷竹林,从枝头洒下的雨落进了轿子里,淋湿了他的衣襟;万物复苏,感染着诗人的心境,他俏皮地说:"秖能欺客子,户户闭荆扉。"诗人一旦回归自我,"以我眼观万物",总会发现美妙的瞬间。

再来宣州已是秋日。宣州的秋,已被李白渲染得美得不可方物、情浓得化不开。中秋节的前一日,秋雨霏霏,如绵绵不绝的思绪。杨万里冒雨再泛舟两水、重登谢朓楼。至夜,仿佛上天成全,久雨的天忽地放晴,一轮圆月从天际升起,远山近水尽收眼底。诗人喜出望外,写下《中秋前一夕,雨中登双溪、叠嶂,已而月出》七律二首:"双溪叠嶂旧知名,投老初登眼不醒。一雨飞来四天黑,乱云遮断万峰青。急呼月色开秋色,夺得昭亭与敬亭。自笑诗翁犹狡狯,不饶山鬼弄精灵。"(其一)"州在三峰最上头,上头高处更高楼。都将万岳千岩景,堆作双溪叠嶂秋。晚雨才收山尽出,暮天似水月如流。敬亭堪喜还堪恨,领得风光揽得愁。"(其二)

杨万里在宣州还作有《月中炬火发仙山驿,小睡谢亭五首》《五更入宣城诣天庆观朝谒》等诗,或写"月华露气山兼水,享尽人间第一凉"的轻快,或写"落月能相伴,疏钟似见招"的心境。他的《莲子》诗写道:"蜂儿来自宛溪中,两翅虽无已是虫。不似荷花窠底蜜,方成玉蛹未成蜂";以及《吟宣木瓜》等小景、咏物诗中,宣州的朝花夜露,溪畔蜂蝶,甜美瓜果,竟让他有了孩童般的心境。

杨万里算是个作诗"狂人",一生写诗20000余首,在南宋大概仅次于陆游了吧?今存诗4200余首。他的诗先学江西诗派,后学陈师道、王安石,又学晚唐诗;终于自成一家,形成影响颇大的"诚斋体"。陆游说:"诚斋先生主诗盟,片言许可天下服。"周必大说:"诚斋大篇短章,七步而成,一字不改。"刘克庄说他:"海外咸推独步,江西横出一枝。"至明代,解缙更论说杨万里:"文章足以盖一世,清节足矣励万世。"

张孝祥"侍亲宣州"

张孝祥(1132—1170),字安国,和州人,是唐代诗人张籍七世孙。自幼资质过人,被视为神童;《宋史》称他"读书一过目不忘",《宣城张氏信谱传》说他"幼敏悟,书再阅成诵,文章俊逸,顷刻千言,出人意表"。

绍兴十一年(1141),因避金兵之犯,年仅9岁的张孝祥随父亲张祁及亲族渡江,来到宣州避难,并在宣州安家。《宣城张氏信谱传》说:"公易簮时方髫年,从诸父徙宣城。"绍兴十四年(1144),张孝祥又随父迁芜湖。芜湖、于湖二县名字唐后混淆,因此,张孝祥自号"于湖居士"。

绍兴二十四年(1154),22岁的张孝祥廷试后被高宗评为"诗、书、策"三绝,亲笔擢为第一。这一榜进士除范成大、杨万里等名流外,还有一位彪炳青史的儒将,名叫虞允文;而陆游因上年锁厅考试(现任官员及恩荫子弟的进士考试)获第一,居秦桧孙秦埙之上,故在绍兴二十四年的礼部考试中被秦桧指示除名。

当上新科状元不久,张孝祥就拼上自己光明的前程,上书高宗:

> 岳飞忠勇天下共闻。一朝被人诽谤,旬日间即死亡。结果敌国庆幸,而将士解体,非国家之福也。今朝廷冤之,天下冤之,陛下所不知也,当亟复其爵,厚恤其家,表其忠义,播告中外,俾忠魂瞑目九泉,公道昭明天下。

此疏自然引起高宗不满、秦桧忌恨。于是秦桧指使党羽诬告其父张祁谋反,将张祁投入监狱,百般折磨,张孝祥自然受到牵连;幸而不久秦桧身死,才挨过了这段艰难的时期。后授秘书省正字,历任秘书郎、著作郎、集英殿修撰、中书舍人等职。绍兴二十九年(1159),张孝祥因遭人嫉妒被弹劾,罢官回芜湖、宣州赋闲。途中作《将至宣城和壁间韵寄王宣子》:"一笑归来见在身,倒倾江水洗缁尘。骑驴缓缓东风里,知有工夫展故人。"

韩酉山在《张孝祥年谱》中提到,绍兴三十一年(1161)四月至七月,张孝祥居宣州侍亲(其父在宣州),八月回和州省视祖茔。十月间在宣州,代宣州太守任古致书王权,批评王权有负中外之望;又为好友王日休《净土文》作序。他在《龙舒净土文序》曾说:"绍兴辛巳秋,过家君于宣城,留两月,始见其净土文。"他曾致书徐度(史学家,曾任吏部侍郎),询问抗金之事。为防备金军入侵,任古率宣州军民整修城池,张孝祥作《宣州修城记》以记之。他和任古同游敬亭山后,作《奉陪宣守任史君谒昭亭神祠》:

丰年已卜稻如京,雪尽春从竹季青。
竹里红旗进点点,松间白塔见亭亭。
暖回宿卖开寒色,风约疏梅度晚晴。

却忆宣城李太白,也将诗句掣斋铃。

　　张孝祥与敬亭山下千柱宫的应庵、如庵两位禅师很有交情。应庵,讳昙华,俗姓江,黄梅人;17岁投东禅寺出家,18岁受戒,时谓"楚西有应庵,浙东有妙喜"。如庵系青原下十三世,本觉守一禅师法嗣。张孝祥曾作《重入昭亭赋二十韵》写二僧:"长怀昭亭山,积翠摩青天。下有千柱宫,突兀数百年。往者雪中游,群峰玉回旋。飞阁出木末,下睨春无边。堂中二老人,龙象开法筵。炯炯月在空,浩浩海纳川。应庵默无言,妙处心已传。如庵说千偈,微词谛真诠。"另有《应庵退席蒋山,来寄昭亭,万寿三请,不得已而去,辄赠长句,兼简苏州内翰尚书》、《和如庵》(6首)。还作有《过昭亭哭二弟》:"陌上春风久矣归,墓头衰草正迷离。白头未抆三年泪,黄壤长埋短世悲。忆昔追游常并辔,只今独往更题诗。两儿二弟俱冥漠,顾影伶俜欲语谁?"应是其弟随父在宣州,死后葬在敬亭山附近。

　　绍兴三十一年(1161)十一月,同年好友虞允文率军取得"采石大捷",金主完颜亮也因此役而死,金兵撤退。此为岳飞被害后最振奋人心的一次大捷。时张孝祥正往来于宣州、芜湖间,闻讯欣然作《辛巳冬闻德音》一诗:"帐殿称觞送喜频,德音借与万方春。指挥夷夏无遗策,开阖乾坤有至神……守江诸将遥分阃,绝漠残胡竟倒戈。"又写下《水调歌头·闻采石战胜》一词:

　　雪洗虏尘静,风约楚云留。
　　何人为写悲壮,吹角古城楼?
　　湖海平生豪气,关塞如今风景,剪烛看吴钩。
　　剩喜然犀处,骇浪与天浮。

　　忆当年,周与谢,富春秋。
　　小乔初嫁,香囊未解,勋业故优游。

赤壁矶头落照，肥水桥边衰草，渺渺唤人愁。
我欲乘风去，击楫誓中流。

这首词上阕写出了作者"闻捷"以后兴奋激动的心情，又蕴含着"关塞如今风景""何人为写悲壮"这样的悲慨情绪；下片赞颂虞允文的功绩，暗写自己意欲遥学古人建功立业的壮志，抒发了忧国忧民的情怀。全词笔墨酣畅，音节振拔，奔放中有顿挫，豪健中有沉郁，堪称张孝祥代表作之一，也是宋词中的名篇，历来被各家选本收录。

同样的心怀国事，张孝祥在宣州西园赏梅时所作的《临江仙》，却写出了与"闻采石战胜"完全不一样的风格：

试问梅花何处好，与君藉草携壶。
西园清夜片尘无。
一天云破碎，两树玉扶疏。

谁昭华吹古调，散花便满衣裾。
只疑幽梦在清都。
星稀河影转，霜重月华孤。

词人在上阕写月夜对酒赏梅，是实景；下阕写忽听"梅花落"，不禁梦绕清都，是虚景。不同前词的雄奇奔放，此词清幽含蓄，即便婉约名家亦不过如此；而寄意收复中原，抒写爱国情怀，可谓情真调高。而他另一首写梅的词，却是真正的"婉约"。

雪月最相宜，梅雪都清绝。
去岁江南见雪时，月底梅花发。

今岁早梅开，依旧年时月。

冷艳孤光照眼明,只欠些儿雪。

——《卜算子》

绍兴三十二年(1162),张孝祥复官,出知抚州。但他历经宦海风波,已磨去了他"少年气锐"的棱角,心中蒙上了一层暗淡消沉的阴影,也预感到自己与时代共浮沉的艰难。在从建康还宣州途经溧阳时,他写下一首《西江月》:

问讯湖边春色,重来又是三年。
东风吹我过湖船,杨柳丝丝拂面。

世路如今已惯,此心到处悠然。
寒光亭下水如天,飞起沙鸥一片。

词的起首两句,描述他时隔三年旧地重游的怀恋心境,三、四两句从客观风物欢迎自己的角度下笔,描画出上船离岸乘风过湖的情景。超脱尘网、得其所哉的无限快意,就这样得到了淋漓酣畅的表现。下阕前两句暗承"过湖",由描述转入议论,看似语意突兀,实是一脉相通。结尾两句,紧承"悠然"二字宕开一笔,描写所见的自然美景;返归自然的恬适愉快,尽在言外,成为全词意境旷远、余音绕梁的结笔。此词亦为宋词名篇。

后来,张孝祥在仕途上颠沛流离,曾任静江知府、潭州知府、荆南知府、荆湖北路安抚使等职。史称他出守六郡,所至皆有惠政。他本着爱民之心,因地制宜,做出不同的决策,切合百姓的要求,所以每能创出佳绩,受到各地的敬重和怀念。但北伐无望与宦海沉浮,让他心态已有悲秋之感,这在他的词作《念奴娇》中得到淋漓尽致的体现:

朔风吹雨,送凄凉天气,垂垂欲雪。

万里南荒云雾满,弱水蓬莱相接。
冻合龙冈,寒侵铜柱,碧海冰澌结。
凭高一笑,问君何处炎热。

家在楚尾吴头,归期犹未,对此惊时节。
忆得年时貂帽暖,铁马千群观猎。
狐兔成车,笙歌震地,归踏层城月。
持杯且醉,不须北望凄切。

乾道五年(1169)三月,张孝祥获准辞官。对于这次辞官,张孝祥非常急切,也非常高兴,他在给朱熹的信中说:某自到官即请去,凡六七,最后乞致仕,乞寻医,且欲不俟报弃官而归,诸公乃亦相察,今复得祠禄矣。近制不必俟代者,已治舟楫,载衣囊,五七日即可离去。

张孝祥回宣州侍亲,作《昭亭食柑》:"一双分我洞庭秋,梨枣傍观不那羞。唤得风霜回齿颊,夜寻清梦五湖舟。"虽有戏笔,但泛舟五湖、绝意仕途之念很坚决。次年三月,孝祥返还芜湖。七月,得急病而逝,卒年38岁。对其死因,据周密《齐东野语》:"以当暑送虞雍公(虞允文),饮芜湖舟中,中暑卒。"英年早逝,殊让人为之叹息。

张孝祥是南宋书法名家。高宗说他"必将名世",孝宗见其遗墨"心实敬之"(叶绍翁《四朝见闻录》)。南宋朝诸多名家文人、书家,都对他的书法推崇有加。当然,张孝祥最受推崇的自然是他的词。

张孝祥有《于湖居士文集》《于湖词》传世,《全宋词》辑录其223首词。他的词上承苏轼,下开辛弃疾爱国词派的先河,是南宋豪放词的代表人物之一,在词史上占有重要的地位。汤衡说:"自仇池(苏轼)仙去,能继其轨者,非公其谁与哉?"据说张孝祥"平昔为词,未尝著稿,笔酣兴健,顷刻即成,初若不经意,反复究观,未有一字无来处……所谓骏发踔厉,寓以诗人句法者也。"(汤衡《张紫微雅词序》)因是即兴创作,所以情感连贯,激情澎湃,语言流畅自然,又能融汇前人诗句而不见雕琢痕迹。

查礼说"于湖词声律宏迈,音节振拔,气雄而调雅,意缓而语峭"(《铜鼓书堂遗稿》),正概括了张孝祥词的基本特点。但他也善作清疏空阔、婉转清丽、情深意切的小词;笔下广阔,诚所谓大家风范。

　　张孝祥的词在同时代就得到极高的评价。杨万里说:"当其得意,诗酒淋漓,醉墨纵横,思飘月外。"王十朋说:"天上张公子,少年观国光。高名一枝桂,遗爱六州棠……"而钱基博在《中国文学史》第四章南宋中的分析颇为公允:"其诗文皆追慕苏轼;而平昔为词,未尝著稿,笔酣兴健,得苏轼之浩怀逸气,襟抱开朗,仍是含蓄不尽。其词与辛弃疾同出苏轼。然弃疾恣意横溢,简直文势;孝祥则抗首高歌,犹有诗情;所以发扬蹈厉之中,犹有婉转悠扬之致也。至弃疾则张脉偾兴,而粗粝猛起,奋末广贲之音作矣。"

二、水墨诗心

SHUIMO SHIXIN

行板如歌
——敬亭山的诗意变奏
李居白

光影缝隙,时空流转。南齐、大唐、两宋……敬亭山……

谢朓文章,敬亭山的开山锣鼓

南朝齐建武二年(495)初夏,槐树花开,偶尔几声蝉鸣。

这个夏天,宣州迎来了其文化史上最重要的一个人物——谢朓。建康宫廷风云诡谲,政治多变,亲王皇子博弈,帝位频繁更替,作为文臣,当时的谢朓自然也是重要的政治人物。或许是因为学识渊博而深得新王赏识,又或许是因为政治站队而不得同僚心,排挤也好,委以要务也好,总之,是年谢朓由中书郎出为宣城太守,就这样期期然地与敬亭山相聚。

历史是怎样的过往,我们不必评说,也无须去深探,只是我们说,对于宣州,与谢朓的邂逅,应该是一大幸运,而对于敬亭山,谢朓的到来,则更是她的大幸福。

"兹山亘百里,合沓与云齐。隐沦既已托,灵异俱然栖。上干蔽白日,下属带回溪。交藤荒且蔓,樛枝耸复低。独鹤方朝唳,饥鼯此夜啼。渫云已漫漫,多雨亦凄凄。我行虽纡组,兼得寻幽蹊。缘源殊未极,归径窅如迷。要欲追奇趣,即此陵丹梯。皇恩既已矣,兹理庶无睽。"(谢朓《游敬亭山》)

搜寻典籍,在吟咏敬亭山的诗文之中,以谢朓的这首成名最早,应为开山篇。谢的笔下,敬亭山的蓝天白云、峰峦曲径、山花飞鸟、林木溪流,皆入诗来,美得让人迷醉,心向往之。

"山不在高,有仙则名",敬亭山不高,也没仙,但她是"有诗则名"。

"君不见敬亭之山黄索漠,兀如断岸无棱角。宣城谢守一首诗,遂使声名齐五岳"(唐·刘禹锡《九华山歌》),刘禹锡所说并不为过,敬亭之山,旧志载位于"城北十里,旧曰昭亭山,又曰查山",不高耸,也不险峻,一如刘禹锡口中的"无棱角",但之所以声名远播,确实是全依仗诗文传兴,而谢朓更是当仁不让的首倡者。

山成就人,人更成就了山,相互辉映,水涨船高。谢朓的到来,让敬亭山开始有了注脚,从远离世外的默默无闻,一下走进了人们的视线,虽然还有面纱,半掩半露,但终是芳华暴露;而敬亭山的清秀婉丽、恬淡安宁,同样也使谢朓的心灵得以荡涤,风凉净身、水清洗心、林幽安神,独到的山水小气候淘去了他的官场浊气,陶冶了情操,使他的诗歌变得清新自得、悠然流丽,山水田园情怀一下大爆发,以至于他的山水诗终成为一标杆,影响了后世无数代。所以,宣州任上,谢朓并不落寞,官当得怎样且不去说,文章却是一下达到了前所未有的高度,开了挂似的达到一个巅峰,成为当时"竟陵八友"中的佼佼者,以至于后来人们提起他,直接以"谢宣城"称之。

徜徉敬亭,李白为江南诗山铸魂

如果说谢朓是敬亭山的揭牌人,那么李白便是敬亭山的扛鼎者。

李白与敬亭山的约见,注定是一场盛宴,彼此神交已久、相见恨晚。因为李白的到来,敬亭山如洪水破堤,开始诗意奔涌。

"众鸟高飞尽,孤云独去闲。相看两不厌,只有敬亭山。"(《独坐敬亭山》)

李白的仰首一叹,成就千古,这首《独坐敬亭山》可谓是李白为敬亭山注册的永久商标,驰名海内外。

天宝十二载(753),李白受时任宣州长史的从弟李昭之邀来到宣州。民间传说李白是被李昭书信里对敬亭山的过度赞骗来宣州的,但是

二、水墨诗心

"蓬莱文章建安骨,中间小谢又清发",其后来作品里对谢朓的推崇,以及如许之多的赞美敬亭山的诗篇,可以看出他对前来宣州还是惬意的,并不后悔,如果说被骗,也是甘心被骗。

> 我家敬亭下,辄继谢公作。
> 相去数百年,风期宛如昨。
> 登高素秋月,下望青山郭。
> 俯视鸳鹭群,饮啄自鸣跃。
> 夫子虽蹭蹬,瑶台雪中鹤。
> 独立窥浮云,其心在寥廓。
> 时来顾我笑,一饭葵与藿。
> 世路如秋风,相逢尽萧索。
> 腰间玉具剑,意许无遗诺。
> 壮士不可轻,相期在云阁。
> ——《游敬亭寄崔侍御》

"早晚凌苍山",远离长安政治中心数十年之后,李白终于在敬亭山找到了他最想要的灵魂栖息地。来到宣州之后,他结庐于山脚,过起了朝饮花露、夜宿山风的半隐生活,自此与敬亭山成为最好的"闺密",可以随时敞怀一诉。

> 送客谢亭北,逢君纵酒还。
> 屈盘戏白马,大笑上青山。
> 回鞭指长安,西日落秦关。
> 帝乡三千里,杳在碧云间。
> ——《登敬亭北二小山,余时送客,逢崔侍御,并登此地》

纵酒吟诗、游山交友,这样的生活还是比较让李白放松流连的,李白一生无数次来过敬亭山,无论是特意前往,还是顺路来探,反复前来自然是对其喜爱到挂怀。"蜀国曾闻子规鸟,宣城还见杜鹃花。一叫一回肠一断,三春三月忆三巴。"(《宣城见杜鹃花》)从此诗可以看出,除了浓浓的乡愁之外,其实还有一点淡淡的乐不思蜀,仔细体会,应该还是有一种把宣州当作第二故乡的情思。

所以徜徉于敬亭,到底是因为孤独,还是喜爱,我们无法破解古人的心思,但无论是哪一种,我想,至少在当年,敬亭山还是为漂泊的李白提供了休憩的港湾,让他走得心累之时,可以在某个寂寥的午后坐一坐,想一想。

把一掌清风当酒饮,拥一轮明月歌无声,一地心思,撒下诗意无限,李白在与敬亭山的对谈中,留存的诗篇太多,文中无法一一提及,现简要附录一些如下,以飨各位看客:

《赠宣城宇文太守兼呈崔侍御》:"时游敬亭上,闲听松风眠。"

《自梁园至敬亭山见会公谈陵阳山水兼期同游因有此赠》:"敬亭惬素尚,弭棹流清辉。"

《赠宣州灵源寺冲濬公》:"敬亭白云气,秀色连苍梧。"

《登敬亭山南望怀古赠窦主簿》:"敬亭一回首,目尽天南端。"

《寄崔侍御》:"此处别离同落叶,朝朝分散敬亭秋。"

《别韦少府》:"洗心向溪月,清耳敬亭猿。"

《送崔氏昆季之金陵》:"扁舟敬亭下,五两先飘扬。"

《观胡人吹笛》:"十月吴山晓,梅花落敬亭。"

《宣城哭蒋征君华》:"敬亭埋玉树,知是蒋征君。"

《过崔八丈水亭》:"檐飞宛溪水,窗落敬亭云。"

《独坐敬亭山(其二)》:"合沓牵数峰,奔来镇平楚。中间最高顶,仿佛接天语。"

花腔齐开,文人雅士注墨洒敬亭

"谢守一首诗,声名齐五岳",其实刘禹锡说得并不准确,声名齐五岳的功劳除了谢朓之外，更应该是大家齐力的结果。

青衣、长衫、大花脸……刀枪、棍棒、后空翻……

水袖婉转，十八般武艺，千万花开……谢李之后，敬亭山声名远播，一时引得百鸟朝鸣，文人雅士纷至沓来。

李白为敬亭山铸魂之后的将近千年，敬亭山真是吟无虚日，大唐王朝的白居易、杜牧、韩愈，两宋期间的晏殊、苏辙、文天祥，元明清时期的汤显祖、文徵明、石涛等名家都慕名而来，吟诗作赋、摹画传记，而本土的名士梅尧臣、贡师泰、施闰章、梅清等更是倾力加持，佳作频出。据不完全统计，知名文人墨客先后登临者高达300人之多，大家火力全开，数以千计的以敬亭山为主唱的诗文、辞赋、画作喷薄而出，传世留名者更是比比皆是，一代又一代，接力为"江左诗山"弹唱变奏曲。

而限于篇幅，不同朝代的题咏仅能选录一些附下，以供欣赏：

唐·白居易《宣州崔大夫阁老忽以近诗数十首见示，吟讽之》："再喜宣城章句动，飞觞遥贺敬亭山。"

唐·杜牧《自宣州赴官入京，路逢裴坦判官归宣州，因题赠》："敬亭山下百顷竹，中有诗人小谢城。"

唐·杜牧《偶游石盎僧舍》："敬岑草浮光，句沚水解脉。"

唐·许浑《送僧归敬亭岭》："晓月下黔峡，秋风归敬亭。"

唐末五代·齐己《寄敬亭清越》："敬亭山色古，庙与寺松连。"

北宋·黄庭坚《送舅氏野夫之宣城（其一）》："晚楼明宛水，春骑簇昭亭。"

南宋·韩元吉《水调歌头（和庞佑甫见寄）》："坐想敬亭山下，竹映一溪寒水，飞盖共追游。"

清·施闰章《叔父寄敬亭茶封题曰手制》："馥馥如花乳，湛湛如云液。将茶煮江水，不改江水白。问此来何方，言出君故乡。"

近现代·陈毅《由宣城泛湖东下》："敬亭山下橹声柔，雨洒江天似梦游。"

近现代·楚图南《登敬亭山口占》:"千峰闻鸟语,万壑走松风。驻足青云上,植根泥土中。"

前有古人,后有来者,对敬亭山的吟咏源源不断,而诸如以上的名作罗列不完,只能用"等等、等等"作结。

"问君能有几多愁"
——宛溪河的诗和远方
李居白

一溪水声,一处归岸,一个"愁"字并不了得……

乡愁:"东门大河",神圣的存在

滨水而居,一直是一种古老的生存方式,也是一种理想的生活状态。所谓面朝大海,春暖花开,水能供养保持生命,更能洗涤陶冶心智;作为生命之源,上古至今,备受敬崇。

在宣州,同样也有一条生命之源——宛溪。

"宛水过城下,滔滔北去斜。远船来桔蔗,深涉上鱼虾……"(梅尧臣《宛溪》[其一])

宛溪,俗称"东门大河",自南向北绕城东流,是宣州子民的饮水之源。

"圃抱瓮而为灌,农荷锸而成渠。艺五谷之良种,润自然之嘉蔬。"(杨珂《宛溪赋》)宛溪是宣州的母亲河,也是一条护城河。古时宣州城居陵阳山,紧傍宛溪水,故而古人又取山水名的首字,合而称宣州为"宛陵"。由此可见,此一山一水,对宣州而言,其意自然非凡。

三洲滩口急,两水渡头来。
下过桓彝宅,上通严子台。
潺湲泻寒月,滉漾照春梅。

> 白鹭惊飞处,鱼多见底回。
>
> ——梅尧臣《宣州杂诗》

提到宛溪,北宋大诗人梅尧臣最有话语权,话匣子一打开,自是收不住,赞诗一首接着一首。两岸人家,河边浣洗,水面商船,往来穿梭,桥上歌声,水底游鱼,宛溪生动的岁月在梅诗里流淌。

梅尧臣土生土长于宣州,喝着宛溪水长大,对于宛溪自然有着别样的情愫。要说宛溪,他会有千言万语,三日三夜也难倒尽,无数次吟唱,《宛溪》的字里行间到处都透露着他的自得和深爱。

> 搜括青钱买小舟,独从物外姿闲游。
> 敬亭云破参差出,宛水春生清浅流。
> 村店远时寻酒到,寺楼佳处倚栏留。
> 归篷载酒斜阳里,笑看空潭照白头。
>
> ——蔡晓原《宛溪》

依依难别,比之于梅尧臣,清人蔡晓原这首《宛溪》更让人看到了游子的心魂所在。

蔡晓原同样生长于宣州,但他青年时外出,一颗游子心埋在宛溪水声中,所以诗意便多了依恋和回望。

"四百里水阳江,悠悠宛溪河",无论是过去还是现在,都是宣州人的乡愁所在。无论游子在外,还是父老驻乡,只要提起她,片刻便会激起心底的涟漪。

离愁:一江春水,又载得动几许

敬亭歌邀聚,宛溪唱离歌。关于宣州山水,歌咏最多的除了敬亭山,便是宛溪。

二、水墨诗心

菊花村晚雁来天,共把离觞向水边。
官满便寻垂钓侣,家贫已用卖琴钱。
浪生溢浦千层雪,云起炉峰一炷烟。
倘见吾乡旧知己,为言憔悴过年年。
——来鹏《宛陵送李明府罢任归江州》

唐宋诗歌里,宛溪上的离别大多与官场的来去有关,所谓一叶扁舟载来,孤帆一片送去。有多少游宦、作幕的士大夫,"共把离觞向水边"?宛溪河畔,酒对离人,所有的官场离别愁绪都被晚唐诗人来鹏的一句诗载满。

寥落去山外,迢遥舟中赏。
铙吹发西江,秋空多清响。
地迥古城芜,月明寒潮广。
时赛敬亭神,复解罟师网。
何处寄相思,南风吹五两。
——王维《送宇文太守赴宣城》

江上宣城郡,孤舟远到时。
云林谢家宅,山水敬亭祠。
纲纪多闲日,观游得赋诗。
都门且尽醉,此别数年期。
——韦应物《送宣城路录事》

"何处寄相思,南风吹五两","此别数年期",最难舍的是离别,即使官场聚散,来去也依然见真情。而古时交通不便,山高水淼,车马舟船来回周期长,人不易往返,书信也难及时递达,挚友亲朋常常一别经年,以致一别难见、一别再也不见的故事有许多。故此,宛溪河上,离别诗多生也是必然。

"宛溪水,来自华阳柏枧诸山之坎坳"(梅庚《宛溪水为佟使君赋》),一路向北,流经宣州城后于城东北和句溪交汇入水阳江,北去可达长江,是水阳江的主要源头之一,一级支流,故而她也是宣州的一条交通要道,肩负着迎来送往的重任。

> 夜闻陵阳峰上雨,晓见宛溪春水平。
> 画船不待双橹挟,归客喜成千里行。
> ——曾巩《送宣州杜都官》

一雨潮生,春水起时好行舟;"唐宋八大家"之一的曾巩,诗中的欣喜是离别诗里的别样风景。因环境地势原因,宛溪河在枯水期有的河段可见河底,船不能畅行,所以冬天的宛溪河送别诗并不多见。

喜水涨,又愁水涨,这是古人水上行旅的一个矛盾心理,所谓"跑马行船三分命"。古时水路颇多凶险,风浪间来去,前路难卜;所以,宛溪河上的离愁,除了对人的难舍和相思之外,还有一个重要的因素是对水路行旅的畏惧和担忧。

> 江路与天连,风帆何淼然。
> 遥林浪出没,孤舫鸟联翩。
> 常爱千钧重,深思万事捐。
> 报恩非徇禄,还逐贾人船。
> ——张九龄《江上使风呈裴宣州耀卿》

"翻浪惊飞鸟,回风起绿萍。"中唐诗人张众甫这首《送李观之宣州谒袁中丞赋得三州渡》,与盛唐贤相表达了类似的感情。船行于水,风里浪里,何处平安;亲朋船中,去路来路,吉凶谁料,故而宛溪河上,离别愁丝总牵的悠长,悠长。

闲愁:静水流深,当可解忧

　　与乡愁和离愁一样,宛溪上的闲愁同样也常从两个方面滋生。

　　晚风一缕去向水,生得轻愁几许。文人心思,常借水出,故而宛溪上也多了几分淡淡闲愁。水流向北,归路何处？一些对前途与去路的担忧,便呈庸人自扰之状,吟咏成网,结于宛溪水面。

　　　　儒衣两少年,春棹毂溪船。
　　　　湖月供诗兴,烟岚费酒钱。
　　　　上帆逐浦岸,欹枕傲晴天。
　　　　不用愁羁旅,宣城太守贤。
　　　　　　　　——权德舆《送张周二秀才谒薛侍郎》

　　初涉世事,少年心事彷徨,自是情理之中；起帆落桨之间当然有踟蹰,这是小情怀。

　　　　宛溪霜夜听猿愁,去国长为不系舟。
　　　　独怜一雁飞南海,却羡双溪解北流。
　　　　高人屡解陈蕃榻,过客难登谢朓楼。
　　　　此处别离同落叶,朝朝分散敬亭秋。
　　　　　　　　——李白《寄崔侍御》

　　　　斜日片帆阴,春风孤客心。
　　　　山来指樵路,岸去惜花林。
　　　　海气蒸云黑,潮声隔雨深。

乡愁不可道,浦宿听猿吟。

——钱起《晚入宣城界》(一作《春江晚行》)

"陵阳岂是迟留地,趣驾追锋自有期"(曾巩《池上即席送况之赴宣城》);同两少年相比,李白和钱起的闲愁却要生得高远,单雁一只,孤客一个,江上听猿声,听的不是闲情雅致,听的是满怀心事;寂寥宛溪水为伴,伴的是诗人的家国情怀、心胸志向。

"问君能有几多愁",一个"愁"字,沉重了一江水。

但是宛溪上也不只有纠结的愁丝,宛溪上更多的闲愁其实是快乐,单纯的快乐。

吾怜宛溪好,百尺照心明。
何谢新安水,千寻见底清。
白沙留月色,绿竹助秋声。
却笑严湍上,于今独擅名。

——李白《题宛溪馆》

宛溪是纯粹的,她的闲适和优美,一直都被懂得生活的人所看重,所谓静水流深,当可解忧,她迷醉的又何止是李白。

陵阳佳地昔年游,谢朓青山李白楼。
唯有日斜溪上思,酒旗风影落春流。

——陆龟蒙《怀宛陵旧游》

夕阳斜挂,河边散足,春水杨柳,酒旗风影。无论是客居还是蜗乡,其实宛溪都是一个可以让你静心忘忧的地方。三五好友,或一人一舟,或泛舟搏击中流,看飞鸟长空,或坐对一江春水,夜观挂水明月,无论哪一种,都是不错的遣怀方式。

故而这一溪水,醉了多少文人墨客,以至于咏而不疲,乐在其中。言犹未尽,附一首北宋诗人、宣州知州苏为的《宛溪》,与你共享这一方水的畅心和欢愉:

> 源分春谷边,来此自溪徼。
> 雪冻泛其流,漱玉鸣于沼。
> 晴光汤霞影,白浪浮天杪。
> 水木助清翠,景物随昏晓。
> 汀沙翠荇长,酒市青旗小。
> 凭槛立津亭,归心逐飞鸟。

宛溪杨柳最长枝

石巍

> 宛溪杨柳最长枝，曾被春风尽日吹。
> 不堪攀折犹堪看，陌上少年来自迟。

这是晚唐诗人杜牧的一首绝句，题名《有感》，诗中描绘了宛溪两岸的杨柳在微风吹拂下，摇曳可人的婀娜身姿。与杜牧同时代的诗人赵嘏也有一首描绘宛溪杨柳的诗句："……朱槛夜飞溪路雪，碧林晴隔马蹄尘。波穿十里桥连寺，絮压千家柳送春。"（《题开元寺水阁》）暮春时节，诗人泛舟宛溪之中，沿河十里，柳絮纷飞，那晶莹剔透的水波，横波卧虹的济川、凤凰二桥，宏伟华丽的开元寺，以及临河而居的千家民房，都沐浴在柳条拂动、柳絮飘舞的动画之中。

宛溪是宣州古城发展的母亲河，发源于今宣州周王、新田两镇交界处的青峰山，涓涓细流东北流至今向阳街道附近汇集成溪，然后折向西北，绕城而过，于城北三岔河处汇入水阳江，河流总长35.8公里，流域面积330平方公里。就是这一条短短的小河，在宣州城市发展历程中，却有着举足轻重的作用。宣州古城的历史是由宛溪开始的。宣州古名"宛陵"，就是取宛溪和陵阳山的首字而得名。可以这样说，正因为有了宛溪，才有了宛陵，才有了宣州这座城。

在古代，水运是最重要的交通运输方式。毗邻宛溪居住的多富商巨贾，商业贸易因之发达。唐代是宣州古城发展的黄金时代，城池广轮30余里，宛溪穿城而过，溪上架设济川、凤凰二桥，南北各列水门。著名的响山、鳌峰、开元水阁、宛溪馆等都是宛溪河边的胜景,引得无数诗人在此流连。

李白的《题宛溪馆》:"吾怜宛溪好,百尺照心明。何谢新安水,千寻见底清……"将宛溪与山青水绿的新安江和富春江相媲美,描绘了宛溪的秀美景致。而张乔的《送友人归宣州》"乱花藏道发,春水绕乡流。暝火丛桥市,晴山叠郡楼"诗句,则道尽了古城的繁华。唐代的宛溪两岸,人烟辐辏,商贾云集,到了夜间仍灯火通明。所以杜牧《题开元寺水阁》一诗才说:"阁下宛溪,夹溪居人。"杜牧这首七言律诗,以穿越时空的画卷展示了古城的世事沧桑。六朝的繁华已成陈迹,放眼望去,那天淡云闲的景象,自古至今都差不多。敬亭山像一面巨大的翠色屏风,来去的飞鸟出没在掩映的山色中。宛溪两岸,百姓临溪居住,人歌人哭,掺和着水声,随着时光一起流逝。深秋时节的密雨,像给千万户人家挂上了雨帘,落日时分,夕阳掩映着的楼台,在晚风中送出悠扬的笛声。心头浮动着对春秋名士范蠡的怀念,而无缘相会,远望着五湖方向,只有一片参差不齐的烟树而已。这首诗,不仅是给人以山色水声、风中闻笛的美的享受,也流露出对流连山水、归隐山林的向往吧。

宋代的宛溪依然维系着唐代的繁华,本地大诗人梅尧臣有《宣州杂诗》20首,其中描写宛溪的一首云:

宛水过城下,滔滔北去斜。
远船来橘蔗,深步上鱼虾。
鹅美冒椒叶,蜜香闻稻花。
岁时风俗美,笑杀异乡槎。

来自四乡八镇的船只汇聚于宣州城下,带来了丰富的物产,水果、鱼虾、家禽、蜂蜜、稻米,不同时节有不同的特产,引得异乡来的船员们啧啧艳羡。

在古代,河流是城市的生命线,不论是迁客骚人还是商贾往来都要依靠水路，悠悠而来，悠悠而去。"山城树叶红，下有碧溪水。溪桥向吴路，酒旗夸酒美。"这是杜牧在宣州任幕僚时《送沈处士赴苏州李中丞招以诗赠行》的一首诗。杜牧与同郡幕僚一干人等从府山衙署逐级而下，来到宛溪河畔送别友人沈处士。回望陵阳山，深秋时节，漫山树叶红遍，在风中沙沙作响，俯瞰宛溪，碧水悠悠，征帆片片。沈处士登上的客船，驶向苏州，两岸酒旗飘飘，似乎还在招呼远行人留下来喝一碗宣州的美酒。

"明年春杪。宛溪杨柳，依旧青青为谁好。"本文最后以贺铸《宛溪柳（六幺令）》的名句作结。明年春天，闲暇之时，如果您了却一切烦心之事，则请您一定到宛溪杨柳之下，享受一回柳枝拂面、柳叶拂头的惬意。

水阳古镇的烟火与禅意

袁晓明

宣州域内乡隅街市,其历史之久、繁华之盛,唯城北 70 里水阳为最。光绪《宣城县志》对水阳街市的沿岸风物与四通八达的水路交通有详尽的记叙,由此可见古代水阳繁华之一斑。

  北至水阳镇为龙溪。西岸有龙溪铺、水兑仓、义仓、文昌阁、孝子坊;东岸有巡检司廨、古塔、水碧桥。桥北为高淳境,支流从桥东达高淳县。又北至下水阳为白沙,有渡。里许为鳡鱼嘴,有渡,北为澄沟,下水阳顺流十里至此。东岸高淳,西岸宣城,以河心为界。宣城广建漕艘,经此东由芮家嘴至太平府入江。

因水阳坐落于宣州通往太平、应天两府的黄金水道上,古来仕宦名流常过往其间。他们流连于水阳古镇,或抒写羁旅行愁,或生发归隐之愿,或咏赞古镇风物,或感怀市井乡情,留下了许多佳篇妙句,表达了他们对宣州北隅水阳乡里的赞美之情。

北宋王安石同科好友张贲(一作张贵)有"丛祠拂瓦鼓,粳米如坻京"(《宣城右集·水阳闲望》),写尽水阳富庶的景象;南宋"中兴四大诗人"之一的范成大有"马转不容吾怅望,橹鸣肯为汝留连"(《周德万携孥赴龙舒法曹,道过水阳相见,留别》),表达诗人过境水阳的依依不舍之情;《宣城总集》编撰李兼有"落日河西岸,春风水北桥"(《水阳道中》),描绘的是千年不变的水阳景观;南宋状元吴潜有"潮痕初涨没汀沙,隔岸青帘认酒家"(《龙溪道中》),表达出他对水阳的熟悉、亲切之感。唐风宋韵,为古镇水阳平添了一抹绚丽的色彩。

在吟咏古镇水阳的诗篇里,宋代词家周邦彦的诗作堪称上品。

周邦彦(1056—1121),字美成,号清真居士,钱塘人。他是北宋晚期承上启下的一代词人,其词作远承晚唐五代以来的传统词风,兼之近师柳永所倡导的新声慢词,从而形成别具一格的词韵,被后世誉为婉约派和格律派的集大成者。

元祐八年(1093),37岁的周邦彦知溧水县。时高淳未从溧水析出置县,尚属溧水属地,故周邦彦在往高淳视察时,曾到访与淳邑一水之隔的水阳,水阳的市井风情深深吸引了诗人,并被他饱含深情的笔触,描绘在他的诗作《水阳聚》(《宣城右集》卷二十五)中:

> 清溪再三曲,轻舟信洄沿。
> 水寒鱼在泥,密网白日悬。
> 村长但古庙,老树巢乌鸢。
> 水阳一聚落,负贩何阗阗。
> 溪女好看客,风流饰(原诗缺字,笔者补)花钿。
> 王事驱人来,清赏亦所便。
> 独嗟试百里,推轮见凶年。
> 飞蝗避禾稼,猛虎逃人烟。
> 谁云偶然尔,前达多良贤。

这是一首情景交融的佳作。全诗由远及近,由表及里,由物及人,由景及情,把水阳的繁华街市、市井烟火表现得淋漓尽致,读之令人不忍释卷。

诗的前四句,描写诗人泛舟水阳所见的情景。蜿蜒曲折的水阳江在东西两岸间静静流过,河面轻舟在两岸间往来穿行,只有那贪暖的鱼儿早已潜入淤泥中,不见了踪影。在这寒冷冬季的白日里,水中讨食的渔夫,只得将渔船泊于岸边,无奈地将渔网高高悬挂起来。

"村长但古庙,老树巢乌鸢。"泛舟其间的诗人将眺望的目光落于两岸市镇,只见悠长的聚落间古庙高耸,沧桑的老树上乌鸢栖息。如此静谧,如此安详,使乡隅古镇平添一抹空灵。诗人忍不住用细腻的笔触描绘出这空灵的一瞬,亲切之情,流露在字里行间,仿佛触手可及。

"水阳一聚落,负贩何阗阗。"水阳虽地处宣州北隅,可这里毕竟是一个繁华市镇,远远就能听到商贩的叫卖声,过往其间的周邦彦哪能不一览风情?于是,他弃船登岸,行走于街市。鳞次栉比的商铺,熙熙攘攘赶市的乡民,令诗人目不暇接。还有那商贩沿街的叫卖声,此起彼伏,回荡在街市,一时间,这个江南小镇充盈着古代乡间社会少有的生机勃勃的商业气息。这来自千年之前的喧嚣市井氛围,令今天的人们也深受感染。

公务在身,兰舟催发。周邦彦恋恋不舍地走下河堤,来到船上,但诗人依然兴致盎然,久久伫立于船头,欣赏着两岸市镇的幽雅景致,流连忘返。

"溪女好看客,风流饰花钿。"这时,沿河岸边浣衣的女子被舟中这位年轻的官人深深地吸引住了。她们情不自禁地停下手上的活儿,仰起饰有花钿的美丽的脸颊,一双水灵灵的眸子注视着船上这位一身官服、英俊儒雅的帅哥,好奇地指指点点,嬉笑私语,顷刻,龙溪的碧波间便荡漾起清脆的欢声笑语。

如此欢快的场景,不由得使人联想到当今人们对"水阳嫂子"的赞美与歌咏。古今风情,竟是如此相近。

"王事驱人来,清赏亦所便。"眼前幽雅的风光、丰盈的烟火,竟使周邦彦情不自禁地产生了对水阳的喜爱与向往,于是,诗人将"清赏"这一优雅的赞美送给了水阳。是啊,久累于官场的宦客,在异域他乡看到这令人心安之地,怎能不触动归隐向往之情呢?

但是,"独嗟试百里,推轮见凶年"。初任知县,即逢凶年,周邦彦哪能停下他驰驱往来的脚步,面对溧水任所"飞蝗避禾稼,猛虎逃人烟"的民生疾苦,胸怀家国情怀的周邦彦于诗末发出了效法前达、愿为良贤的济世豪情。

如果说北宋周邦彦的《水阳聚》描绘了宋代水阳镇的市井风貌与宜人风情，那么，南宋诗人曹邍的诗作《水阳精舍》，则将水阳悠远古朴与宁静雅致的别样景象作了完美的呈现：

塔高铃自语，碑断苏成文。
老树擎凉月，初荷卷湿云。
萤飞临水见，犬吠隔篱闻。
静对高僧坐，无眠到夜分。

题中的"水阳精舍"即为空相禅寺。此寺院始建于唐，至宋代成为僧人修炼的去所，到了明初则正式立为精舍。

空相禅寺的北边高耸着龙溪古塔，此塔初建于三国东吴赤乌年间（238—251），宋时称作"水阳镇塔"；寺南有桥，古称寺左桥，里人称作施家桥。桥下有河，注龙溪水经慈溪达固城湖。

光绪《宣城县志》有记："空相禅寺，城北八十里水阳东镇。旧名白龙院，唐开成元年（836）建。相传，咸通乙酉（865）有白龙见，故名。宋元祐（1086—1094）中改空相。明洪武辛未（1391）立为丛林；正统己未（1439），副纲寿源重建。旧东向，明郡守罗汝芳改寺西向，更名'南禅禅寺'。国朝乾隆间，里人重修。"又："龙溪古塔，城北八十里水阳东岸。吴赤乌二年建，道光年间邑人重修。"

曹邍是南宋末年权相贾似道（1213—1275）的门客，曾为御前应制。他因何到访水阳还无法求证，或为德祐元年（1275），随着贾似道的失势，曹邍内心萌生了归隐之情，于是，他要寻觅一处宁静的去处，以安放他困顿、失落的魂灵。如此，他便来到了金陵与宣州之间的水阳空相禅寺。

南宋末年的水阳，依然还是那个繁华、喧嚣的"聚落"，但此刻的曹邍差不多已阅尽繁华，与喧嚣无缘了。因此，当曹邍来到水阳时，自然无心流连繁华的街市,径直走进慕名已久的空相禅寺。

"塔高铃自语,碑断苏成文。"初到空相禅寺的曹邃,聆听着禅院旁古塔上的风铃声,仿佛在向他诉说着世事的变幻;而断碑上依稀可辨的碑文,又像是在向他讲述着古庙悠远岁月里的往事。身处面河而立的空相禅寺,曹邃看江流默默远逝,朝晖洒向龙溪,晨钟暮鼓里,他顿时平静了下来。

接着,颔联用老树与初荷、凉月与湿云这些静物意象,勾画出了水阳古朴、优美的自然环境。颈联则用水边的流萤、隔篱间的犬吠等动感形象,反衬出水阳的宁静与安详。在这样一个足以使人气定神闲的宁静环境里,已然抛却尘世纷扰的曹邃,与寺院的高僧相对而坐,无眠相禅。"静对高僧坐,无眠到夜分。"这位周旋于官场的士子,终于在这里找到了精神的抚慰与灵魂的归处。

相隔近200年,周邦彦与曹邃先后到访水阳。一位是意气风发的朝廷官员,一位是失落漂泊的文人士子,他们笔下的水阳,景象有别;他们寄寓的情怀,不尽相同;但是,在这里,他们各自找到了心中的远方。在周邦彦的眼里,水阳是一方市井环境纷繁优美的宜人所在;而在曹邃的心中,水阳则是一处古朴幽静的心安所归。

岁月千年,如今的水阳,依然还是风情多彩。富庶的生活、宜人的环境,更是人们寻寻觅觅的心安所在。

一江流水

清祺

一

这里是一片圩乡，圩乡就在江畔。

一江流水，有时平静如镜，有时汹涌成汛；更多的时候，不声不响，清静甜淑，像亭亭的少女从唐诗宋词中婉约地走来，曲丽婀娜，缱绻悠长，夹带着两岸的青山、翠堤、圩田，伴着鹭飞鱼跃，从皖南山区一路悠悠静静地向北潺潺而下，赏心怡情，悦目养眼，直抵滔滔不绝的长江。两岸的故事也如汩汩流淌的江水，口耳相传，绵绵不绝。有些人，有些事，随流而去；有些事，有些人，又代代接续，渐渐地沉淀进这片山水之中。

江水流至下游，与裘公河合抱环绕出一片广袤的沃土，这儿就是圩乡水阳。踟蹰圩堤，闯进时光的深处，我常常也会闪现一个美丽的念想——"江畔何人初见月，江月何年初照人"，谁是最先踏上江边这片肥沃土地的文人？谁最先在这里刻下了文明的印记？

当然，人们最先想到的还是大诗人李白。天宝十四载（755），李白54岁，夏游当涂县，作有《当涂赵炎少府粉图山水歌》。当涂就在圩乡的下游。至德元年（756），李白又来到了圩乡的上游宣州，短暂停留后到剡中避难，写下了《经乱后将避地剡中留赠崔宣城》，其间，又与圩乡擦肩而过，途经溧阳，留下了《猛虎行》和《扶风豪士歌》。

遗憾的是，搜遍《李太白全集》，独缺歌吟水阳这片圩乡绿水禾田之作。而此时,水阳古镇两岸有闹市,有酒香,有樵夫、渔翁、农人、窑工,李白何不挂帆而驻,索性踏上此片田畴,饮几坛美酒?按他的心性,酒入豪肠,在圩乡也会酿出一片人文的月光。这样,古诗璀璨的星空中,便就有了描写圩乡底层人民的诗句。可李白终究是李白,秋水隐隐中,不是任何一方的土地、任意一方的山水,都能承载他的潇洒挥道。万里长风送秋雁,他挥挥衣袖,没有留下半片云彩,过龙溪,直奔远方。

这不能不说是一个巨大的遗憾。难道此时的圩乡还没有出现足以让这位大诗人对话的高士?

李白仙逝70年后,他的第一任夫人安陆许氏的侄孙许浑任职宣州当涂令。因为一场大风逗留在圩乡:"行进青溪日已蹉,云容山影水嵯峨。楼前归客怨清梦,楼上美人凝夜歌。独树高高风势急,平湖渺渺月明多。终期一艇载樵去,来往使帆凌白波。"(《将渡固城湖阻风,夜泊水阳戍》)许浑是唐代宰相许圉师的第六代孙,大和六年(832)进士,官至睦、郢二州刺史。一场美丽的风让他成了在这片土地上最先留下诗篇的大文人。这湾水乡,因了这样一段机缘而荡起了一片文化的涟漪。那一刹那的回眸,成全了小镇灿烂的一夜。那一夜,诗人的逗留,成就了江上吟诵千年的诗韵。

许浑来时,相距李白经过时并不多远,那时的水阳已有"楼上美人凝夜歌"的繁华,李白这么一位有情怀的大诗人,扯帆来去水阳江,面对两岸青山村舍,能没有诗心勃发?也可能,他曾经驻留过,并曾留下了墨宝,却湮没在历史的长河中。

北宋诗人苏为,天圣四年(1026)以尚书职方郎中知宣州,作为一方父母官,已是深入圩乡,用怜喜的眼光看这方水土了:

下田怜沮泽,环堤屹成雉。
尧汤水旱时,蓄泄得专利。
泥资数斗沃,竭谢千金贵。

何物代天工，嘉兹老农智。

——《化城圩》

周邦彦曾在水阳对面的溧水任知县，也因了这里的鱼肥田沃、溪女风流，赶来赋诗清赏："清溪再三曲，轻舟信洄沿……"（《水阳聚》）

于是，圩乡文脉，绵绵不尽。

袁旭、姜方奇、李文敏、杨缄……这些先贤人生的步履也陆陆续续踏上这水阳的三里长街。街的长度和厚度都发生了质的变化，沉甸甸的文化积淀，穿越时空浸润进圩埂边的街石上，千年风雨浸润，使其更加明亮、光润，于是便有了一座纵跨千年的厚重古镇，横渡无数的古津渡口——龙兴四渡。

透过历史迷雾，极目大唐深处，人们看到了这条江上千帆竞发百舸争流，一片繁荣景象。一只远在长沙的题诗壶，乘风破浪和众多的长沙窑瓷器一道来到水阳码头。千年之后，人们发现了它。那是2014年，水阳江下游挖出了一只残壶，白瓷黑字，很是潦草，诗曰："上有东流水，下有好山林。主人有此宅，日日斗量金。"这肯定不是大诗人之作，亦不在《全唐诗》收录之列。这只壶在河底沉浸至今，一出世便已千岁，却因为有了这首诗，风流余韵犹存，它的文化意义犹如那河底卷起的清风，向人们轻轻地倾诉着，当时这圩乡的百姓在生活中，已有了这种文化的需求。

二

就像圩外的江水和圩内的沟水，有了圩堤间的陡门就相互联通融合，使得圩内的沟水终年清碧而有活力，生物也呈现丰富性和多样性。外乡大儒在圩乡播下的文化种子，也促成了圩内文风逐渐昌盛起来。有宋以来，圩内的各大家族倡办乡塾，延师课子，耕读之风弥兴乡里。唐汝迪、唐一相、唐一澄、唐稷、唐允甲、孙卓、孙襄、钟震阳、钟无暇……一批士子通过寒窗苦读，因科举之路走出圩乡，踏上茫茫征途。虽是山川阻隔,故乡和亲人相隔千里,他们却义无反顾,实践着修身齐家治国平天下的人生抱负。

其中,唐一澄的心头上,更多了一份家园情怀。这位明代天启乙丑科进士,文武双全,有勇有谋,曾在泉州单骑出城劝降叛匪,声震朝野,后升至刑部主事。致仕回乡后,他把所有的精力都投入了地方的公益事业和家族事务中:新修陡门,建造醍醐庵,编纂家谱,训之以辞、约之以规等等。县志记载:"今唐氏祠规,子孙世守者,皆其所立。"后各大家族皆争相仿效。不能不说,他引领了圩乡的风尚,深深影响了圩乡的民风。

为了方便乡族子弟读书上进,唐一澄在祠堂边设立书院,并在祠堂的"风水塘"中专建藏书楼一座,人称此塘为"书墩塘"。同为江南藏书楼,虽与常熟瞿氏铁琴铜剑楼、宁波范氏天一阁不可比,但这书墩塘,作为圩乡读书人精神上的一种依托,对当地文脉的延续有着无可替代的作用。漫漫长夜,清风拂水,楼台上的一灯,又何尝未曾抚慰过那些寒窗苦读的圩乡学子寂寞的夜晚,成为他们心灵智慧的培养根基? 直至今天,书墩塘上的书楼虽已烟云散去,书墩塘畔祠堂改建的雁翅中学却依然书声琅琅。尊师重教的理念,像大树的根一样,深深地扎进了圩乡这片沃土。在圩乡,三百六十行,三教九流,最受人尊敬的应该是读书人。

对于寒门小户的平头百姓来说,钟震阳在圩乡有着极具典型的示范意义。圩乡人可能不知道今天的镇长是谁,但没有人不知道300年多前这位先贤"钟百里"的,特别是读书的学生。

县志记载:"钟震阳,字百里,少孤贫,寄食舅氏郑世德,以师事之……屡困小试,年及艾始举崇祯庚午乡试,辛未联第……裁一时古学,声噪京师。"

大家挂在嘴上的一句话——"钟百里要发,河里淹死鸭",就是专指钟震阳参加"高考"的传奇故事。河水是鸭的故乡,鸭怎么可能溺水而亡?

钟百里年近半百却屡试不中,乡里人对他的科举之路已不抱希望,认为没有"发"的可能了。至及艾之年,钟百里却壮志不已,重整旗鼓再出发。临行前，去看望舅舅，实在没有拿得出手的礼物，就捉了一只老鸭去。过河时，因渡船人多，鸭放船舱怕人厌烦，就让船工把鸭笼拴在船艄的水中，船压竹笼，笼困老鸭于水中，待渡船缓缓地渡到对岸，可怜的老鸭已被活活地闷死在笼中。事出反常应是兆。这年，他果然金榜题名。

这个故事在20世纪六七十年代每一个夏天的傍晚，都会在乘凉的竹床上，被人们演绎得活灵活现。

钟震阳通过科举摆脱贫困，跻身"上层"行列，"昔日田舍郎，今登天子堂"，用读书改变命运的走向。他为多少圩乡学子树立了一个不可磨灭的精神楷模，激励着圩乡子弟立志高远，凭借寒窗苦读，成就自己，成就一番事业。他也引导着每一个家族的有识之士重视教育，尊重"先生"。

多少既没影响也没名气，除了梦想和才华一无所有的农家子弟，因此便有了奋志云窗，希心桂籍，崛起于茅舍寒室之间的希望。他们深悉即便出身贫寒，如果足够坚强，在时代潮水中都有机会做一个弄潮儿。白云总能飘过一个又一个山头。

民国时期，圩乡知识分子的典范不能不说丁光焘先生。先生是20世纪30年代中期上海法政大学的优秀毕业生。他独秉清志，刚正不阿，对于南京首都地方法院和南京宪兵司令部两处交相延聘的函电均婉言谢绝。尝自箴曰，"与其以笔代刀以求富贵，不如以笔代耕教书育人"，与其同流合污，毋宁洁身自好，他拒绝参与官府召开的一切会议，也抛弃了一般的世俗应酬，潜江湖而求清静，于乡里置一塾馆，烟霞碧水，风清月朗，讲经授课。他无"为万世开太平"之雄心，却有"为天地立心，为生民立命，为往圣继绝学"的志向。他自编教材，注重传授新文化、新思想，凡20余年，培养学生千百计。

先生的士大夫格局在这裘公河畔找到了感觉，得到了涵养。耕读之余，他曾将父亲睡斋公所作古、近体遗诗，纂成《栗村诗稿》，并著有《光焘文存》《文坛杂忆》《读书杂记》及《寓言选百篇》《冰玉堂验方选编》等著作，洋洋数十万言。孤傲化作了涓涓细流，才情变成了字字珠玑。

传统的江南农耕社会,既讲精神又论物质。风月无边,诗酒年华,有了诗情的催发,粗粝的底层生活也自然变得有滋有味,柔风细雨里的书香墨韵过滤掉了所有人生的苦难,让先生本身在圩乡成了一道独特的风景,成为圩乡学子心头伟岸的坐标。

可是,天不假年,先生去世时年仅四十有六。过往的苦痛,仿佛一缕白云随风飘过,我们无从探知先生晚年内心曾经的惊涛骇浪,他应该是用信念把自己一生的风霜都化作对生活的平淡坚守。

碧水青山,古韵悠长。

三

江上往来多,必有吟咏人。历史的长河中又有多少先人的吟诵散落到这碧波浊水中,犹如风吹尘埃,无影无踪?但对文化的重视在圩乡已如春风夜雨,潜移默化地渗透到平民百姓之中。

最近宣州在为打捞那些失落的或渐将湮灭的"宣文化"故事,做了一个百集的《故事里的宣州》短视频。几集播下来,有人通报说在水阳发现了一套完整的《唐氏宗谱》。

圩乡深处的唐良峰家,门前,一簇簇绣球花开得十分热烈,红的灿若艳霞,白的洁净无瑕。一个红漆斑驳的谱箱被打开,一本本家谱被取出。那一瞬间,宛如一簇历经沧桑的花草从久远的记忆中散发出醉人的芳香,清晰的年轮从这隐驳的箱子里走出,驱走了多年的羞涩,穿过历史的烟尘,扑面而来。简直不敢相信,百年烟尘,它躲过了民国二十年(1931)那场堤溃圩漫的大水灾,逃过了日寇的烧杀抢掠,还是这么完整、这么清晰地呈现在人们面前。四十二本,除了有一本一角残留着一丝焦煳状,其余无不平整完善。这是圩乡发现的唯一一套民国初年印制且保存如此完整的家谱,也可以说是圩乡传承下来的唯一一套家族类丛书。

而年近七旬的唐良峰道出他保护家谱的亲身经历,令人不由得对眼前这位淳朴的村民表露出深深的敬意。

那年冬天,漫天大雪,唐良峰的父亲唐佑玉驾一叶小舟,照例把从沟里捕来的鲤鱼送到他的东家——大先生唐石亭家。大家都知道唐先生就喜欢吃鲤鱼。雪像天上抛撒的棉花,一朵朵飞舞而下,欲把这通衢大沟严严实实填满;落进水里,又化作雪水,终是无奈而徒劳。唐佑玉多少年都没有见过这么大的雪了。他见到了卧榻上的东家,东家强打精神带他来到空荡荡的书房,挪出一个红漆木箱,说,这是一箱家谱,我是无力保存它们了,你搬回去,替我好好收着。

第二年春天,被春雨按捺了好多天的柳树芽、桃花苞,被阳光一个个拽醒了。潦塘两岸,顿时柳烟如云,桃花绽放,一片无边的繁华迅速撒满两岸,引得水中的鱼在跃动,野鸭戏水,唯有滩上的芦苇还举着枯瘦的身躯,没有醒来。这个春日,唐石亭离开了人世。自此,唐佑玉这个大字不识一稻箩的农民,人生中便多了一项使命——保藏"唐氏宗谱"。

"四清"运动在全公社轰轰烈烈地展开了,工作队进驻到生产队,一家一户动员主动上交各类"封资修"的老东西,唐佑玉家的一套家谱自然也在其中。唐佑玉把谱箱上的"唐氏宗谱"四个字用刨子刨去,改作了衣箱。家谱被装在一只"湖苞"中,准备埋到竹园里去。等他挖完洞回来,生产队队长已带着工作队队长,把家谱背走了。唐佑玉想,无论如何都不能让他们把家谱烧掉。

他带着当年仅9岁的儿子唐良峰划着一只"鸭壳船",来到赵圩村,把船停在了唐贤公家门口的河埠头。唐贤公家有一位工作队员正在督促焚烧刚刚收来的家谱。唐佑玉就和唐贤公配合着与工作队员聊起了家常,小唐良峰在烧家谱的灶间外偷偷地张望,地面散落了一大堆旧书旧谱,一位小姐姐正在一本一本地往灶膛里扔。自己家的湖苞就在灶膛边缘。眼看着小姐姐拿过湖苞上面的一本家谱扔进火中,小唐良峰急了,悄悄地从狗洞钻进了灶间,朝小姐姐眨眨眼,从火中抢出他家的那本家谱,迅速地踩灭火头,把湖苞悄悄地从狗洞里拖出去,搬上了船。

雨落沟面,溅起一片如烟的水柱,小唐良峰把蓑衣紧紧地盖在湖苞上,光着头,淋着雨,划动着小船。家谱像一个婴儿,在风雨中安稳地酣

二、水墨诗心

睡在船舱里,它不知道,它刚刚躲过了一场火劫,差点又遭遇一场水灾。载着家谱的小鸭壳船,在水面行驶无滞,很快就到了自家的船埠头。

唐佑玉走回家,看到家谱妥妥地兀立在昏暗的墙角,立即把自家唯一的米缸腾了出来扛到竹园,埋进挖好的洞里,再把家谱稳稳地放进缸中,在缸沿担上木板,覆之细土、杂草。唐佑玉这才长长地松了口气,安心离去。

自此以后,每年唐佑玉都要在六月六这一天悄悄地挖出家谱晒一晒。1974年,生产队并庄,唐佑玉硬是拖着不愿往大村子搬迁。已是生产队壮劳力的唐良峰知道,父亲是怕搬到大村子后每年晒家谱就不方便了。

3年后,唐佑玉生了一场大病,临去之前,对着儿子再三叮嘱,一定要保护好家谱。

从此,唐良峰视谱如命,从不轻易示人……

有位哲学家说,一个人不可能走进同一条河流。但一条河承载了无数人精彩的故事。

这是偶然,又是必然。

家谱中的《文苑》卷载有一首先贤唐汝迪和梅宛溪的诗:

玲珑水面八窗开,云净天空鸟往回。
静把床头羲易玩,不闻花外俗车来。

一缕身居陋乡不改悠闲之操的清风,从古谱中徐徐吹来,满屋溢香。是的,山中甲子无人问,每到春风鸟自啼。李白当然不会局限在一个时代,或者说每一个时代都有光焰璀璨的李白。这片天地,虽无高山峡谷可观、大漠孤烟可赏,但它那一汪清水、一捧沃土,终是可以滋养一份文脉。

在历史的长河中,个人是那么渺小而微茫,纵有千般万般本事,也难摆脱风云际会的裹挟。如夏天的暴雨来时,紧烈而漫密,茫茫原野,何去何从？但若能像唐良峰父子这样，于这大雨中，呵护好一箱谱书而不致受损，已是对文化传承所做出的杰出贡献了，也是一个人无上的功德，实在比无数的侃侃而谈、陷于宏大叙事而不落实地不知要有意义多少倍。一个人的价值不在于生命的长短，而是在一生中，他的灵魂可曾向着阳光闪烁过，哪怕一缕光芒。

　　一江流水，孤月心明，清净无染。

三、世情烟火

SHIQING YANHUO

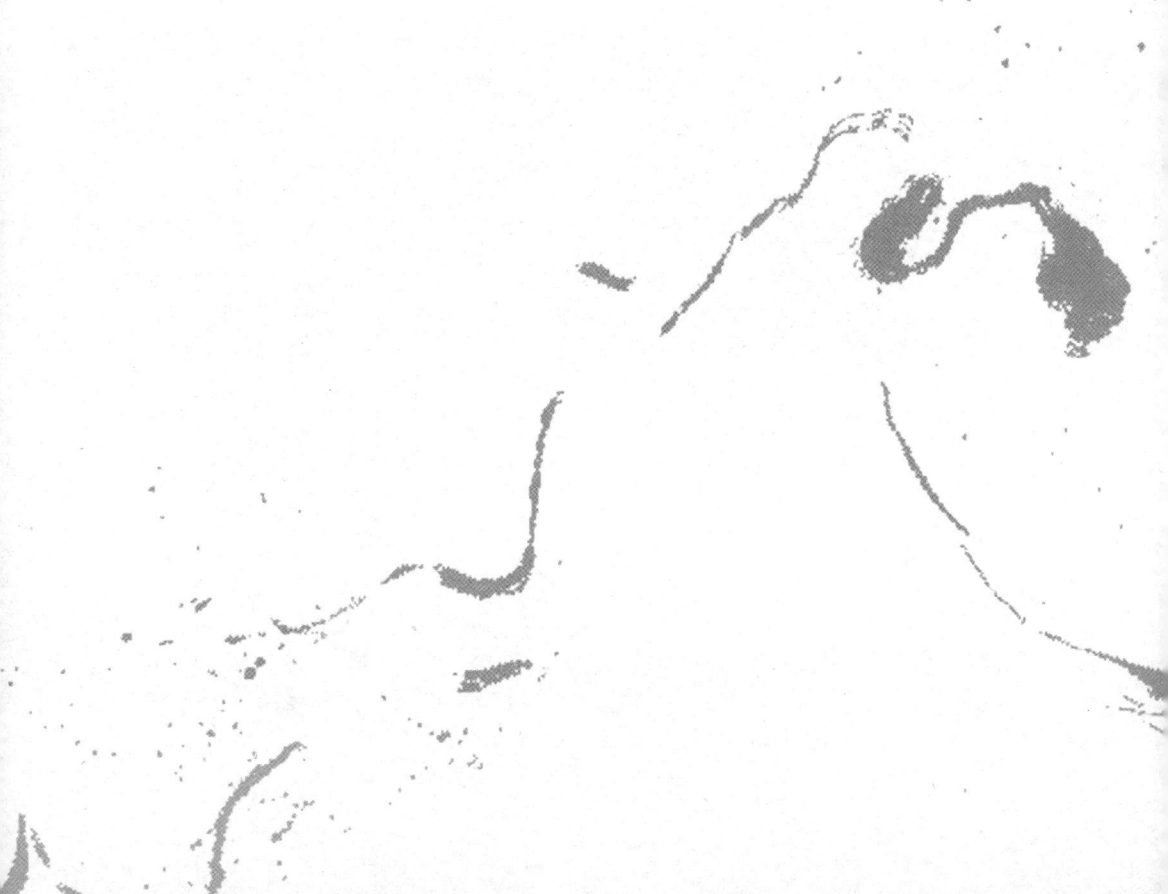

"宣城文雅地",借此可疗伤
——孟郊、赵嘏:宣州这一站

刘永红

孟郊:"谁言寸草心"

唐代诗人孟郊的《游子吟》,可谓家喻户晓,流传千年。

> 慈母手中线,游子身上衣。
> 临行密密缝,意恐迟迟归。
> 谁言寸草心,报得三春晖。

这首写在古宣州溧阳县尉任上的五言古诗,诗意连绵,两两递进,把一个慈母和游子间的情感表达得空前绝后,再无出其右者。六句三个层次,先写游子情,再写慈母意,最后升华到微草寸心相报春晖。一气呵成,情满胸襟,余音袅袅,意蕴无穷。这首诗入选历代选本,被载入小学语文教科书,并被联合国教科文组织向世界各国中小学推荐。

孟郊(751—814),字东野,湖州武康(一说洛阳)人。早年家境贫寒,四处漂泊,与母亲离多聚少。孟郊打少年起,虽有"白鹤未轻举,众鸟争浮沉"的抱负,却屡试不第。直到46岁那年,奉母命第三次参加考试,才得中进士。唐朝文风蔚然,人才辈出,被"内卷"的文人学士是很多的。加上有干谒荐举的体制,进士及第后做官也很难,何况孟郊只是一介寒士。《唐才子传》(卷五)称:"韩愈一见为忘形交,与唱和于诗酒间。"因与韩愈交好,诗名得以大振。贞元十六年(800)三月,孟郊始授宣州溧阳尉。次年赴任后，他把母亲接来，侍奉左右，写下了这首脍炙人口的诗篇。

宣州是韩愈的第二故乡，人文胜地，诗人名流、文士才俊齐聚于此。孟郊在《送任载、齐古二秀才自洞庭游宣城(并序)》的序言里写到"今宣州多君子，闲暇而宽"，这一个"多"字、一个"宽"字，道出了彼时宣州的人文风貌。正如他在诗中所说："宣城文雅地，谢守声闻融。"如果说宣州北乡的"围湖造田"事，开创了宣州的"物质文明建设"的先河，那谢朓的"诗文咏诵"成为宣州"精神文明建设"的奠基者，也是一个不争的事实。这是宣州自唐代以降，尽得"风雅"的缘由。

孟郊自负才华，区区一个县尉，自不能舒展其抱负。韩愈在《送孟东野序》里也说："东野之役于江南也，有若不释然者。"孟郊遂放迹林泉间，徘徊赋诗，"其存而在下者，孟郊东野始以其诗鸣"，以至公务多废，县令就用"假(代理)尉"来替孟郊工作，孟郊把一半薪俸付给那人当工资。(《新唐书·孟郊传》)

"其在上也奚以喜，其在下也奚以悲。"有志难伸，那就"以其诗鸣"。孟郊遍游宣州，多有诗作，他的极具个性特色的诗风初步形成：古朴凝重、避熟避俗，险奇艰涩、精思苦吟，情深致婉、气势磅礴，既有"敷柔肆纤余"(韩愈语)的一面，又有"鄙俚颇近古"(苏轼语)的一面。孟郊对后世影响很大。梅尧臣以孟郊自诩，创作了大量"老硬不可截"的诗歌；黄庭坚吸取孟郊笔法，开创了以"瘦硬为主要特征的江西诗派"。所以清人刘熙载说："孟东野诗好处，黄山谷得之，无一软熟句；梅圣俞得之，无一热俗句。"

孟郊在宣州也写了一些与人唱和之作，如五言长诗《和宣州钱判官使院厅前石楠树》，诗中多发比兴，虽说有"众材争万殊""常情逐荣枯"的苦闷，但也有"笼笼抱灵秀，簇簇抽芳肤。寒日吐丹艳，頳子流细珠。鸳鸯花数重，翡翠叶四铺。雨洗新妆色，一枝如一姝"这样的欣喜，更有"耸异敷庭际，倾妍来坐隅"的闲适，以及"散彩饰机案，馀辉盈盘盂"的野趣。而这一切，都是文人雅士借以疗伤的最好良药。

贞元二十年(804),孟郊辞去溧阳尉离开了宣州。宣州是他人生之旅,尤其是诗歌之路的重要一站。

赵嘏:"能忘天上他年贵"

此去彼来,孟郊之后又有很多诗人来到宣州,其中一人叫赵嘏。

赵嘏(806？—852？),字承祐,楚州山阳人,晚唐著名诗人。因有诗句"残星几点雁横塞,长笛一声人倚楼"(《长安晚秋》),被好友杜牧读到,"杜牧之呼为'赵倚楼',赏叹之也",后人也就称其为"赵倚楼"。今存诗200多首,善七言律绝,其事迹主要载于《唐才子传》。

大和四年(830),赵嘏离开浙东元稹幕下,来到了宣州,为宣歙观察使沈传师幕宾。同在幕中的还有杜牧、沈询、裴坦、卢弘止、萧寘等诗人,他们在宣州留下了大量脍炙人口的诗篇。如赵嘏《宛陵寓居上沈大夫二首》:

> 满耳歌谣满眼山,宛陵城郭翠微间。
> 人情已觉春长在,溪户仍将水共闲。
> 晓色入楼红蔼蔼,夜声寻砌碧潺潺。
> 幽云高鸟俱无事,晚伴西风醉客还。

> 溪树参差绿可攀,谢家云水满东山。
> 能忘天上他年贵,来结林中一日闲。
> 醉叩玉盘歌袅袅,暖鸣幽涧鸟关关。
> 觥筹不尽须归去,路在春风缥缈间。

其实这两首诗算得上是逢迎之作,但云淡风轻,毫无谀色,反而描绘出一幅美丽的古宣州春景。遥想当年,青山、绿树、城郭、溪水、人家、白云、野鸟,一曲清歌悠扬,而人,又怎能不醉?

那么，心事满怀的人则更易醉了。也许这"倚楼"之情暗合忧愁之意。事实上，赵嘏诗文虽好，亦有抱负，但科场蹭蹬，游历漂泊，自难顺心，而且他内心深处还有难以言说之伤，早年他有一心爱的女子，竟遭人横刀夺爱。《唐摭言》记："嘏尝家于浙西，有美姬，嘏甚溺惑……会中元为鹤林之游，浙帅（不知姓名）窥之，遂为其人奄有。"因此，赵嘏在宣州留下的12首诗作里，大多都有一缕缕扯不断的闲愁。

"觥筹不尽须归去，路在春风缥缈间"（《宛陵寓居上沈大夫二首》），这是寓居之愁；"莫言春尽不惆怅，自有闲眠到日西"（《下第寄宣城幕中诸公》），这是落第之愁；"马嘶风雨又归去，独听子规千万声"（《吕校书雨中见访》），这是风雨之愁；"独有故人愁欲死，晚檐疏雨动空瓢"（《薛廷范从事自宣城至因赠》），这是落拓之愁；"故园亦有如烟树，鸿雁不来风雨多"（《宛陵馆冬青树》），这是故园之愁。凡此种种，不胜枚举，怎一个"愁"字了得！

>一川如画敬亭东，待诏闲游处处同。
>天竺山前镜湖畔，何如今日庾楼中。
>——《宛陵望月寄沈学士》

不过，一川如画的敬亭山还是给了他不少慰藉。天下美景尽在此处，诗人和宣州互相印证，真有一点"天人合一"的境界。他在《题开元寺水阁》里深情地写道："年来独向此游频，谢氏青山与寺邻。朱槛夜飞溪路雪，碧林晴隔马蹄尘。波穿十里桥连寺，絮压千家柳送春。"（后脱一联）至今读起来，依然能感受到作者对宣州山水的喜爱之情。

赵嘏在宣州作幕三年，大和六年（832）作为宣州乡贡赴进士举，不第。赵嘏作《下第寄宣城幕中诸公》《薛廷范从事自宣城至因赠》等诗，留恋"黄花李白墓前路，碧浪桓彝宅后溪"的宣州生活。开成三年（838），赵嘏回宣州，探视任团练判官的杜牧，并戏作《代人赠杜牧侍御》（宣州会中）。

"故人宣城守,亦在江南偏。"(张九龄《当涂界寄裴宣州》)与繁花似锦、文华璀璨的长安相比,古宣州就像一个僻处一隅的村姑面对雍容华贵的贵妇人。就是这样一个"偏僻"之地,何以能在大唐大放异彩?这自然有很多原因,政治的、经济的、地理的、文化的,如是等等;但是,还有很重要的一点,那就是情感上的。君不见,盛唐以降,李白避难来了,白居易借考来了,韩愈随长嫂流浪来了,孟郊疗伤来了,赵嘏泼洒闲愁来了……义薄云天,深情厚土,宣州值得。

许浑：水阳之夜

袁晓明

"江南才子许浑诗，字字清新句句奇。十斛明珠量不尽，惠休虚作碧云词。"(《全唐诗·题许浑诗卷》)这是晚唐诗人韦庄对中晚唐之际重要诗人许浑的激赏。韦庄赞誉的这位许浑，一生宦游的足迹遍布大半个中国，宣州大地就曾留下他宦游的身影，并与宣州结下难解的情缘。

许浑(788—约858)，字用晦，一字仲晦，祖籍安州安陆，寓居润州，大和六年(832)进士。他与同时代的杜牧、李商隐、温庭筠并举为"晚唐铮铮者"。脍炙人口的"溪云初起日沉阁，山雨欲来风满楼"(《咸阳西门城楼晚眺》)，就是他留下的千古名句，后世广为传唱。而他描写宣州山川名胜、市镇乡隅的优美佳篇，至今也是吟咏不衰。

唐会昌元年(841)秋，许浑由宣州任内擢监察御史，得以升迁京城，此时的许浑可谓"春风得意马蹄疾"。(按：许浑在宣州属县当涂任职情况采用罗时进《晚唐诗人许浑宦游宣州考》成果，《苏州大学学报·哲学社会科学版》1991年第二期)

即将告别宣州赴任京城的许浑，登临诗山敬亭，遍访宛陵名胜，写下《将赴京师留题孙处士山居二首》，借以抒发他擢升之时的满怀豪情和飞扬逸兴。

草堂近西郭，遥对敬亭开。
枕腻海云起，簟凉山雨来。
高歌怀地肺，远赋忆天台。
应学相如志，终须驷马回。

三、世情烟火

西岩有高兴,路僻几人知。
松荫花开晚,山寒酒熟迟。
游从随野鹤,休息遇灵龟。
长见邻翁说,容华似旧时。
——《将赴京师留题孙处士山居二首》

这两首诗记录了许浑赴京之前在宣州的行迹和心路。

宣州是许浑释褐入仕的第一站,这里有裴明府(裴衡)的赏识,崔大夫(崔龟从)的荐举,杜牧的相知,这为初入仕途的许浑铺平了在宣州仕进的道路。而宣州大地上的敬亭山、开元寺、水阳江,则记录了他宦游宣州的行迹,留下了他闲暇生活的身影。罢宣之际,许浑对宣州的留恋之情不难想象。"草堂近西郭,遥对敬亭开"正是诗人对宣州不舍之情的尽情抒发。

但是,京师是许浑多次赴考之地,也是他为谋求仕进多方干谒的地方。那里有他落第的沮丧,也有他得中进士的欢欣。如今,结束了在宣州的宦游,并获擢升,赴京为官,他心中对京师的向往之情自然无法抑制。"高歌怀地肺,远赋忆天台"正是他此时复杂的内心情感的自然流露。

尽管如此,即将赴任京师的许浑,还是把闲暇留给了他不舍的宣州。于是,他尽赏松荫花开,与友把酒言欢。他要把对宣州的喜爱充分表达出来,要把人生的得意尽情挥洒出来。"应学相如志,终须驷马回""西岩有高兴,路僻几人知",将擢升前的豪情壮志,表达得酣畅淋漓。

离别的时刻终于来到了。

当他启程之时,已是"江分秋水九条烟"的寒凉的江南秋季,他启程赴京的心情已然迫切。"马蹄不道贪西去,争向一声高树蝉。"(杜牧《将赴京题陵阳王氏水居》)许浑急切启程的心情,溢于言表。

于是,许浑作别宣州,乘一叶轻舟顺水阳江而下,来到了宣州北邑重镇水阳。在这里，他留下著名诗篇《将渡固城湖阻风夜泊水阳戍》：

> 行尽清溪日已暮，云容山影水嵯峨。
> 樽前归客怨秋梦，楼上美人凝夜歌。
> 独树高高风势急，平湖渺渺月明多。
> 终期一艇载樵去，来往使帆凌白波。

题中"水阳"，是宣州大地上最古老的集镇，辖区为皖南首圩金宝圩，其历史可溯源至1700多年前的三国时代。嘉庆《宁国府志》卷十二《舆地志》记载："水阳镇在县北七十里，与高淳县接界，设有巡司、军仓及义仓在此。"

诗中"清溪"，水阳江之古称。它流经敬亭山下，经塞山口来到水阳，然后，一路向北，直达长江。水阳江流经水阳镇的这段河流古称"龙溪"，龙溪支分东流为"碧溪"，碧溪东流入江苏高淳固城湖。许浑此行，将由龙溪东入碧溪，然后渡固城湖经溧水，达京口，即许浑的寓居地镇江。

龙溪西岸依傍古金宝圩有一条3里长的老街，旧籍称这里为水阳西镇，市镇上设"龙兴铺"。龙溪东岸也有一条老街，旧籍称这条老街为水阳东镇，《高淳县志》别称其为"龙溪镇"。与水阳东镇隔碧溪相望的，则是高淳县界内的相国圩，相国圩沿岸曾有一个市镇，市镇依傍碧溪，《高淳县志》记为"碧溪镇"。碧溪之上有桥相通，其桥明代以前叫"水北桥"，后更名"水碧桥"。龙溪与碧溪之间，三镇鼎峙，曾是古代金宝圩与相国圩人流、物流的集散地，繁华至极，声名远播。

水阳古来形成市镇，得益于物产富饶之利与漕运航道之便。南来北往的商贾纷至沓来，在水阳这个富庶之乡的市镇上开商号、建家业，并于圩中广置良田，亦农亦商，水阳市镇逐渐繁华起来。

蜿蜒流淌的水阳江，上连徽、浙，下通长江，千百年来，无数仕宦名流由宣州而下，或东谒金陵，或北上京师，都要经由水阳中转。这里既有官府的铺递、戍营，也有供往来客商落脚的茶楼、酒肆，因而，此地一直就是

三、世情烟火

官商两便之所。

当许浑行船抵达水阳时,已是秋风骤起的日暮时分。一路风尘的许浑将初到水阳所见情景融入诗中:"行尽清溪日已暮,云容山影水嵯峨。"龙溪两岸暮云沉沉,回望南山影影绰绰。此时,河面上风起浪涌,一阵紧似一阵的风浪拍打着船舷,令人心悸,辽阔的固城湖上一定是风高浪急。正欲渡固城湖东归京口的许浑料难成行,无奈中只得泊船候风,夜宿水阳。

许浑来到"水阳戍",热情的戍守慕名相迎,置酒接待这位赴任京师的大唐进士。

夜宿水阳戍营的许浑将如何度过这漫长的秋夜呢?

"樽前归客怨秋梦,楼上美人凝夜歌。"短短两句,既写景,又抒情,把今人带到了遥远的大唐时代,使今人对1200年前许浑水阳之夜饮宴的场景、古镇的旧颜生发出无限的想象。

在这个远离州府的市镇之上,尽管有好客的戍守真诚相待,也有秋夜的美酒开怀畅饮,但阻风留宿的无奈,自然使许浑倍感羁旅之苦,兼之前路不定,满满的愁绪便油然生起于许浑心怀。秋梦之怨已难排解,而远处楼阁上却传来阵阵曼妙的歌声,这更催发了诗人的旅人之怀。

难以入眠的许浑推开戍营的窗户,只见高大的树木在瑟瑟的秋风里傲然挺立,一轮明月将远处开阔的河面点缀得波光粼粼。长期周旋于官场的许浑面对眼前的情景,一时宦情趋淡,心中顿觉块垒尽释。仕途的艰难、行役的困顿,不由得使许浑内心萌生出归隐之情。他想,何不效法当年诗仙李白"人生在世不称意,明朝散发弄扁舟"的洒脱之情。于是,快意酣畅的许浑发出了"终期一艇载樵去,来往使帆凌白波"的千年感叹。

许浑的这一千年之叹,是他结束宣州3年宦游生活、与宣州告别的绝响。而他无意间却将这一绝响留在了宣州古镇水阳,从而使这位晚唐独树一帜的诗人与宣州水阳结下了不解之缘,也将古镇的芳名镌刻于瑰丽的唐诗宝库。这于宣州,又添诗意;这于水阳,韵古合璧。

随着许浑"行尽清溪",他开始了在京为官、分司东都、主睦州、守郢州的仕宦生涯,从此,他宦游、隐逸的足迹遍布华夏的南北西东。宣州带给他的豪情,水阳留给他的归愿,宛如平旷的碧波,一任诗人凌波使帆,徜徉长往。

三、世情烟火

张乔诗里的信息

石巍

晚唐诗人张乔是"咸通十哲"和"九华四俊"的重要成员,这两个称号均为后人所加,但也反映了他在当时文坛上的地位和影响。《全唐诗》收录他的诗二卷,共 168 首。

张乔(生卒年不详,主要活动在咸通年间,即 860—874 年),其籍贯有池州青阳县和宣州南陵县两种说法。南陵县在唐代面积广大,县治自西向东迁徙过多次,包括今铜陵、贵池、青阳、繁昌和南陵的大部分地区。而青阳县就是唐天宝元年(742),析南陵、泾县、秋浦部分地域所置。池州为永泰元年(765)分宣州置,治所在秋浦县,青阳县归其管辖。但池州建制后仍归宣歙观察使兼宣州刺史节制。行政区划的调整也许是后人记述混淆。

张乔曾拜宣歙观察使兼宣州刺史郑薰为师。同时期的诗人郑谷有《故少师从翁隐岩别墅,乱后榛芜,感旧怆怀,遂有追纪》一诗云:"寄鹤眠云叟,骑驴入室宾。""故少师从翁"即郑薰。郑谷在这句诗下自注道:"咸通中,举子乘马,唯张乔跨驴,乔诗苦道贞,孤卿延于门下。"可见张乔的家境比较清贫,但诗品很好。张乔有弟,名张霞,他有《游边感怀》《寄弟》二诗怀念其弟,诗人李洞也有《下第送张霞归觐江南》《怀张乔张霞》二首,可见张霞也能作诗,可惜没能流传下来。

唐代的宣州经济繁盛,自开元以来,宣州文化即从原来土著越俗到端本重学,服从"教化",涌现出了一批文人和诗人,包括张乔在内的"九华四俊"都来自这一地区。

张乔年少时即在地方成名,咸通末赴京举进士,但未能考中。当时,宣歙道有泾县许棠和青阳张乔两位举子在京参加进士考试,《池州府志》说:"乔诗擅场,人皆推为首选,乔曰:'许君场座旧游,乔何敢居上!'遂推棠为首。"认为是张乔自让首选。而《唐撼言》《唐诗纪事》则说张乔诗擅场,并未说张乔自让。《唐才子传校笺》即说:"诸书皆未载乔自让解元事,此疑误。"无论是哪本书的记载,都显示许棠确实进士及第,而张乔却落第。不过在那个战乱频仍的晚唐时代,考取进士的许棠也仅仅能做江宁县尉这样的低级小官,生活照样清苦。

许棠及第后授任官职,张乔作诗为其饯行,诗曰:"雅调一生吟,谁为晚达心。傍人贺及第,独自却沾襟。宴别喧天乐,家归碍日岑。青门许攀送,故里接云林。"这首诗表达了对友人的祝福。

此后,张乔也应该是离开京城长安回到了家乡宣、池一带。他在宣州居住多日,对宣州的风景和百姓生活非常熟悉。他曾写过一首《夜渔》诗:"钓艇去悠悠,烟波春复秋。惟将一点火,何处宿芦洲?"就像唐代版的《渔光曲》。他还多与当地的名僧隐士相往还。比如,他与宣州广教寺僧人清越上人相友善,互相寄送诗作,写下数首富含禅意的诗作,如《寄清越上人》《赠敬亭清越上人》《再题敬亭清越上人山房》等。

除了与清越上人相往还外,张乔还有《题宣州开元寺》诗:

谁家烟径长莓苔,金碧虚栏竹上开。
流水远分山色断,清猿时带角声来。
六朝明月唯诗在,三楚空山有雁回。

这首诗意境空灵高远,是开元寺题诗中的佳作。当时开元寺著名的元孚上人(又称元处士、元员外)已离世,张乔作有《经宣城元员外山居》:"无人袭仙隐,石室闭空山。避烧猿犹到,随云鹤不还。涧荒岩影在,桥断树阴闲。但有黄河赋,长留在世间。"表达了自己对一代高士的追慕之情。

当然,作为一个想依靠科举考试入仕的贫苦读书人来说,张乔也有着许多苦闷。看到友人们纷纷授官,为官为吏,他给予的多是祝福,特别是给任职自己家乡的地方官。如《送庞百篇之任青阳县尉》:"都堂公试日,词翰独超群。品秩台庭与,篇章圣主闻。乡连三楚树,县封九华云。多少青门客,临岐共羡君。"《送南陵尉李频》:"重作东南尉,生涯尚似僧。客程淮馆月,乡思海船灯。晚雾看春縠,晴天见朗陵。不应三考足,先授诏书征。"唐代的宣州职官缺录甚多,他的诗作成为补录职官的史证。

在张乔的送别诗中,有许多谈到家乡的景色。如"谁伴高吟处,晴天望九华",思念家乡的九华山,九华山也成为他最后的归隐之地。此外,在《送友人进士许棠》一诗中他写道:"离乡积岁年,归路远依然。夜火山头市,春江树杪船。干戈愁鬓改,瘴疠喜家全。何处营甘旨,潮涛浸薄田。"诗中表达了自己渴望回到家乡了却余生的愿景。其中"夜火山头市,春江树杪船"和另一首《送友人归宣州》诗中所写的"暝火丛桥市,晴山叠郡楼",都是描绘宣州城内宛溪的夜市,璀璨的灯火一直连接到陵阳山头的郡楼。这个重要的信息被历史学家考证引用为晚唐时期,作为江南五大中心城市之一的宣州,已经打破坊市格局,产生了夜市的有力证据(唐代沿袭前朝,实行宵禁制度)。

此外,张乔还与新罗诗人崔致远有过交往。崔致远于咸通九年(868)来到大唐,乾符元年(874)进士及第,乾符三年(876),授职任宣州溧水县尉。由他们的生平轨迹来看,两人之间的结交不是在宣州就是在长安。崔致远文集中有一首《和张进士乔村居,病中见寄》,乃崔致远酬答张乔的诗,曰:"一种诗名四海传,浪仙争得似松年。不惟骚雅标新格,能把行藏继古贤。藜杖夜携孤峤月,苇帘朝卷远树烟。病来吟寄漳滨句,因付渔翁入郭船。"唐时凡应进士试者,不管是否登第皆可称进士;此诗中称"张进士",并不代表张乔考取了进士,只是参加了进士试。从诗的内容来看,崔、张二人应是知交,诗的第二句下注"松年"为张乔之字。这也是记录张乔字号的最早文献。诗中说张乔诗名与贾岛并称,早已四海流传;他的诗既能标新立异,又能继承前贤。这是很高的评价。

素月如梅

焦正达

梅远"筑居"

梅远(生卒年不详),字维明,原籍吴兴,唐昭宗光化(898—901)年间,入宣州刺史王茂章幕中任职。一说梅氏远出梅伯,世久而谱不明;梅远父梅超及梅远皆不仕(欧阳修《学士给事中梅公墓志铭》)。梅远在宣州日久,爱其山水人文,遂在城东筑室定居,后迁城南双羊山下梅溪河畔九同碑。梅远作《筑居》之诗:

> 昔居苕之南,今适宛之北。
> 溪山故缭绕,往来等乡国。
> 爱此太古风,不但占林樾。
> 岚气敬亭浮,波光响潭接。
> 虽在城市傍,而与喧嚣隔。
> 息心谢纷烦,投闲遗一切。
> 结构类茅茨,宁复事雕饰。
> 草堂亦易成,经营岂木石。
> 喜见野人来,渐与尘迹绝。
> 把我盈樽酒,妻儿同一啜。

举家迁宣州之后,梅远与文人士子相交,与淳朴乡民为邻,读书修

身,治家教子,其乐融融。他的《迁居》一诗就是这时心境的绝好写照:

  百里犹乡土,千年亦比邻。
  愿言培世德,未敢咏维心。

  梅远在宣州写下大量诗文,文风不事雕琢,素淡清雅,余味悠长,对其后人影响很大。梅远诗集名为《迁居草》,可惜现已不存。《全唐诗续拾》收上录二诗。
  梅家世代诗书传家,梅远子梅邈,梅邈子梅让、梅询皆能文。梅让子即为"宋诗开山之祖"梅尧臣。此后,宣州梅氏"彬彬郁郁,绵亘辉映",从北宋至民国"代有闻人",涉及政治军事、天文数理、诗文戏曲、书画字汇等各领域。仅据史料及现存《梅氏家谱》《宁国府志》及《宣城县志》所载(主要为明代中期后):梅氏先后出举人41人(其中武举9人),贡士44人,进士27人(其中武进士3人),朝廷名臣9人,荐辟(恩诏)8人,州府、县知事37人,史、志入传者27人;有著述者54人,刊行于世的各类著作230多种,被编入《四库全书》者达125种。可谓"宣城梅花遍地开"。晚清时期,梅氏宗祠撰有楹联一副:"家有遗业,昌言文集,圣俞诗稿;室无他物,诞生字汇,定九丛书。"提名虽只梅询、梅尧臣、梅膺祚、梅文鼎四人,但亦足以在中国文化史上占有一席之地。一地一族,如此盛况,可谓史所罕见。梅氏不仅成为宣州大姓旧族之首,也是宣州本土文化桂冠上一颗最灿烂的明珠。

邱旭"宴语"

  南唐状元邱旭(生卒年不详),字孟阳。他出身宣州农家,少年时放牛为业。邱旭20岁才开始读书,显示出过人的天赋。他的辞章得益于故唐大家,乡贤对他的期望很高。后来他游学金陵,"自励弥笃,不耻下问",进步更快;他的诗歌文章名声也越来越大,以至被当时的学子们"取为法度",终成大器。在寡嫂刘敬"苟济荣望"的激励下,邱旭参加了科举考试。《十国春秋》卷一一六记载:"南唐给事中乔匡舜知举,进士及第者五人,即邱旭、乐史……"邱旭的殿试文章《厚德载物赋》选拔第一,被后主李煜钦点为状元,成为宣州历史上第一位"状元郎",也是五代十国的第二十二位状元。

  南唐灭亡,到了宋朝,邱旭受到名臣吕蒙正的赏识。吕蒙正问他:"若非能为赋者乎?"邱旭答:"江南献赋者适为第一。"吕蒙正说:"闻名旧矣,谓为古人,乃并世。"就推荐他到各地为官,很有政绩。后朝廷诏命邱旭赴京任职,途中在衡州一带亡故。其事略见于《南唐书》《十国春秋》"邱旭传"等。邱旭曾撰《宾朋宴语》(又名《古贤俊遗言》),作为宾客朋友酒宴上的谈资,书中有很多名贤遗言和逸闻掌故,如"素月如梅"记:诗人王直方家中有一个侍女叫素儿,清秀灵巧。蜡梅盛开的时候,王直方派她送花给诗人晁无咎。晁无咎作诗五首答谢,其中有"去年不见蜡梅开,准拟新枝恰恰来。芳菲意浅姿容淡,忆得素儿如此梅",一时传为美谈,后人便戏称蜡梅为"素儿"。

  《宾朋宴语》已佚,只有部分篇章被众多文献转录而流传下来。因其文笔生动活泼,故事性很强,一些学人将其纳入文言小说。原书共三卷,《宋史·艺文志》记为一卷,后古籍研究专家顾吉辰先生参校《南唐书》《通志·艺文略》《直斋书录解题》《续四库阙书目》《通考·经籍考》等五种典籍,证明"宋志"所言卷数有误。

"宛陵包虎天下无"

童达清

"宛陵包虎天下无",这是北宋江西诗人李彭《东庵舒老出徐兔图障求诗章,末兼戏行叟》(《日涉园集》卷五)诗中的句子,是说包氏所画的虎独步天下,闻名古今。南宋文学家楼钥也称赞:"吾闻宣城包,今古称独步。"(《题家藏二画》,《攻愧集》卷三)可见包氏的绘画艺术得到举世公认,包氏也是宣州历史上不可多得的绘画世家。

这个"包虎"的"包",嘉庆《宁国府志》《泾县志》均记包氏为泾县人,而《宣城县志》又作宣州人。结合两宋时期各家吟诵来看,作宣州人为是。按府县志,包氏主要指包贵、包鼎父子,然从梅尧臣《答王君石遗包虎二轴》诗中"老包曰岳岳生鼎"来看,包贵或又名"包岳"。作为家乡人,梅尧臣自然不会记错写错。需要说明的是,梅尧臣此诗不见于《宛陵集》各通行本,而是出于宋刻本,后人自是无缘见到。今人据残宋本《宛陵集》将之编入《全宋诗》,然又夹注曰:"据《宣城县志》,包鼎父为包贵,岳当是别字。"实是画蛇添足,反为无理。

包贵是南唐末北宋初人,其画虎成名当在入宋后。李彭《包虎行》记其绘画时的状态:"画师老包气如虹,解衣醉倒尘泥中。急呼生绡卧展转,笔追造化分奇功。须臾奋袂于菟出,绝壑阴崖啸风月。悬著高堂烟雾深,观者胆寒俱辟易。"正是因为完全进入了创作氛围,其笔下之虎才能栩栩如生,形神兼备。宋人薛季宣说:"人以宣城绘人包氏善虎,因以'包虎'名之,走谓包虎之形。"(《浪语集》卷十一《跋蜡虎图》)可谓传闻不虚。

梅尧臣在京为官,其友人王君石偶得包氏父子的绘画,知为梅尧臣乡人，遂以赠之。梅尧臣有诗记其事：

> 老包曰岳岳生鼎，二人画虎通神明。
> 凡为一虎不知价，巨公贵士珍其名。
> 死来年深搜索尽，何意好事识尤精。
> 丹枫映坡茅叶白，雌者将乳雄坡行。
> 细毛出肉不见迹，相顾猛气都如生。
> 忽闻持遗非素望，穷民展玩忘愁婴。
> 奇哉真是老包笔，世间空有黄金籯。
> 因思前岁韩公子，亦赠尺纸图生狞。
> 傍题小子乃包鼎，此时偶得已可惊。
> 借问吾乡与天下，二包之美谁能并？
> ——《答王君石遗包虎二轴》

由此诗来看，梅尧臣出生时（1002），包岳去世已久，其画声名鹊起，被书画爱好者搜求殆尽，能得友人惠赠，自是喜出望外。此前两年，梅尧臣友人韩某也曾赠送其包鼎的绘画，所以诗人自豪地说："借问吾乡与天下，二包之美谁能并？"梅尧臣还在另一首题画诗《蜀虎图》里提起"包虎"的绘画技艺："江南包氏为最精，毛质虽真猛难匹。"自豪之情溢于言表。

包鼎是包贵的儿子，继承了其父的高超绘画技艺，甚至青出于蓝而胜于蓝。楼钥之叔楼珌曾任宁国府通判，其家藏有包鼎所绘二虎图，楼钥为之题跋，其中记有包鼎绘画时的状态："方其欲画时，闭户张绢素。磨墨备丹彩，饮酒至斗许。解衣恣盘礴，手足平地踞。顾盼或腾拏，窥之真是虎。捉笔一挥成，神全威不露。"（《题家藏二画》）

楼钥此记实出于陈师道《后山谈丛》卷二"包鼎画虎"条："宣城包鼎，每画虎，扫溉一室，屏人声，塞门涂牖，穴屋取明，一饮斗酒，脱衣据地，卧起行顾，自视真虎也。复饮斗酒，取笔一挥，意尽而去，不待成也。"

陈师道(1053—1102)生活的年代与包鼎相去不远,其传闻自属可信。言虽简略,但从中既可以窥见艺术家的严肃与虔诚,也可以领略到艺术家的率性与洒脱。

包鼎作有《乳虎图》:"荒榛赤草,鸟噪其上,两虎引子而行,意甚安佚。其雄前行,观其意中亦有御卫之意。小虎牙爪未备,已有食牛之气。"北宋书画家李廌曾见过此画,他在其《德隅斋画品》中记载说:包鼎所画《乳虎图》,"绢素虽破,精润如新",亦可见其用墨之精到。

包氏父子去世后,其绘画作品一直在士林流传,后人多有吟咏。如李彭《东庵舒老出徐兔图障求诗章,末兼戏行叟》:"宛陵包虎天下无,徐生之兔画作殊。……生绡新图聊一出,便觉野风来四壁。""徐兔"指泾县人徐昞善于画兔,与包氏父子善虎而齐名。《题包虎枕屏》:"两虎肉醉欲醒时,饥肠得饱恣游嬉。一虎当岩自哮吼,朝欲食子暮食妃。最后一虎绝长者,坐啸眼有百步威。豺狼当道正须汝,莫寻兔径问狐狸。"极写"包虎"之活脱,使人如身临其境。

邑人周紫芝曾观摩过包鼎的画,并作《题包鼎大虎图》:

> 人间妙伎古亦有,画虎从来易成狗。
> 何人为作老于菟,鼎死百年无此手。
> 想当运笔亦有神,睥睨知谁看回肘。
> 便恐阴崖风雨来,何止草中狐兔走。
> 易生惊猿羞挂枝,周昉稚犬空复肥。
> 画中生意似可喜,此虎一出无余姿。
> 迩来丧乱书阽苦,唯有君家此画古。
> 妖狐一丘渠自安,狡兔三窟无人取。
> 建章宫殿空咸阳,猛士知谁守疆土。
> 藜藿不采虎在山,安得有臣如此虎。

北宋末李之仪寓居当涂,多次到过宣州,也曾欣赏过"包虎",作《题杨子仪虎图》：

> 秋阴报初寒，惨惨日遽晚。
> 有客自宣城，明爽叩昏懒。
> 手持两巨轴，六幅从而展。
> 披图画如生，竟轴诗尽选。
> 平生说匡鼎，今日真到眼。
> 何止辨骊骊，于焉识淄渑。
> 爱之不能已，欲挂恨壁短。
> 犹冀逢他时，更疑探深远。

南宋后期，蜀僧居简寓居宣州，还曾得见包氏的《卧虎图》，作诗跋："猿臂将军死弗侯，发机百中巧无酬。不逢肉醉眠山路，饮羽空嗟老石头。"（《北涧诗集》卷八）"猿臂将军"指汉代名将李广，以其射虎没石之典，喻包氏空有一身画虎技艺，最终还是老死林下。元大德元年（1297），永嘉郑洪（字君举）任宣城县教谕，著名诗人方回作《送郑君举宣城教谕》以赠行，首句即以"宣城画虎遍天下"起兴，可见"包虎"之名至元不衰。

因为包氏父子绘画技艺精湛，所绘之虎形象逼真，人争以为宝。明代文学家叶向高记载过这样一个故事："王荣老尝官于观州，欲渡观江，七日风作不得济。父老曰：'公箧中必蓄宝物，此江神极灵，当献之得济。'荣老顾无所有，惟玉麈尾，即以献之，风如故。又以端砚献之，风愈作。又以宣包虎帐献之，皆不验……"（《说类》卷四十三）此事虽不得行验，但宋人以"包虎"为宝则可坐实。

洪迈《夷坚志》支集卷九记载一事更为神异："彭圣锡取所藏名画示人，有宣城包虎帐未收，暂置榻内，其夕梦大小四虎噬其支体，至血流，窹而疑其异，展帐验视，与梦无差，举而售于他人。"因画而有梦，因梦而知画之神奇，甚而以为妖，正可见包氏父子绘画技艺之高迈。

三、世情烟火

可惜包贵、包鼎父子的画未能流传下来。同样可惜的是,包氏父子去世后,其后继乏人。宋人郭若虚《图画见闻志》卷四说:"(鼎)虽从父训,抑又次焉。子孙袭而学者甚众,虽非类犬,然终不能践贵、鼎之阀矣。"元人夏文彦《图绘宝鉴》卷四载:"包寀,宣城人。家世画虎,能绍其业。"明人朱谋垔《画史会要》、卞永誉《式古堂书画汇考》等书著录其画作有《熊渠射虎》《重岩卧虎》。留名于画史之包寀,已是宣州包氏这一画虎世家最后的余响了。

程炎子的"白衣"人生

吴俊

程炎子,字清臣,生卒年不详。南宋理宗时宣州人,未仕。有《玉塘烟水集》,已佚。仅《江湖后集》留有诗作数首。

他在诗作《登高感兴》中自嘲:"破帽西风里,龙山忆孟嘉。白衣谁送酒,黄菊自开花。"他借"孟嘉落帽"的典故来比喻自己怀才不遇,虽然没有锦衣玉食,只能西风吹破帽,也不失风度和傲骨。"白衣",古时指没有功名、官职的人。他当然有自知之明,世道炎凉,谁会时时惦记他这个白衣秀才,呈上酒帖把酒欢歌,相邀一聚?没人来请我,我也不屑,我自像那路边的黄菊一样逍遥自在。他虽然落寞又没地位,但心怀天下事。诗的后四句:"塞远书传雁,天昏墨点鸦。凭高穷北望,何处是中华。"临晚,暮空已熏黑了飞过的鸟群,他登上高处向北方望去。"北方",指的是失去的北方疆土。理宗时战事不断,先有端平元年(1234)南宋联蒙灭金,后有蒙军全面侵宋(1235),持续40多年的宋蒙战争全面爆发。在山中,他悲切感叹,曾经的泱泱中华,大宋疆土,不知何年何月才能重新统一,那空中南飞的雁群,一定知道边塞的战事,是否会有捷报传向都城临安?

程炎子虽是"白衣",然而,在重文抑武的宋朝,作为文人雅士的他,在当地还是颇有名气和威望的。酒局还是有的,宴会也是"顶格"的。那个秋天的晚宴,余味久久地萦绕在他心头,令他挥笔写下《次郡太守刘朔斋秋晚谒谢朓亭小饮三首》,第一首写道:

鞭摇五马踏沙堤,秋晚除书下紫泥。
藓壁篆碑猿捧砚,松关吟句鹤分题。

三、世情烟火

裴休故宅今为寺,谢朓闲官昔仕齐。

太守宴归宾客从,数声山鸟日平西。

刘朔斋(1197—1268),字长卿,中州人,约公元 1237 年前任宁国府知府(府治宣州)。大致可以推算出,刘太守在宣州任上大约 40 岁,程炎子年纪应该与他差别不大。从诗中可知,程炎子和诸位闲官雅士,先是去了敬亭山广教寺参加宴请,后又到谢朓楼拜谒品茗,可谓精力旺盛,年纪尚轻。那天,刘太守接到了朝廷快马诏书,预先设宴,接待传诏的来官,同时,提前邀约了当地官员和名士。从诗的愉快氛围可以看出,诏书不是褒奖,便是另有高任。据考,刘朔斋于嘉熙元年(1237)年离开宣州去了湖州府,那天的宴会地点设在广教寺。诗人多有佛缘,但酒宴不会安排在寺庙内。

那酒宴在哪里呢?"藓壁篆碑猿捧砚,松关吟句鹤分题","松关"是柴扉、木门,因此,广教寺边应有酒家。众所周知,宋代是被酒和诗熏染的时代。那天,在秋色渐晚里,他们关着庭院的门,官员和雅士,全无功名之分,只开怀畅饮、诗歌往还。他们端着酒杯信步庭院,庭院里有奇松,枝丫旁逸如猿捧砚台。间隙,有白鹭飞起落下,借着白鹭在松林间展翅收羽的美景为题,他们在长满苔藓的墙壁上挥毫泼墨。因为是官宴,又要安排好舟车劳顿传诏的京官,宴席散得也比较早。众人都未醉,他们簇拥着刘太守,走在敬亭山小道上,山岭之间是飞回林间的一群群鸟儿,夕阳西下,平于山峰。接着,他们又去了哪里呢? 诗的第二首写道:

一祷心香雨例晴,万家和气酿成醺。

时方入到昭亭路,风已吹开叠嶂云。

话向禅中参冷淡,心于静处息纷纭。

麦畦邂逅长沮语,想彻黄堂亦喜闻。

从第二首可以窥出,程炎子此时雅兴正浓。"一祷心香雨例晴",是他细微心思的流露。突然飘来的秋雨，令他暗暗在心间上了一炷香，祈愿秋雨停下。他难得和友人一聚，又有太守相陪，便担心这突然而至的秋雨提前毁了这美好的一刻。雨，心随所愿地停了，他的心情也变得开朗。眼前，千家万户的飞檐瓦楞笼罩在一片雨后的晚雾之中。他们行走在蜿蜒的山间小道上，一路谈古论今。行走在昭亭路时，微风渐起，风吹开远处重重的暗雾。他们从朝廷以及边塞的战事，聊到李白和杜甫，也提及了孔老夫子和老庄。之后，便感悟人生就像重重的雾，飘浮于世，来不可解，去不可知，只能在佛家的禅境中，暂获心灵的安静。诗云："话向禅中参冷淡，心于静处息纷纭。"

途中，他们邂逅了一片麦田，欣然踏步田园小径。晚风吹来麦田的清香，大片的麦浪在逐渐散去的雾气之间摆动，沙沙地此起彼伏着。秋收的景象令太守动容，缓解了他心里纷纭的忧愁。此诗中，程炎子的心思似乎很在意太守的一举一动，这也恰好说明他在自身的处境之中，还没有完全超脱。或许是他感激太守对他赏识，抑或从心里敬佩太守的人品。从极少的史料考证可知，刘太守为人低调，人品正直，为官仁慈，诗作也是寥寥。秋收的景象，抚慰了太守忧民的愁绪，说明"民生"在他的心里还是很有分量的。诗云："麦畦邂逅长沮语，想彻黄堂亦喜闻。"最后，他们来到谢朓楼拜谒，对坐品茗：

掀髯一笑倚危阑，面面青山不厌看。
霜染丹枫秋色绚，日烘紫菊露痕干。
鹊炉火慢熏龙脑，蟹眼汤新瀹凤团。
回簇绛纱城郭晚，老梅吹角雁拖寒。

从广教寺宴散后一路结伴至谢朓楼，程炎子的心绪一直在变化。令人诧异的是，这3首诗文中，他只提到刘太守，随行而来的其他人，他只字未提，只在第一首用"宾客"略过。作为地方有名的诗人，在那些官员、"宾客"中，总会有三两知交吧？或许，他已看破了功名之围，宁为白衣

三、世情烟火

人。在谢朓楼的亭阁里,程炎子的心绪才渐渐平静。古时的文人总是会被天下事所困扰,又时常会多愁善感地自悯。诗,是一座安置在诗人心灵的庙宇,给予他淡然一笑的力量。"掀髯一笑倚危阑",心的回归,又让诗人和天地连接。他欣然登临楼阁之上,手抚长髯,倚在栏杆上。他远眺夜色之下四周连绵的群山,微微一笑,仿佛山的重重暗廓,是他行于世间的傲骨。他的心绪像一只潜入夜色之中的鸟儿,飞回到静谧的群山之间。诗人的灵魂是有翅膀的,尘世的悲喜,需要用青山来洗涤。他神思着初秋的群山,那林间的枫叶是如此绚烂,山间那点点盛开的紫菊,仿佛是天神留下的痕迹。从天上到人间,仿佛只是诗人的一次转身。他从阁楼之上徐步而下,清风穿廊而过,衣袂飘飘,宛如踏云而归。亭阁内一侧已是"鹊炉火慢熏龙脑",正中间的茶桌已摆好,"蟹眼汤新瀹凤团"。

历史上,宋朝的饮食文化相当考究,超古越今。喝个茶,还要用慢火熏"龙脑",李时珍曰:"龙脑者,因其状加贵重之称也。"鹊炉烟香,袅袅地在亭阁内萦绕。茶已煮好,青绿的茶汤像"蟹眼"一样微微地沸腾着。亭阁檐柱上的壁火,已辉映在诸位的脸庞之间,犹有天庭朱阁之韵。秋夜渐深,一行人依然兴致未减,他们轻议着千古文章和当下时事。亭外秋叶簌簌落下,程炎子起身又向四周望去,南宋宣州的秋夜是什么样的呢?是"回簾绛纱城郭晚"。谢朓楼位于城郭中央的高处,四周是层层叠叠的街景市巷,远远近近的飞檐翘角、窗格亭廊,依稀在一片晚灯之中。千家万户的窗纱已合,如静谧的纱幕在秋夜的青雾中隐隐约约。秋天将要过去,冬天的老梅已在暗角悄悄待放,最后的雁群已去,冬寒将至。那个秋夜像一壶浓郁的好酒,滋润着诗人孤独的心田。

在现实生活中,一直滋润诗人心灵、伴他左右的还是山和水,它们才是他如影随形的精神世界。程炎子在《山中杂诗》中写道:

> 侧耳桥边听,声声在翠微。
> 自甘留此坐,何苦劝人归。
> 院悄惊春昼,山空恋夕晖。

得如鸥与鹭，对我欲忘机。

没有功名在身，他是逍遥的，同样也是孤独和自我的。他没有官规政事，精神上更能循诗入禅。宣州的山水像他笔下的诗韵，他时常孤身一人徜徉其间。在这首《山中杂诗》中，他已有了物我两忘之境。

这是一个春天的黄昏。他独步来到山脚之下的桥边，潺潺的溪水从桥下流过，溪畔两边是青翠的竹叶和茂盛的草木，水向更深的幽壑间隐去，仿佛是草木之间的喁喁轻语。远处庭院窸窣的声音打扰了山岭的幽静，夕阳的余晖在山坳间逐渐消失。此刻他就像是一只归栖在山林的白鹭，已经不闻人间事，他幻想的翅膀落在一群群的鸟儿之间。他说："自甘留此坐，何苦劝人归。"他流连在南宋宣州的山水之间，他在人间孤独，山水才是他一生的知交。那么，又是谁在远处唤他归？从他已佚的《玉塘烟水集》中寻迹，是否可以猜测他的寓所安在敬亭山的哪个山脚之下？那里应有一潭青碧如玉的水，清晨和晚暮时段，潭水之上氤氲着如烟的雾气。他独坐于此，静思人生，随笔写下那些诗句。寓所边，应有田数亩，在已佚的集子里，会有他和妻子躬耕田园的只言片语吧？他还应是个为"稻粱谋"的白衣先生，不仅仅是为了几贯铜钱贴补生活，也让他的满腹才学得以传授。作为一个有血肉之身的人，他不可能完全归心于诗意和禅境之间，人生的际遇也让他无法全然超脱，隐入山林，不问世事。恰是这样的矛盾，给了他诗性的泉源。他也时常远游，拜访友人，他的精神世界也需要在人间得到慰藉。他在《饯周东岩之石门访汾阳氏并呈友人》写道：

漫浪江湖脚，周游到石门。
能迎徐孺子，知有令公孙。
话雨灯辉座，酬春酒滟樽。
况逢朋友在，一见必温存。

三、世情烟火

他在诗中又把自己说成一个行于江湖的浪子,远游到石门。"石门"远在皖南歙县深山,风景绮丽。此次山游,没有官员,只有和他一样安于清贫淡泊的雅士,又意外遇见了老友,令他倍感温馨。他们都是没有功名的文人,志趣相投,彼此理解。这让他的笔墨格外轻快,把"徐孺子"和"朋友"都写在诗句中。"话雨灯辉座,酬春酒滟樽",没有尊卑,只有朋友之间随心的交谈,一边看雨中的山水,一边畅快地推杯换盏。在这样的氛围中,他已然无须神游天地,只做个在人间知足的凡人。

在他的《江湖后集》所遗的诗文中,像这样令他感到温馨、使他流连、给他温暖的场面甚少,更多展现的是他时常孑然一身,徒步于远山与近岭之间。他是孤僻的,更多的时候他是不被理解的。无论在哪个朝代,人心在现实的利益面前都是势利的,敏感的程炎子时常会被人心刺痛。他在《登新安五岭》中写道:

五岭崎岖一步难,白云兼雾幂中间。
行人莫道山多险,更有人心险似山。

"更有人心险似山",与其说他是远离人群,不如说他是在远离伤害。只有看破,才会更有力量,才会更加自由。如他在《题如庵·脱略机关一散人》所写:

脱略机关一散人,清于兰畹抱幽馨。
抚松细嚼渊明句,瀹茗闲笺陆羽经。
春对风光秋对月,晓观云气夜观星。
世间局面多翻覆,着数虽高亦懒听。

只有真正勘破人心,才能"抚松细嚼渊明句,瀹茗闲笺陆羽经",才能进入陶渊明的隐逸之境,才能品出陆羽《茶经》之神韵。亦有能抛开"世间局面多翻覆,着数虽高亦懒听"的决然之气,方能打开"春对风光秋对月,晓观云气夜观星"的另外一层心灵世界。诗人的灵魂是被生命羁绊的,他的一生都在与命运抗争,辗转在人心叵测、朝代更迭、功名利禄之间。从下面这首《归日》里,能看出程炎子最终解开了肉身的束缚,看淡了生死,他认为人生之重,不过是飘花落雪的瞬间,人最终都是一粒沉入大地的尘埃:

去时雪学杨花舞,归日花如雪样飞。
何事杨花并雪絮,送人西迈送人归。

程炎子在写下这首《归日》的时候,如果他还未至耄耋,就会在后期的人生里体味到凡人的快乐。他就会于夫人在远处"唤他归"的人间至情中,安居陋舍。之后,再在烛火之下深情地与夫人对视,细数夫人为家操劳而新添的白发,再起身为糟糠之妻斟满一杯酒。归心,归家,觉爱,之后,定会幸福而从容地酒后吟诗,如杨花雪絮般在南宋的宣州人间轻快地飘荡,直至西归。正像他的那本已佚的《玉塘烟水集》那样,真正地放下之后,是不留痕迹的。

四、宦海钩沉

HUANHAI GOUCHEN

鱼虫
凶疏

宣州的"长卿"

焦正达

翻开厚重的中国诗歌史,在盛唐、中唐相交之际,一位很有个性的人物不由得令人停下目光,他就是被称为"五言长城""以诗驰名上元、宝应间"(《唐诗纪事》)的宣州籍诗人刘长卿。

刘长卿一生遭遇坎坷,是个很"倒霉"的人,曾两次身陷囹圄。并且,刘长卿还是宣州经历"刘展之乱"的见证者。

作为一位重要诗人,一些史料、典籍对他的生平记载竟颇有争议。一是籍贯之误,通行为"河北河间人";二是生卒年,约725—791年或709—780年,这两种说法难辨真伪;三是"登第之疑",有开元二十一年(733)榜和天宝末榜之说。据《元和姓纂》载:"考功郎中刘庆(处)约,宣州人;孙长卿,随州刺史。"刘处约是刘长卿的祖父,生长于宣州,于武后至玄宗初年在世,曾任吏部员外郎、吏部郎中等职,《永乐大典·玉台后集》录诗一首。姚合《极玄集》也说刘长卿是"宣城人"。姚合(777—843)是名相姚崇曾侄孙,与刘长卿相距不远,他的说法应该更有根据。刘处约是否迁家河间未见记载,然而刘长卿的宣州籍是成立的。刘长卿字文房,排行八,年轻时曾在洛阳、嵩山读书,后来迁居鄱阳;他多次参加科举考试失利,曾作诗怅叹,有句为:"且知荣已隔,谁谓道仍同。念旧追连茹,谋生任转蓬。"由此推测刘长卿天宝末中进士较为可信。

刘长卿出仕之初担任苏州长洲县尉,不久被诬入狱,至德元年(756)肃宗即位,他因大赦而获释。至德三年(758),刘长卿摄海盐县令;上元元年(760)又被贬为潘州南巴尉。但他未到广东任职,却从浙江经宣州入江西,恰逢流放遇赦的李白。他与李白同病相怜,写下"谁怜此别悲欢异,万里青山送逐臣"(《将赴南巴,至余干别李十二》)的名句赠李白。也就在这一时期,宣州被刘展叛军攻下。

"安史之乱"中,北方兵连祸结,生灵涂炭,江淮及长江以南则保持了相对的稳定与发展。刘展在平定安史之乱中崭露峥嵘,史料记载,刘展"素有威名,御军严整",临阵之时敌军"望风畏之",后任淮西节度使王仲升麾下节度副使。刘展战功赫赫,在军中很有威望,又有些恃才傲物,故为王仲升所忌。上元元年,王仲升买通宦官监军邢延恩密奏肃宗:"展倔强不受命,姓名应谣谶,请除之。"(《资治通鉴》"唐纪"三十七)所谓"姓名应谣谶",不过是别有用心者谣传,说算命先生推算刘展将夺取李唐天下。

随着盛唐自8世纪中叶的衰落,宦官干政一直是个极其尖锐的政治问题。刘展既然"刚强自用",所以绝不会去巴结一个"死太监"。对于刘展谋反的诬告,朝廷的态度《资治通鉴》只用了三个字"上从之",说明"死太监"们在庙堂决策中的巨大影响力。

邢延恩为除掉刘展动了很多心思,他表奏刘展升为都统淮南东、江南西、浙西三道节度使,然后打算在刘展就任途中擒住他。但刘展久在军旅,敏锐地察觉到面临的危险,他竟持节度使印节,率七千宋州精兵南下就任,当时朝廷的军队已经开始成为藩镇的私兵了。邢延恩中途捕杀刘展计划破产。江淮都统、太宗第三子吴王恪之孙李峘出兵抵抗刘展,却一触即溃。一个平叛名将就这样被逼反了。刘展叛军所向披靡,很快突破广陵、楚州等地,李峘败逃宣州;刘展攻占润州、升州,升州刺史、浙西节度使侯令仪弃城而逃。刘展紧接着攻下宣州、湖州、苏州,一时粮赋重地尽归叛军之手,并与北方史朝义叛军遥相呼应,威胁朝廷。李峘逃亡洪州,无奈向平卢兵马使田神功求救,"许以淮南金帛子女为赂","神功及所部皆喜",不等朝廷下诏便迫不及待率军南下,"所过大掠",国法军纪对藩镇军队毫无约束力。上元二年(761),"刘展之乱"平定,《资治通鉴》评价:"安史之乱,乱兵不及江淮,至是,其民始罹荼毒矣。"

同年秋,刘长卿奉命回到苏州接受"重推",途经宣州,一路所见,原本繁华富庶的江东，因一场大战祸变得破败萧条。刘长卿感慨系之，记下这种惨况："空庭客至逢摇落，旧邑人稀经乱离。"此时宣州是浙江西道节度使治所。乾元元年（758），朝廷置浙西节度使，治升州（南京），领升、润、宣、歙、饶、江、苏、常、杭、湖十州，上元二年徙治宣州。刘长卿需要到节度使府履行相关程序，于苏州、宣州间数次往返，在故园逗留了较长时间，与宣州官吏、文士、高僧等交往酬唱，留下不少诗作，如《赴宣州使院，夜宴寂上人房，留辞前苏州韦使君》：

> 白云乖始愿，沧海有微波。
> 恋旧争趋府，临危欲负戈。
> 春归花殿暗，秋傍竹房多。
> 耐可机心息，其如羽檄何。

从诗中可以看出刘长卿当时矛盾的心绪。他一方面因官场失意、意气消沉，有了心随白云的归隐之意；一方面又感于君王恩典、战乱之苦，或许还有鄙视前苏州刺史韦自晋等官员不顾职责、临难脱逃之卑劣行径，表达了自己为国建功、为民出力的愿望。他的"敬亭暮色晴临道，句水寒流澹不波"诗句，描写了暮色下的敬亭清朗端庄，句溪静水流深，这些都带给他心灵的慰藉；也许，只有家乡温暖美好的风物人情，才能治愈游子一颗伤痕累累的心。

随后刘长卿旅居江浙，与当地众多诗人有广泛的接触。起复后任监察御史，大历五年（770）以后，历任转运使判官，知淮西、岳鄂转运留后。他因为性格刚强，又得罪了鄂岳沔观察使吴仲孺，被诬奏贪赃，再入姑苏狱，后来贬为睦州司马。建中二年（781），又任随州刺史，故世称"刘随州"。次年，淮西节度使李希烈叛军攻下随州，刘长卿只得流寓江州，晚年入淮南节度使幕。

史料记载刘长卿"有吏干，刚而犯上"，"清才冠世，颇凌浮俗，性刚，多忤权门，故两逢迁斥，人悉冤之"。他却不改旧习，以致运途多舛，然而也正因此成就了一个诗人刘长卿。在贬谪漂流之际,他漫游山川,感怀身世,写下了大量诗文辞赋。他对自己的作品自视很高,每次题诗落款只写"长卿"二字,以为天下人都知道他,但在他生活的时代也的确算得上名满士林。他的诗歌致力近体,尤精五律,"诗调雅畅","伤而不怨",清新洗练中透出苍凉凄怆,与盛唐雄浑朴厚之气迥异,已见到中唐诗歌的风采。刘长卿所作山水田园、归隐境况、怀古幽思及战争题材的诗篇,虽然格律严谨,却能情景相生,自然飘逸,佳作纷呈,广为传诵,以被列入小学课本的《逢雪宿芙蓉山主人》及《听弹琴》《长沙过贾谊宅》等为代表作。

> 陵阳不可见,独往复如何。
> 旧邑云山里,扁舟来去过。
> 鸟声春谷静,草色太湖多。
> 傥宿荆溪夜,相思渔者歌。
> ——《送处士归州,因寄林上人》

家山难忘,行旅之中送故人,更惹"相思"。刘长卿虽在中原长大,长年游宦在外,但对故土的感情极其深厚。身处江南时,他漫游宣州山水,寻访谢朓遗迹,不仅大慰心怀,也为日后漂泊生涯留下了美好的追忆。他的诗文中有咏及敬亭山、陵阳山、句溪、开元寺等风物和赠送、怀念旧友的诗作多篇,如《奉陪郑中丞自宣州解印,与诸侄宴余干后溪》《赴江西,湖上赠皇甫曾之宣州》《北归次秋浦界清溪馆》《行至宣州》等,对故乡的热爱留恋之情跃然纸上。刘长卿著有《刘随州集》十卷传世,《全唐诗》存诗五卷。

"绿窗明月为君留"
——宋初诗人名宦梅询

焦正达

冬日温暖的阳光洒向大地,开封府大街熙熙攘攘的人群中,一位皱眉苦思的儒生操觚漫行,尤其引人注目。转过一个街角,看见一个老卒卧于墙角晒太阳,欠伸甚适,不禁感叹:"畅哉!"停步徐问老卒:"汝识字否?"老卒答:"不识字。"儒生点点头道:"更快活也。"又说了一句:"人生烦恼识字始。"

这个故事见于沈括《梦溪笔谈》,故事的主人公便是翰林学士、"宣城梅氏"第三世孙梅询。

梅询(964—1041),字昌言,26岁登进士榜。初为官时尚未见出众;宋真宗咸平三年(1000),梅询作为进士考官,于崇政殿得幸真宗,"言天下事",极合真宗之意,真宗以为奇才,召试中书,直集贤院,赐绯衣银鱼。自此梅询遂以真宗为知己。当时契丹屡寇河北,李继迁强攻灵州,边事危急,梅询上书请以朔方授潘罗支,使自攻取,谓之以"蛮夷攻蛮夷",并主动请缨。真宗惜之,梅询说:"苟活灵州而罢西兵,何惜一梅询!"(欧阳修《翰林侍读学士给事中梅公墓志铭》)真宗壮其言。后迁太常丞、三司户部判官。于是屡言战事,结纳豪杰之士,夏子乔招讨西夏,梅询作诗力勉之:

丹墀曾独绎丝纶,御札亲题第一人。
莺喜上迁张笔力,马谙西讨仗威灵。
亚夫金鼓从天降,韩信旌旗背水陈。
耆致尔功还奏阙,图形仍许上麒麟。

——《送夏子乔招讨西夏》

据《宋史·梅询传》载,真宗即位未久,锐于为治,对梅询甚表器重,数次欲以其知制诰,被宰相李沆阻罢。"澶渊之盟"(1005)后,梅询坐事贬出,此后仕途起伏,徙各地通判、知州、转运使等职,又几度回京。梅询因与寇准友善,寇准于天禧元年(1017)第二次被整倒,流放雷州任司户参军;梅询也受连累,被徙池州,再知广德军。北宋是中国古代文官制度的成熟期,也是高峰期,又是热衷于党派斗争之期,其斗争虽不如明代惨烈和有序,却更加地热闹和混乱。

在出知濠州时,梅询颇善待一位年轻的通判,这个人后来成为仁宗朝名相,他叫吕夷简。

仁宗天圣六年(1028),梅询复直集贤院,又迁工部郎中,改直昭文馆、知荆南府,召为龙图阁待制,纠察在京刑狱,判流内铨。改龙图阁直学士,迁兵部郎中、枢密直学士以往,就迁右谏议大夫,入知通进银台司,复判流内铨,改翰林侍读学士、群牧使,迁给事中、知审官院。其后《宋史》本传有记:

> 仁宗御迩英阁,读《正说养民篇》,览历代户口登耗之数,顾谓侍臣曰:"今天下民籍几何?"(梅)询对曰:"先帝所作,盖述前代帝王恭俭有节,则户口充羡;赋敛无艺,则版图衰减。炳然在目,作鉴后王。自五代之季,生齿凋耗,太祖受命,而太宗、真宗休养百姓,天下户口之数,盖倍于前矣。"因诏三司及编修院检阅以闻。病足,出知许州,卒。故事,侍读学士无出外者。天禧中,张知白罢参知政事,领此职,始出知大名府。非历二府而出者自(梅)询始。

据《续资治通鉴长编》卷一二四记,梅询以疾出知许州,为宝元二年(1039)。康定二年(1041)六月卒于任上。

梅询为人严毅修洁、材辩敏明、少能慷慨,享名朝野。游宦40余年,他的门生部属及其考拔的进士,多有居宰相等要职;故其视时人,常以先生长者自处,论事尤多发愤。他性颇风雅,喜好焚香,这也是时尚,两宋文人以"焚香、点茶、插花、挂画"为"四般闲事"。梅询所焚之香,并非达官贵人爱用的珍贵香材,以沉香、檀香、龙脑、麝香合成的"四合香",而是以荔枝壳、甘蔗渣、干柏叶、茅山黄连等寻常物合成的"山林四合香",呈现出文人对生活清韵、山林气息的审美追求。

欧阳修《归田录》记:"(梅询)性喜焚香,其在官所,每晨起将视事,必焚香两炉,以公服罩之,撮其袖以出,坐定撒开两袖,郁然满室浓香。"梅询的熏香在当时是享有"商标权"的,是"驰名商标",人称"梅香"。关于这个,著名"老古板"司马光同他好友龚伯建聊天,居然记下了一条有趣的"八卦"笔记:

> 龚伯建云:(梅)询与孙何、盛度、丁谓,真宗时俱在清贵。询好洁衣服,衷以龙麝,其香数步袭人;何性落拓,衣服垢汗;度体充壮,居马上,前如仰,后如俯;谓,吴人,面如刻削。时人为之语曰:"梅香、孙臭、盛肥、丁瘦。"
>
> ——《涑水纪闻》卷三

梅香、孙臭、盛肥、丁瘦都是当时如雷贯耳的人物。孙邈遢,"性落拓",不拘小节,但才高名响,是太宗朝的状元;又曾向真宗提出不少真知灼见,大多被采纳。盛胖胖26岁进士及第,做官兢兢业业,一步一级,曾勘探、绘制《西域图》进献真宗;至仁宗时拜相,颇有政绩。丁瘦子精通琴棋书画、天文地理、诗词音律,几乎是个全才。丁与孙是同年,丁谓因排名第四颇不服气,太宗说:甲乙丙丁,丁就是第四,有何不服?丁谓做了不少好事,也做了很多坏事;名相寇准也栽在他手上,最后死于雷州。因此,他获封奸相,为北宋"五鬼"之一。

宣州梅氏诗书传家,梅询亦好学有文,尤喜为诗;在故里攻读之际,即追寻谢、李遗迹,多有题咏,其《叠嶂楼》诗云:

> 谢公城上谢公楼，百尺阑干挂斗牛。
> 碧瓦万家烟树密，苍崖一槛瀑泉流。
> 波光滟滟前溪满，刹影亭亭古寺幽。
> 此地近除新太守，绿窗明月为君留。

"叠嶂楼"就是谢朓楼。诗的首联点明谢朓在宣州的地位：以一个人的名字叫响一座城，斯人如斗宿、牛宿高悬于天空，光华永在；同时也暗喻自身，"斗牛之间常有紫气"，"宝剑之精，上彻于天"，其下有玉匣藏二剑，一是龙渊，二是太阿，而年轻的梅询也如宝剑匣中藏，终会"闻道烽烟动，腰间宝剑匣中鸣"。颔联、颈联写景，万家烟火，苍崖飞瀑，溪水滟滟，刹影幽幽，有实有虚，有静有动；入世有为，优游林下，本是中国传统士大夫的理想人生。尾联化崔颢《题沈隐侯八咏楼》中的"绿窗明月在，青史古人空"诗句，但有点反其意而为的意思：有的青史留名的人已经显得空幻，但窗外新绿，明月在天，会为谢朓那样为官造福于民、文华润泽后世的人留存——这些人也如新绿、明月长存世间。全诗豪情与自信荡漾，充满浪漫情怀和理想主义精神。

其后梅询在各地为官，流连山水风物，每有诗作，皆不事雕饰，以"平淡"为上，对其侄儿梅尧臣影响很大。如他的《登北高峰塔》诗："高塔列远岑，亭亭几百载。铃声答夜风，轮影落沧海。闲云伴危级，曙日平烟彩。欲下生暮愁，千山闭轻霭。"《宿山祠》："苍苍千仞接烟霓，磴道微茫挂柏梯。萝月半挂山未曙，洞房清唱有仙鸡。"《江楼晚眺》："潮落蚌耕洲，霞天雨尽收。月来山寺候，云驻海间秋。野鹜驯舟绕，红鱼逐饵游。欣然乘此兴，呼酒醉高楼。"

梅询爱重文士，对其侄友朋辈亦折节下交，奖掖有加。康定元年（1040），梅尧臣挚友欧阳修在许州拜见梅询，梅询虽衰病困顿，欧阳修仍与其言谈相洽。及至卧病不起，犹使梅尧臣诵读欧阳修的诗文。梅询去世后，欧阳修为其作墓志铭。梅询生平所作文稿，其子侄编为《许昌集》，共计20卷。

叶清臣《宣城留题诗》

童达清

苏州叶氏家族是北宋时期的名门望族,名人辈出,如刑部侍郎叶逵、户部尚书叶梦得等。叶清臣家族也是苏州叶氏的一支,叶清臣被誉为北宋名臣,而且他和他的父亲叶参都曾任过宣州知州,和宣州有很深的渊源。

叶参:两次任职宣州

叶参(964—1043),字次公,湖州乌程人,寓居苏州长洲。咸平四年(1001)进士,历任和州历阳县主簿,泽州、海州军推官,小溪、青城、固始等知县。天禧五年(1021),叶参以太常博士升任宣州通判。

宋祁《故光禄卿叶府君墓志铭》载:"以太常博士通判宣州军州事。越人讼分财,七劾不承。君被制往按,不旬日而决,果若吏受赇而导其欺。"(《景文集》卷五十九)从墓志铭来看,叶参善于断案,因名声远扬,在宣州通判任内,曾被借往浙江断案。该案旷日持久,七审不决,叶参接手后,不到半个月就审明了案情。可以想见,其在宣州为官,必也是断案如神。

约天圣二年(1024),叶参满任后调扬州通判,历濠州通判、吏部司封员外郎、判三司开拆司。天圣七年(1029)六月,叶参再次来到宣州担任知州。离京赴任前,在朝的许多好友都赋诗为叶参送行。刘夔《朝贤送叶宣城诗序》:"南阳叶公参字次公,由文昌前列之资,领黄门剧胜之郡。公器识淹劭,墙宇凝旷,吏干修举,才章秀瞻。故入辞陛砌,天子赐其紫绶;坐延云霞,朝贤颂其行色。自相国钱公而下,总得诗四十六首。匏革互奏,蓝朱成采。彰天地之表,发蛟龙之气。虽楚汉之制,殆非一骨;在钟嵘之评,尤多上品。固亦宣畅皇范,敷赞循政,岂直雕章缛句而已。"叶参到宣州后,将此诗序与46首赠诗,刻石置于府治便厅之东堂。叶参也能诗,传有"僧入定中观水月,客来空际辩天花"(《入天章道中》)等诗句,颇可玩味。

天圣九年(1031),叶参改任户部判官离开宣州。由于年代久远,叶参在宣州所留之事迹绝少,除《朝贤送叶宣城诗序》被保存在《宁国府志》外,其所刻诗碑也早已不存,湮没在历史长河中。

叶清臣:"得请宣城府"

叶清臣(1000—1049),字道卿,天禧五年(1021)其父任宣州通判,他就随父亲一道来到宣州,这一年他21岁。他的《宣城留题诗》"自序"说:"天禧末,门中监州,膝下躬膳,唯是尝托,颇熟游览。"门中,是叶清臣对他父亲的讳称。叶清臣到宣州后,自然免不了游山玩水,宣州优美秀丽的山水激发了他的诗歌创作热情,想必此时他已写下了许多与宣州有关的诗歌。

天圣二年(1024),叶清臣考取了进士第二,授官太常寺奉礼郎,其后又历签书苏州观察判官、光禄寺丞、集贤校理。天圣七年(1029)六月,其父再任宣州知州,为了照顾年迈的父亲,他主动要求调任邻近的太平州,得到朝廷的批准,任通判。叶清臣到太平州后,利用政务闲暇,经常到宣州看望父亲,"侍行所理,入郭皆是,风物依然",来来往往中,自然将眼中所见景物形诸诗咏。如《经姑溪入宣城作》(《宣城右集》卷二十三):

紫岚回合数峰横,见底溪流曲曲清。
风蓼似霞迷浦晚,露荞如雪照空明。
百事沉网封川占,十角驱牛让亩耕。

晨夕相将差自乐,的应无政可沽名。

青山远亘,溪水清澈,农人忙耕,一路上风景如画,诗人心情自是十分愉快。愉悦诗人心情的,自然还有父子相见的天伦之乐。

天圣九年(1031),其父罢宣州任,叶清臣也离开太平,升任秀州知州。其后入判三司户部勾院,改盐铁判官。景祐三年(1036)秋,叶清臣由盐铁判官出知宣州。

关于叶清臣任年,万历《宁国府志》言在景祐四年(1037),小纪又注曰"疑"。续修府志均不著年份。查《续资治通鉴长编》卷一二〇:"(景祐四年闰四月壬午)召用太常丞、集贤校理、知宣州叶清臣,而清臣未至。"则叶清臣之任必在景祐四年闰四月之前。又,叶清臣在宣州之任不满五个月即又被调离,自是景祐三年任无疑。

> 理剧惭心计,承颜念远游。
> 时情自轻外,天幸复临州。
> 霜馆残梨晓,风淮水桂秋。
> 官勤诗意减,先愧谢公楼。
>
> ——《得请宣城府》

别人或许不愿意外任,叶清臣却很庆幸得游故地,父子两代同在一地任主官,自然也是宦途佳话。"霜馆残梨晓,风淮水桂秋",点明赴任时间。一路上,叶清臣的心是不平静的,既有往事的回忆,又有对来日的担心,怕自己能力有限,政务繁忙,无暇作诗,不仅愧对宣州山水,也愧对那位在宣州写下许多传世名作的前贤谢朓了。

"独恨平时羁牵私务,未能尽著于声咏。"(《宣城留题诗自序》)确实,叶清臣初至宣州,精力主要放在科举考试上。其后来往于太平与宣州,每次都是来去匆匆。这次主官宣州,也只有短短5个月。因此,叶清臣留下的宣州诗篇不是很多,其《宣城留题诗自序》称"得三十首",全诗久已散佚，今勉力搜罗于各种文献，仅得 15 首，尚缺一半。

他登览敬亭山，作《昭亭山》(《宣城右集》卷二十三)：

> 龟城北十里，近得高丘阻。
> 潭洞俯回溪，松篁抱幽坞。
> 晴岚郁紫翠，阴壑含风雨。
> 云中若有人，高堂莫椒醑。

他闲游州衙里的池亭，作《东池》(《永乐大典》卷一〇五六引《宣城总集》)：

> 园林日将暮，缅怀池上酌。
> 轻烟隐孤屿，绿水摇虚阁。
> 人闲山鸟静，风余岸花落。
> 稚子晚荡归，扁舟自漂泊。

他经临宛溪作《宛溪》：

> 朝出峄山阳，暮经宛溪下。
> 天容烟外照，树色波中写。
> 商帆逗虚市，渔唱喧晴野。
> 爱此曲曲清，行吟助骚雅。

他泛舟南漪湖，作《南漪湖》(《永乐大典》卷二二七〇引《宣城志》)：

> 泛舟南漪行，先从北湖去。
> 水外净浮天，云中霭无树。
> 青苍茈荇交，藻缛鸳凫聚。

日暮采菱人，闻歌不相遇。

他骑行麻姑山，作《致次麻姑山马上口占》(《宣城右集》卷二十三)：

东亭常是对仙山，痒背思抓杳莫攀。
今日岭头回俗驾，更吟招隐谢松关。

叶清臣的《宣城留题诗》，完成于天圣七年(1029)秋九月。然上举各诗，不一定全在其中，或有其后所作者。

景祐四年(1037)春，叶清臣被召入朝纂修起居注，离开了宣州。临行，他还作有《将发宛陵，东溪暴涨，戏成口号呈张同年》："报政未五月，惭园德在民。台符下紫闼，郡驾趣朱轮。急雨催梅落，遥山拥黛频。谁知句溪水，此处解留人。"卒章言志，眷恋之心溢于言外。

"心游目想，格卑韵俗，聊记所得，仅同实录。缅谢公之遗响，敢承先诵；庶江南之闻境，或载风谣云尔。"叶清臣用他的诗，为自己的人生增加了许多注脚，成为那个时代特有的"风谣"，也大大丰富了宣州的人文史料。

吴山:"一年荒宿敬亭岚"

吴俊

北宋仁宗年间(1023—1063),诗人吴山曾任宣州通判。据《宋诗纪事补遗》卷八十五:"吴山,字镇国,号麑坡,歙州休宁人,仕终宣州通判,工诗词。"后又有《弘治徽州府志》,具体到休宁江潭人,著有已佚的《麑坡集》,吴山的生卒年月没有任何记载。

"一年荒宿敬亭岚",是吴山诗作《宣城倅馆》的首句。北宋的敬亭岚,一定薄如蝉翼。岚烟又起时,朦胧的雾像一层荡开的薄纱,遮住了敬亭秋色。隐约其后的山色,像撑开蝉翼的老藤,缥缥缈缈地进入了宣州通判吴山的眼里。敬亭的岚是时代的帷幕,合上了无数诗人的痕迹。历代诗人,都是一缕缕飞入岚烟中的灵魂,萦绕在敬亭山间,晨起暮归地一直漫步于烟雨雾色之中。

此时,吴山已赴任宣州通判1年。"荒宿",颇有意味。在他的《满庭芳·秋遣》词里有一句,"且把双眉解放,领略些,水色山光",似乎能体会到他在仕途上并不顺意,想把他紧锁的愁眉,在山水中洗涤,在溪水山风之中舒展。"荒宿",显然是他的有意融入,官场的杂蔓在他心中缠绕,像他眼前敬亭山之雾,挥之不去。身在官场,岂能无志?然而,何以让他觉得,赴任宣州1年的日子如同虚度?难道和知州的政见相悖,被众多同僚排挤?接下一句,"世路如今亦颇谙"。显然,"世路"是通往朝廷的路,也是朝廷通向天下的治国之路;从"亦颇谙"可以读出,他已在官场沉浮多年,已谙熟为官之道。官道坎坷,世风日下,人心叵测,已与他为官的初衷背离,他已淡漠。不纠不缠,如雾散,青峰依然。然而,朝廷之上有一人令他牵肠挂肚,日夜思念,像唯一一根把他系在官场连着曙光的线,他便是北宋名相,诗人王曾。

《宣城倅馆》是一首七言律诗:

> 一年荒宿敬亭岚,世路如今亦颇谙。
> 雅带夕阳来舍北,雁传秋信到江南。
> 王曾素志非温饱,毛义微名为旨甘。
> 料得倚门凝望切,东风何日拥归骖。

从诗中不难看出,吴山与王曾私交甚密,敬重王曾为良师。宝元元年(1038)冬,王曾罹患疥症,在被贬的郓城任上去世,享年61岁。王曾少年得志,在咸平年间"连中三元"(发解试、省试、殿试皆第一),可见他才情斐然;他能与吴山惺惺相惜,亦可见吴山绝非庸僚。王曾的突然逝去,更加深了吴山对官场的失望,潜伏于胸的隐痛也更加剧烈。

那年秋,应该是1039年的初秋。从北方飞来的雁群,像一行行"宋体",写在敬亭山上空湛蓝的信笺上,浅浅的白云仿佛也是从他思念的北方飘来的。然而,某一天,山群那一阵阵如山涧溪流淌在他心中的鸟鸣,却在夕阳里转幻成凄厉的鸦嘶。噩耗,像一曲从郓城传来的哀歌,落在他官邸的北面,令他深感悲切。往事历历,伴着夕阳沉入夜色,那晚,在寓所的点点烛火之下,吴山翻着往日王曾寄来的信笺,模糊的泪光,交融在曳曳烛光之中。

诗人之间的相惜不仅仅是才情的共赏,更有官场上政见的相通,和忧天下之共情。吴山重读着王曾信笺上对他直抒胸臆的诚恳,那烛光像燃烧的梦境,把他带到与王曾对樽而饮的那一刻。乍然醒来,却已生死两隔。"一年荒宿"是他殷切的等待,待到王相重归朝廷,志向尚可期。然而此刻,他意识到他的仕途已信来路断。倅,副也。通判是知州的副手,"倅馆"仿佛是他对自己官职和处境的嘲讽。

在诗中,他把自己比作为温饱而为官的毛义,反衬王曾壮志未酬身先死的志向。《后汉书》记载:"毛义家贫,以孝出名,府檄召义为守令,义捧檄色喜。后其母死,辞职不干"。"毛义微名为旨甘",这个"微名",恰是吴山给自己在官场的定位。王曾的突然病故,让他清楚地明白,无论在官场还是文场,他都是人微言轻的。再难上升的官阶,已残酷地封住了他忧天下的情怀。勘破的仕途,如一股股官场的冷风,吹来起起伏伏的凛冽。王曾于1038年冬去世,作为知交的吴山,不会太年轻,是否也到了知天命之年?他既是"仕终宣州通判",那么有一种解释就是,王曾的死已让吴山有了辞官的念头。

  此时,心生归意的吴山,需要用宣州秀丽的山水来缓解他的愁闷,更需要用家的温暖走过余生。在他的4首《广陵杂咏》的诗作中,常有这样的句子:"怅望遥天羡鸟归,落云深处曙光微""新雨足时芳草绿,野棠开处鹁鸠鸣"……"广陵",是起伏的丘陵,古时的宣州是丘陵之城,丘坡连绵。吴山在决意辞官之前,静心思索着后期的人生。他徒步在坡间幽道中,鸟归和落云是他遥远的故乡休宁江潭,芳草绿和鹁鸠鸣是他将抛下仕途重启人生的意愿。接着他又在诗中说道:"只今曾阅人多少,感尽江山万古情。"江山万古,众生即逝,他已在内心抚平了命运的坎坷,这是释然之后灵魂的通世悟道。

  他越发念及亲情,思念家中的老母亲。他在《减字木兰花·思母》中写道:

> 连宵风雨,黄叶林间秋几许。
> 大地清凉,游子惊心忆故乡。
>
> 人生如寄,对景频弹思母泪。
> 何日归期,回首青霜黯鬓丝。

  一夜的雨,让秋色更浓了,秋叶纷纷落下,他的思乡之情也更加迫切了。"人生如寄,对景频弹思母泪。"在这个思家的秋天里,他频频以诗慰藉:"料得倚门凝望切,东风何日拥归骖。"在无尽的思念中,他想象着老母或妻儿,日夜倚门望他归的情景,他又把思念寄托于东风,乘着东风的马车回到家人的身旁。收到家信后,他写下了《徙倚》,诗中云:"自伤蓬迹远,常羡旅鸿归。昨得家人信,青山满蕨薇。"

青山相慰,冬去春来,恍然又一秋,王曾逝去已1年。去年彼时,秋月如悬在空中发着冷光的弯刀,夜夜刺向吴山不寐的心间。时间和诗情像一味流动的良药,家人的来信,也如那满山野果般甘甜。一日,他踏入山中古道,林木葱茏,排竹青翠,溪水与鸟鸣在耳畔交替。闲庭信步已至黄昏,得寻空旷之处小憩。夕光把天空尽染,空中的雁群向他传来南去的长鸣,他轻捻长须,深情地目送远去的大雁,仿佛是良师西去的最后一缕痕迹,也是他的决意告别。宋朝的夕阳如时光之浪永恒循环,吴山行吟的古道已深嵌在敬亭山色之中。

反观吴山的诗文,可见他的性格是孤绝的,为人不世故,更不圆滑,这导致他在官场举步维艰,止于宣州通判。从另一面来看,诗人的性情更倾向于一种平静的归隐生活。吴山是清廉的,在他的《广陵杂咏》中有他的自叙:"一椽傍水留新句,几担移家只旧书。"他的家当除了几箱子旧书,还有他满腹的诗句,孤傲又满足。

他的《满庭芳·秋遣》有云:"归鸟休枝,夜虫鸣彻,小轩风过吹凉。雨晴天朗,诗思入潇湘。秋染重林瑟瑟,更何处、疏远清香。曲池畔,绿红层叠,依约瘦莲房。 携搏闲吊月,支离病骨,潦倒贫乡。叹人生有几,况遇沧桑。且把双眉解放,领略些,水色山光。衷肠事,思亲忧世,别作一囊装。"不难看出,在很长一段时间内,他在家与国、仕与民之间曾有过艰难的抉择;出仕不易,回归则是一种境界,这种境界是属于诗人的,诗可以是天地,可以逸出天地,更可以是"别作一囊装"卸下现实重负的轻逸。

在他离别宣州的一囊装里,有轻盈的敬亭岚烟,更有重重的装在他心底的百姓之忧,都循着他归乡的足迹,飘在皖南巍巍的群山之中。

文天祥主政宣州

童达清

咸淳五年(1269)四月十七日,时任尚左郎官兼国史馆编修官、实录院检讨官的文天祥(1236—1283),同时收到中书省和尚书省的札子,被令出知宁国府。此时的文天祥内心是极为郁闷的,咸淳元年(1265)他被罢官回乡闲居多年,咸淳三年(1267)底方回朝任职,仅一年余又被排挤出朝,壮志难酬,因而他对这一任命十分抵触,当即上书《辞免知宁国府状》请辞:

> 文某差知宁国府,替朱应元缺者。起家超躐,望阙徊徨。伏念某实无他肠,粗有远志。昔年忧国,冒当事任之难;数岁杜门,宁悔身谋之拙。属明良之胥庆,念岳牧之畴庸。曾谓栖迟,遽叨选用。惟是某省愆已至,贬秩犹新。虽公论至久而愈明,而丹书未谓之无过。倘不量于出处,是自速于颠跻。欲望公朝特赐敷奏,收回成命,改畀丛祠,使某得以读书养亲,安身寡过。他有驱驰之日,无非报效之年。所有省札已寄留吉州军资库,未敢祗受。

可见文天祥对此前被罢官,仍是耿耿于怀。然而朝命难违,文天祥在迁延数月之后,还是于十一月初走马上任,当月二十五日到达宣州。

文天祥到宣州的具体日期,他在《与知言州江提举万顷》的信中说:"某自解维江浒,风涛回薄,抵昭亭下,是为子月丙寅。"《与赵知郡孟蔺书》信中也说:"以子月丙寅视篆昭亭下。"子月丙寅,即十一月二十五日。

文天祥到任宁国府知府,时值南宋末年,百多年的南北对峙,征战不休,民生凋敝,府库空虚。"大坏积椢,触手病败,虽日夜爬梳会肯綮,然肓竖浸淫,非匕剂可药肘后。"(《与知言州江提举万顷》)"视官官靡,视吏吏荒,洗垢爬瘙,亦曰视吾气力所至。然山凋水瘵,非刀圭可疗肘后。"(《与赵知郡孟藚书》)尽管如此,文天祥还是勉力维持,力求在较短的时间内,使宁国府的面貌有较大的改变。"始至,爬梳条理,旷然无事。宁国为郡居上流,斗绝税务无所取,办则椎剥为民害,予奏罢之,别取郡计以补课额,百姓欢舞。"(宋少保右丞相兼枢密使信国文山《纪年录》)减免赋税以苏民困,这是文天祥为宣州人民做的第一件大好事。

十一月,政事无多,文天祥自然要在城内到处走走看看,体察民情。

他登叠嶂楼,感叹今非昔比:

初日照高楼,轻烟在疏树。
峨峨远岫出,泯泯清江去。
檐隙委残簵,屋宇连宿莽。
荟蔚互低昂,熹微分散聚。
城郭谅非昔,山川俨如故。
童鬓已零落,姝颜慰迟暮。
沈沈淡忘归,欲归重回顾。

——《题宣州叠嶂楼》

他览双溪阁,感叹时代变幻:

碧落神仙宅,当年庾谢来。
烟云连草树,山水近楼台。
万雉银釭举,千鸦铁骑回。
梅花衣上月,把玩为徘徊。

——《登双溪阁》

他游览翠堂,感叹人事变迁:

都官自楚产,文采光陆离。
当年从事君,如与山川期。
岁月忽已遒,天球落尘土。
岂曰无嘉宾,过者不我顾。
谁令赤城子,发坎出方珉。
灵物必复见,其见乃以人。
回视城南端,飞甍俯苍蒨。
物理有屈伸,流峙岂云变。
寥寥南楼月,至今有遗音。
千年一邂逅,共调风中琴。
亦欲结方轨,揽茝事幽寻。
行行且言迈,踟蹰思何深。

——《题宣州推官厅"览翠堂"》

他还到城外的双羊山,凭吊梅尧臣墓:

沧沧宛水阳,郁郁都官坟。
乔松拱道周,缘茔茁芳荪。
古时北邙叹,白杨邀游魂。
大雅独不坠,修名照乾坤。
再拜坟上土,躝履揖诸孙。
握手慨以慷,而有典型存。
渥洼生骐骝,荆山产屿璠。
悠悠清渭流,眷言葆其源。

——《梅都官墓》

四、宦海钩沉

南宋朝政废弛,地方凋敝,也和地方官频繁更动有关。文天祥在宣州仅一月余,咸淳六年(1270)正月初一,又得朝廷谕旨,罢知宁国府,改军器监兼右司。对此,文天祥极为不满,又上疏请辞。尽管离任在即,他还是心念百姓,出郭巡视,与父老乡亲谆谆告语:"尔父老其以转语乡曲子弟,能从吾戒而不为恶,即能从吾劝而为善矣。"并作《劝农》五诗、《劝戒》五诗以留赠。

《劝农》五诗:"第一劝尔勤耕作,布种及时休落魄。惟有锄头不误人,饱食暖衣良快乐。第二劝尔行孝弟,敬重爷娘比天地。前人做样后人看,滴滴相承檐溜冰。第三劝尔勤教子,有子读书家道起。若还饱暖不知书,十万庄田不禁使。第四劝尔常修善,巢米救荒极方便。但从心上做阴功,管取儿孙多贵显。第五劝尔了王租,莫教人唤作顽都。年年早纳早收钞,那有公人来叫呼?"

《劝戒》五诗:"第一戒尔莫妄状,须知官府难欺诳。从来反坐有专条,重者徒流轻者杖。第二戒尔莫避役,既有田园那避得。今朝经漕明朝仓,到底费钱又何益。第三戒尔莫拒追,担刀使棒欲何为。有事到官犹可说,杀人偿命悔时迟。第四戒尔莫无赖,故杀子孙罪名大。纵逃人祸有天刑,害人不得翻自害。第五戒尔莫夺路,做贼不休终败露。斩斫徒配此中来,能得几钱受此苦?"

拳拳之情,溢于诗外。自古地方官,能如文天祥如此者,亦属罕见。其人格的魅力,不仅在于大节不亏,更在于其视民如伤的赤诚情怀。

"相见双溪风月,待人归"
——宋代本籍官员守宣州

石巍

中国古代自秦代以后一直实行官员的籍贯回避制度,至明清时期,甚至有非两千里外不能做官的规定。而宋代,作为士大夫的黄金时代,朝廷往往给予快要退休官员回乡任职的方便,这就是所谓的"乞便郡,知本州"。

有宋一代,共有三位本籍官员享受过担任宣州知州或宁国知府的优待。一位是李含章(960—1024),字时用,宣州宣城县人,于太平兴国庚辰年(981)考取进士,成为宋代本籍进士第一人。据说殿试的时候,试题为《春雨如膏赋》,宋太宗看过他的文章后大加赞赏,可见其文笔之优。据《宁国府志》记载,李含章年少时即刻苦学习。他居住在城东土山,与梅尧臣的叔叔梅询既是邻居又是同学,二人在土山惠照寺一起读书。每当风月良夕,李含章便吹奏铁笛,吟啸自若,人们都认为他与众不同。元代张浚明有诗"春风跨马银鞍稳,夜月骑牛铁笛闲",就是描写年少时期梅、李二人意气风发、风流倜傥的英姿。

考取进士之后,李含章任屯田都官员外郎,赐五品服,充三司度支判官,改判户部。当时国库有盈余,李含章奏请皇帝,免除诸道供输1年。后因事贬谪为朗州盐酒税,大中祥符年间出知道州,判三司。因年事已高,便向当时的真宗皇帝乞求方便一点的州郡任职,于是在大中祥符九年(1016)秋,56岁的李含章得以回到家乡宣州,出任知州一职。此时的含章心情愉悦,诗兴大发,作有《出典宣城》诗三首:

戛云秋翼健磨天,九万修程孰可肩。
五马幸归乡国路,百城初认钓鱼船。

四、宦海钩沉

余霞绮阁方池上,宿霭人家叠嶂前。
多感圣君垂异宠,力思报效向衰年。

芦花未白蓼初红,绿水澄蓝是处通。
景色不须今日别,烟光仍与昔时同。
马嘶晓月思闲厩,帆挂秋光足便风。
寄语路人休借问,锦衣归去一衰翁。

分符惭寡术,荣抃出京畿。
况值新秋节,重经旧钓矶。
江村雨初歇,水国淡烟微。
一路风光好,还同衣锦归。

李含章享受回家乡担任主官的特殊优待,心情是无比轻快的,从他的这三首诗中就能体会出。第一首,秋高气爽,正是大鹏扶摇直上的时候,九万里的路程放在肩上不在话下;作为能用五匹马驾车的一州之守,幸运地回到家乡,一路上经过的城池都羡慕我的钓鱼船;宣州官署里的绮霞阁屹立在方池之上,宿霭中,百姓们的民居就在叠嶂楼之前;感念圣明君主给我格外的优待,必须以一己之衰年报效皇恩之浩荡。第二、三两首又两次提到衣锦而归,"寄语路人休借问,锦衣归去一衰翁","一路风光好,还同衣锦归",可见其心情之舒畅。

李含章在宣州知州任上政崇简易,讼狱大省。可惜1年之后,天禧元年(1017),因为憨直的性格得罪了上司,遭到罢免,无官一身轻,他便徜徉于家乡的山水中,吟咏自适。

李含章被免职后,又一位本籍人士,宣州泾县人凌策出任宣州知州。凌策比李含章大3岁,然上任1年即故。

天圣元年(1023),宋仁宗即位后,体恤老臣,恩赐李含章三品服,让他出知江阴军,命令宣州知州江嗣宗派船护送他赴任。这时李含章已经

64岁了,年老体衰,在江阴任上仅数月就去世了。

李含章循公洁己,号为称职,书在国史,官至正四品中奉大夫,太常少卿,恩赐三品服。他著有《仙都集》,今已亡佚。《全宋诗》收录他的13首诗。《宣城李氏家集》卷二又有《游仙都观得青字》一诗,《全宋诗》缺失。留诗总计14首。

李含章、凌策之后200多年,又一位宣州宣城县籍官员回到家乡任职,他就是著名状元宰相吴潜。吴潜,字毅夫,庆元元年(1195)夏五月初四日生于安吉州新市镇(今浙江省德清县新市镇)之寓舍。父吴柔胜,以溧水籍考取淳熙辛丑科进士。吴潜1岁丧母,父亲携子回迁家乡。少年吴潜聪慧过人,14岁入州学,23岁领乡举,嘉定十年(1217)举进士第一。这一年,吴潜22岁,此后亦成为赵宋王朝两位状元宰相之一(另一位为文天祥)。

开庆元年(1259)八月,时年65岁、宦海浮沉40余年的吴潜多次乞归后,获得应允,诏许判宁国府,进崇国公,加食邑500户,实封300户。宋代差遣某官职事,如寄禄官品高于阶官一品以上,称"判",同品则称"知"。吴潜当时寄禄官品是银青光禄大夫,从二品,而府阶官仅为四品,所以称判宁国府事。八月二十五日,他从判庆元府事上离任,宁波百姓攀辕遮道,热泪相送。九月初八日,操劳40年的吴潜回到了家乡宣州。然而归家仅仅7日,朝廷诏书送达,理宗感念吴潜的卓越表现,以醴泉观察使兼侍读的官职召他回京。吴潜请辞,不获允准,于是在二十六日离开宣州,马不停蹄,三日后抵达临安。宋理宗拜其为金紫光禄大夫,进左丞相兼枢密使,封庆国公。

虽然这次在家仅有短短18天,但他内心非常高兴。吴潜虽出生在浙江德清,但在1岁以后就回到了宣州故里,家中亲朋也都在宣州,他23岁入仕后,又先后丁父忧和丁继母忧,两次归家守制,时间长达6年。所以他对家乡的景物、人事都非常熟悉,作有许多歌咏家乡的诗词作品。虽然这些作品已不好判断究竟是哪一次归家所作,但其中不难品读出他对家乡的眷恋之情。

如他作有《望江南·家山好》共 15 首词,抒发了对家乡风物和家乡生活的热爱。其中第五首:"家山好,结屋在山椒。无事琴书为伴侣,有时风月可招邀,安乐更相饶。　伸脚睡,一枕日头高。不怕两衙催判事,那愁五鼓趣趋朝,此福更人消。"这首词叙述自己在家乡闲居的安逸,以及了却一切公务后身心的愉悦。此外,还有像《虞美人·怀双溪》《小重山·怀昭亭》《水调歌头·送赵文仲龙学》《沁园春·戊午自寿》等词都有对家乡景物的描写。如"遥怜宛句山前,正水涨溪肥系钓船""橙黄蟹熟正当时,相见双溪风月,待人归""吾家水月寄昭亭,归去也,天岂太无情",等等,都抒发了自己对家乡的依恋之情。

可惜一生眷恋家乡的吴状元却未能归老于家乡。晚年的他遭到权臣贾似道构陷,景定二年(1261)被贬谪到岭南的循州。吴潜看到循州城常受东龙江的洪水威胁,东山寺附近的大片农田十年九涝,便发动邑人,修建了大路田防洪大堤,百姓勒碑纪念。贾似道惧怕吴潜东山再起,便指派亲信刘宗申到循州当知州,暗中陷害吴潜。景定三年(1262),吴潜在循州暴卒。有人认为是被刘宗申毒死的。吴潜当时早有预知,对人说:"吾将逝也,夜必雷风大作。"是夜,果然电闪雷鸣、风雨交加。循州百姓闻此噩耗,无不失声痛哭。不料世道轮回,15 年后,不可一世的贾似道也被贬至循州,沿途百姓纷纷张贴檄文驱逐,弄得贾似道狼狈不堪。当他们走到一所古寺中歇息时,看见墙壁上有吴潜在这里留下的题字,负责押送的官员郑虎臣大声责问:"贾团练,吴丞相何以到此?"贾似道羞愧难言。路途中,郑虎臣多次催他自尽,但贾似道贪恋余生,不肯寻死。到达福建漳州城南的木棉庵时,郑虎臣说:"我为天下杀你,虽死何憾!"遂将贾似道棰杀。

宋人无名氏创作了《长相思·去年秋》,这首词就是对奸臣贾似道陷害吴潜终无好下场的庆幸,也含有人事无常的感叹。词曰:"去年秋,今年秋,湖上人家乐复忧。西湖依旧流。　吴循州,贾循州,十五年前一转头。人生放下休。"这恰是"善恶终有报,天道好轮回。不信抬头看,苍天饶过谁"。

五、诗禅一味

SHICHAN YIWEI

苦战
知己

广教寺：缘起

焦正达

江南的秋天总是来得很迟，虽然西风渐急，露水日重，但宣州敬亭山满山松竹依然苍翠挺立，仿佛在等待着什么，而它们确乎已经等了很久。

一个阳光灿烂的早晨，一群人出现在敬亭山东南麓，当中几名僧人尤引人注目，一位清癯老者正是黄檗希运禅师，还有宣州本籍高僧元孚上人和清越和尚。宣歙观察使裴休轻袍缓带，与一些属僚、居士环侍希运身边。他们来到一处旧址前，但见昔日广厦已成废墟，金鸡井畔杂草荒芜，不由得尽皆叹息。

这是唐宣宗大中二年（848），裴休应元孚、清越之请，恭迎希运禅师驻锡宣州开元寺说法，一时从者云集，盛况空前。裴休家世代奉佛，在新安任内初遇希运时即执弟子礼，此番更为虔敬。清越（生卒年不详）见时机已至，便欲将埋藏心中多年的大愿心付诸实施。清越自幼在敬亭山下新兴寺出家，武宗时毁寺灭佛，会昌四年（844）新兴寺惨遭浩劫。清越暂在开元寺栖身，发愿重建本寺，后来他挂单各处，多与官府名士相交，名重一时。

开元寺僧元孚（生卒年不详），敏慧善文，诗书俱佳，早年曾壮游天台、五岳各地。他极善交际，结识了很多高僧名士，与诗人许浑、杜牧、许棠、陈陶等经常吟诵唱和。《全唐诗》《全唐文》里多位名家赠送"元孚上人""元孚道人""元处士""元征君"的诗文不下10首，可见当时元孚也是个"流量明星"。陈陶的《寄元孚道人》写到元孚的经历："梵宇章句客，佩兰三十年。长乘碧云马，时策翰林鞭。曩事五岳游，金衣曳祥烟……"许浑系前宰相许圉师六世孙，与李白算是亲戚（李白26岁在安陆娶许圉师孙女为妻），文宗时任宣州当涂县尉、太平县令期间，往来郡府任所，与元孚偕游，交谊很深，作有《题宣州元处士幽居》《冬日宣城开元寺赠元孚上人》《元处士自洛归宛陵山居，见示詹事相公饯行之什因赠》等诗，称元孚："诗继休遗韵，书传永逸踪。艺多人誉洽，机绝道情浓。"把他的诗书同贯休、智永并称。宋人陈思《宝刻丛编》中收录了《唐福田寺经藏院记》碑文，落款为"崔龟从撰，僧元孚书"，可见元孚书法不错，否则不会为佛教名碑书丹。

杜牧与宣州及开元寺渊源极深，对元孚也是赞誉有加。他写有《题元处士高亭》："水接西江天外声，小斋松影拂云平。何人教我吹长笛，与倚春风弄月明。"另有《赠宣州元处士》诗：

陵阳北郭隐，身世两忘者。
蓬蒿三亩居，宽于一天下。
樽酒对不酌，默与玄相话。
人生自不足，爱叹遭逢寡。

杜牧说，这位如北郭先生的陵阳山隐士，与自然浑然一体，对自我和世间都超然相忘。他虽身处陋室，却胸怀旷达，令人觉得比整个天下还要宽广。他面前虽斟了一杯酒，但常相对不饮，而是默默地玄思冥想，心游大道，以获得心灵的感悟和真正的精神自由。他居斗室而心宽天下，是很高的人生境界；反观世人，由于心不知足，总爱感叹境遇不佳，不如像元处士这样悠然忘我、以游玄渺，获取心灵的宁静。

作为前辈高僧，元孚很欣赏寄居本寺的后辈清越，称道他的才华和悟性，对他坚韧的心性更为看重。故他与清越相惜相敬，待清越如挚友。到希运莅临开元寺，清越泣拜希运，元孚一力声援游说希运。希运以建寺为大功德，又及宣宗诏许立寺，亦相鼓以力，劝说裴休。清越趁势上书裴休：

吾闻之新兴寺，大历初有禅师巨伟，南宗之上士也，与北宗昭禅师论大慧纲明实相际于此，始作此山道场。后有浩禅师作草堂于道场西北，其旁有藻律师居之。律师去世，门人立塔院。贞元中，巨伟之门人灵翘始请于太守，合三院而为寺。彼皆智慧杰出，亲启山林。今之立寺，无以易此也……

宣州城东故有妙觉寺，寺虽毁而杉桧多大10围，时因龙卷风拔大树32株，皆殿宇之材。裴休叹道："将立寺而龙拔巨树，天其有意乎！"当即从议建寺。众人合力感召，四方信徒布施，广为募化，远及安南诸地。广教寺即创，初隶僧30人，清越入为住持，苦心经营，遂使香火日兴。后经历代扩建，极盛时殿堂僧舍竟至999间，高僧大德辈出，终于成为一方著名丛林。

元孚可能较早就蒙朝廷征召，先是没有出山。皮日休在《移元征君书》中称他"行奇操峻，舍圣天子贤宰相，退隐于陵阳。踞见青山，傲视白云，得丧不可摇其心，荣辱不能动其志"。直到大中三年(857)广教寺初建后，经已升任监察御史的老友许浑力邀，元孚方辞别清越前往长安，在左街保寿寺挂单。又在许浑等人的引荐下，元孚以文章应制，诗文受到皇帝的赏识，成为"内供奉"。元孚有一首《元孚五十年前游天台，宿建公院，登华顶，攀琪树，观石桥之险绝，缅怀昔游，因为绝句，寄知建长老，兼呈台州王司马》诗写道：

天生石月架空虚，树缀龙髯子贯珠。
三十年前已攀折，建公曾到上方无。

该诗题下署："上都左街保寿寺文章应制内供奉大德元孚"，可知此时的元孚应是70开外了。这位"台州王司马"就是曾任台州刺史的王谟，他也和诗一首，名《奉和元孚上都左街保寿寺文章应制》。元孚诗中的"大德"是唐朝的一种僧官，由朝廷直接任命，代表朝廷整肃寺院法务，规范和执行佛门纲纪,惩处违纪僧人,向僧侣传授经业,地位显赫而重要(后来成为佛学修为高深的僧人的代称)。朝廷敕封元孚这个职务,可见元孚在修行、道德、智慧、声望等方面都是极为出众的。

叶落归根,耄耋之龄的元孚最终离京回到宣州,老友许浑以《灞上逢元处士东归》送别。元孚在开元寺圆寂,旧友多来凭吊,许棠作诗哭祭:"高眠终不起,远趣固难知。琴剑今无主,园林旧许谁。苔封僧坐石,苇涨鹤翘池。后代传青史,方钦道德垂。"

大中十三年(859)八月,"小太宗"宣宗驾崩,嗣天子懿宗用旧制安天下释像,广教寺得以新建大殿,规制宏美,次年二月成功。二月二十一日,住持清越作文记此盛事,云:

> 十三年秋,嗣天子用旧制安天下释像。明年二月,兹寺巨殿石砌,果而成功。维时冠祠刹尊貌,踞极敞千户,比其在阶陛,得无坚强耶?始台杰河东公定而崇之,俨然峻峙。既像素壁,绘座严侍列。中瞻环眩,千一焕若。乃丹其甍,乃赭其楹。林池谷壑,煜爚辉变。遂以修甓,务周其功……
>
> ——《新兴寺佛殿石阶记》

懿宗咸通间(860—874),诗人刺史卢肇(818—882)立寺碑并作铭、序:"奕奕新兴,敬亭南麓。巨构崇基,峥嵘煜煜。伊昔既毁,神愁鬼毒。洎将再营,天人合福……"(《宣州新兴寺碑铭[并序]》)二文均载《全唐文》。清越在广教寺40余年,弘扬佛法,吟诗著文,始震广教寺之名。后辈诗僧齐己对清越颇为推崇,自衡岳东林寄诗道:"敬亭山色古,庙与寺松连。住此修行过,春风四十年。鼎尝天柱茗,诗碪剡溪笺。冥目应思著,终南北阙前。"

清越传灵翘禅师衣钵,法理深湛,诗文并举。所交多当世文人才俊,与许棠、张乔、方干等尤为友善。同郡诗人许棠在长安累举进士不第,怀元孚、清越等故里老友,作诗《寄敬亭山清越上人》:"南朝山半寺,谢朓故乡邻。岭上非无主,秋诗复有人。高禅星月近,野火虎狼驯。旧许陪闲社,终应待此身。"张乔以赠清越为题的诗计有 3 首。方干隐居桐庐镜湖教授弟子,李频学方干为诗,后李频及第,清越作《赠方干》相贺:

  盛名与高隐,合近谢敷村。
  弟子已折桂,先生犹灌园。
  垂纶侵海介,拾句历云根。
  白日升天路,如君别有门。

  此诗《全唐诗》录为贯休作,然据《唐摭言》记:"方干师徐凝。干常刺凝曰:'把得新诗草里论。'反语曰:'村里老李频师。'方干后频及第。诗僧清越赠干诗云:'弟子已得桂,先生犹灌园。'"《全唐诗》可能误记。清越的其他诗作未见流传。

  元孚、清越之后,遗风所及,宣州本地后代僧侣能诗者众。惟真、模上人、真上人、文鉴、坚师、半山等皆善诗文,有的更是禅、诗、书、画、琴并举,并与当时的文宗诗家、高僧贤达交游密切,酬唱往来,佳作纷呈,见诸各类佛典及诗话别集,垂名后世,也为宣州增添了一道绚丽而神秘的光彩。

张乔的"佛心"

吴俊

敬亭山像是一个写意的汉字,绵延出诗意的曲线,在宣州天空下飘荡着历代诗人的气息。这些古时的灵魂,是空中随时飘来的云,是雨露,是风扫山林,是云散之时的留白。留白,像一张为每个朝代的诗人,铺开在山脊之上的宣纸,安放着他们眷恋的灵魂。这些灵魂,又像是永嵌在空中的山线,如从一个古寺庙里泛出的一波波钟磬,那悠远的佛音,令晚唐诗人张乔(生卒年不详)数次循经而来,虔诚聆听。

钟磬声是广教寺僧清越敲响的。清越是宣州人,自幼出家在敬亭山新兴寺。会昌四年(844),新兴寺在唐武宗的灭佛运动中被摧毁,之后清越去开元寺安身,他在等候时机,心里发愿一定要重建新兴寺。清越从小出家,与佛相伴,他就像一个从佛经里诞下的"童子",虔诚之心都长在了骨头和经脉里了。晚唐的宣州有著名的开元寺,有谢朓和李白诗中的敬亭山,佛和诗的灵慧、文脉在敬亭山的脉络上熠熠生辉。

《唐摭言》记载:"张乔,池州九华山人,诗句清雅,迥无与论。"张乔主要生活在唐懿宗年间,被誉为"咸通十哲",又称"芳林十哲",也是"九华四俊"之一。同时代的诗人郑谷称他:"近日文场内,因君起古风。"郑谷不仅欣赏张乔的诗作,更钦佩他的人品。咸通十一年(870)的仲冬,张乔在长安参加京兆府试并解送,以一首《试月中桂》被推为"首荐"。府解首荐,几乎必中进士。然而,张乔却把这次难得的机会,谦让给了好友、宣州泾县人许棠。理由是:"许棠岁数大,已考了三十年。"实际上,张乔也是多年的落榜生,为了考个功名,还特意在长安寓居多年。因为寓居长安可以节省来回路费。张乔很穷,有文记述:"咸通中,举子乘马,唯张乔跨驴。"张乔去长安参加考试,竟然没有马骑。

张乔礼让许棠时,也年近不惑,比他年长十几岁的许棠已过了知天命之年。张乔深知读书的艰辛。他的放弃,不仅是感同身受的同情,更多的是他已悟到仕途不再是他所追求的人生,他更想过一种没有羁绊的隐士生活,这也是他对自己命运的参透。从他的《试月中桂》诗中,可以解出,他已把执着多年的仕途淡泊了,感为虚境。在这首诗中,他把虚与实做了比较,隐喻他已在实质上及第了,却了他多年的心愿;他的"贤让"是实,仕途于他已为"虚"。诗中云:"根非生下土,叶不坠秋风。""桂",乃是及第之意、月中之桂,像是他多年的祈望,如今触手可及之时,他又悟到,原来他想要的不是现实中的仕途,而是一种如"月中之桂"的仙逸。"根非生下土",是虚也是实;虚的是仙逸的"月桂"无须被身下之土所牵制,实的是苍劲的根须可以在大地之下自由生长;隐喻他不想被体制所束缚,而要成为一个逍遥的隐士。又云:"何当因羽化,细得问玄功。"这句诗很有禅意,也是他的境界。"羽化"和"玄功"都接近于佛教之中的"无相"之境,心里已有,无须再念。这样的境界,已让张乔有了佛缘,有了慈悲之心。他把最后的机会让给许棠,即是起了佛心。"叶不坠秋风",是缘分已了,他勇敢地在禅悟中接受自己的命运。

距此10年的大中十四年(860),张乔曾来宣州新兴寺,拜会住持清越和尚。他写下一首《赠敬亭清越上人》的诗:

> 海上独随缘,归来二十年。
> 久闲时得句,渐老不离禅。
> 砌木欹临水,窗峰直倚天。
> 犹期向云里,别扫石床眠。

这一年,张乔未到30岁,清越将近50岁了,也可谓忘年之交。此时的张乔心中还盼着功名,在苦读之余结交了清越。年轻而清贫的张乔,非常钦佩清越对佛教的虔诚和执着。新兴寺自840年被毁,到860年的大殿重建，清越为他的誓愿努力了20年。在这漫漫长路里，清越曾远赴海南、越南(时属安南节度)广为化缘，并结交各地的官员、名流寻求支持。一心向佛的清越最终筹得建寺资金，也令他声名远播，新兴寺后改为知名天下的广教寺。清越和尚不仅佛法深湛，亦有诗文之才；而张乔诗文出众，心有佛缘，性情的共通，牵起了他们不浅的缘分。"久闲时得句，渐老不离禅"，犹能见到他们促膝而谈的场面。两人趺坐在清越的禅房中，清越把闲时所得的诗句读给张乔听，张乔一边听着诗句，一边打量着清越清癯的面容。多年的苦行募化，让清越的长须泛白，坚毅的眼神里禅意深远。

张乔虽然身在俗世，常被功名困扰，但与生俱来的淡泊性情，让他在寺庙的禅静中格外安然。初建的广教寺是简陋的，却与山水的灵秀互映着慧雅。张乔在寺庙客房的落榻之处，透过窗格，敬亭山峰尽映于眼前，犹如窗格外侧的屏风。床是石床，一排的石床静候着慕名而来的僧侣居士。石床、木格，还有窗外青峰之上的云层，仿佛是飘在眼前的一卷经文，隔开张乔心中俗世的杂念。

从另一首《寄清越上人(一作寄山僧)》的诗中可以得知，张乔的前次来访，没有见到在他乡云游的清越，诗云：

大道本来无所染，白云那得有心期。
远公独刻莲花漏，犹向空山礼六时。

这首诗颇有慧能法师"本来无一物，何处惹尘埃"的禅韵。"大道"本是混沌的无界之境，万物共生，何有类别之分？这是张乔的哲理，也是他对人间万物有别的哀愁。张乔来到寺庙的空山之处，对空而望，心里想着清越，那飘忽而来的白云，像是清越漂泊在他乡的身影。他在心里思忖着清越跋涉江湖的艰辛，期盼清越能化得佛缘满载而归，从此便能静心住持寺院，传授佛法。"远公"当然说的是清越，虽不知"远公"在江湖何处，但起了慧心的张乔，与远方的清越似乎有了默契的互通。

五、诗禅一味

诗中的"莲花漏",是清越自制的计时器;思念,让张乔在心中架构着清越犹在身边的想象,空山寺庙的日夜,在水漏的滴答声中循环,一如清越在僧房里轻敲的磬音。未见清越,张乔留诗,像是留下一抹虔诚的禅意。

自上次一别,张乔已在长安寓居了10年。这10年除了埋首苦读之外,他还多次忍饥受冻北上塞外,远赴辽河,足履凉沙;又踏蜀地,行吟在古道昏鸦之间,像一个远行僧体验着人世间的悲欢。在他苦行远游的背后,是否有着如清越一样执着的信念?这信念,便是他们共有的心系苍生的悲悯之心。张乔抛弃功名,绝非偶然之念。功名,已让他耗费半生,苦行人间的历练,让本有佛缘的张乔犹如佛引,慧心一动,成全了许棠,也放过了自己。张乔知道自己想要什么,功名像是他驮在身上的沉重的包袱,断念,让他心中的天地更为宽广。

张乔再次来广教寺见清越,已是咸通十二年(871)秋。此时的清越已了兴寺的夙愿,已能安心地一心向佛,感化着接踵而至的信徒。张乔的到来,令清越心生欢喜。他在僧房里亲自为张乔沏茶,两人推心置腹地论天下、忆过往、言佛道。张乔的断念贤让,也让清越更觉与他有佛缘,更生爱惜之心。然,只是微微颔首轻笑,起身为张乔续了一杯茶。张乔也起身礼让,为清越续茶,默契一笑。静心的清越和释然的张乔此次相会令他们都颇为珍惜。清越在礼完佛事之后,常陪张乔左右。寺庙的钟磬声,悠悠地回荡在敬亭山谷之间,广教寺崭新的殿宇庙堂,人影往复,林立的古树秋意渐浓,簌簌的秋叶如磬音轻荡,落在正并肩而行于寺庙幽径中的清越和张乔身上。

清越的悉心关怀,让张乔颇为流连在广教寺的日子,他在心中感激,在诗中回味:

> 重来访惠休,已是十年游。
> 向水千松老,空山一磬秋。
> 石窗清吹入,河汉夜光流。

久别多新作，长吟洗俗愁。

——《再题敬亭清越上人山房》

　　幽美的环境，知交的老僧，像是如影随形的禅意，令张乔俗念全无，从而融入佛道之中。"空山一磬秋"，敬亭的秋色，在他的眼中已是一声磬音；这种美好的静谧，一如清越深厚的禅语，也是隐隐从禅房里传来的诵经声。石窗和夜色之上的星空，已无心距，心在哪里，身便在哪里。知心的相处，已让彼此无所保留。清越拿来自己的诗作给张乔诵读，清越的诗，深含佛道，令张乔一遍遍复读，他在心中说："长吟洗俗愁"矣。

　　晚年的张乔归隐于九华山。历史对他的归隐众说纷纭，无论是躲避"黄巢之乱"，还是避世归园，于他，都无关紧要。张乔的可贵之处，在于他能从自身的命运中，怜悯着他人的命运；能透过苍茫浮生，尊崇自己的内心。他是诗人，是隐士，是清越的知交，是许棠的"佛"。在他归隐的山下，他时常在山谷的风里凝神静听，宛如是和广教寺的清越和尚，在禅意里互诉着思念。

"皎皎空中孤月轮"

刘永红

皎然，一个很有诗意的名字；配上"释"姓，于是便有了由白月清风所牵引出来的禅意。他少时好佛出家，一身洁净，是个"真和尚"；他的诗风简淡闲适，自成一家，当然也是一位"真诗人"。他是唐朝大历、贞元年间著名诗僧，在当时不仅有"释门伟器""江东名僧"的美称，其诗风还有"释皎然，能清秀"这般如同谚语一样的传诵。他的五卷诗论《诗式》，也颇具价值，影响深远。

皎然（约720—约803），俗名谢清昼，为山水诗鼻祖谢灵运第十代孙。他一生游历天下，在宣州的短暂游历中，留下了6首传世诗作。他的《送李丞使宣州》写道：

> 结驷何翩翩，落叶暗寒渚。
> 梦里春谷泉，愁中洞庭雨。
> 聊持剡山茗，以代宜城醑。

在这里，皎然把诗学中极具美学意义的意象"春谷泉"，毫不吝啬地留给了宣州，与"洞庭愁雨"相对，可见其对宣州山水的喜爱。"结驷何翩翩，落叶暗寒渚。"他乡的景色竟然如此不堪吗？其昭我之心，简直是无以言表了。

皎然一生交友甚广，与陆羽、颜真卿，包括后来住锡宣州开元寺的律宗大师灵澈，以及宣州籍诗人刘长卿都是好友。加上他与南朝太守谢宣城的宗族渊源，注定会有一场风云际会。在江南宣州，吴楚故地，在历史的漫远里,果然是星光璀璨,交相辉映。"遥知咏史夜,谢守月中听"(《送薛逢之宣州谒废使》),这深情款款的吟唱,正是他唱给谢朓的赞歌。

皎然爱茶,是佛门茶事的集大成者。据记载,"茶圣"陆羽就是在他的资助和指导下开创出一代茶风。从此杯水相遇,茶入器中,便有了"茶禅一味"。唐人饮茶之风,最早始于僧家,"茶禅一味"的典故源自赵州和尚那句著名的偈语——"吃茶去"。赵州和尚比皎然晚出100年,这中间的联系不言而喻。佛法因果,其实是"因—缘—果"。茶于器皿,于水,恰好是一"缘"字。从此,茶与盛茶水的器皿瓷器,珠联璧合,形成一条精美绝伦的产业链,远出海外。宣州地处丘陵,翠英扑地,四季宜人,是茶叶生长的绝佳之地,可谓遍地好茶。皎然又是茶文学的开创者,在茶诗方面也开千古佳作之先河,他与陆羽之间以"茶诗"唱和的诗句犹在,这一切却都是真的。"聊持剡山茗,以代宣城醑""俗人多泛酒,谁解助茶香""一饮涤昏寐,再饮清我神,三饮便得道",这样的见解,怎一个"雅"字了得? 皎然完全当得了一个"茶神"的称号。

皎然的笔下,宣州的四时之景栩栩可见。他写春天:"梦里春谷泉"(《送李丞使宣州》);他写夏天:"长亭树连连"(《登开元寺楼送崔少府还平望驿》);他写秋天:"秋天水西寺,古木宛陵城"(《岘山送崔子向之宣州谒裴使君》);他写冬天:"平明匹马上村桥,花发梅溪雪未消"(《冬日梅溪送裴方舟宣州》)。他还写宣州的白昼:"悠扬下楼日,杳映傍帆烟";他写夜晚:"入夜四郊静,南湖月待船"。随手落笔处,彼时宣州的日夜风光一下跃然纸上。

宣州城区中间高四周低,其状如龟。乌龟在古代除了有寿者相,还用于龟卜,透出一种无法言说的神秘。这种神秘伴随着道、佛两家的浸润,自然就有了万千气象。因此皎然游历宣州,留下《登开元寺送崔少府还平望驿》这样的诗作顺理成章,诗曰:

登望思虑积,长亭树连连。

悠扬下楼日,杳映傍帆烟。
入夜四郊静,南湖月待船。

登高望远,怀念故土,思虑连连,这是游子的常态。这"悠扬"一词,绝不会是信手拈来,时至今日也能让人身临其境,感同身受。这敬亭山水,真是一剂治愈人的良药;月待船开,又是宣州人情温暖的真实写照。

皎然还与宣州开元寺的灵澈上人交好。"南朝四百八十寺",宣州自然占了不小的份额。灵澈、普愿、黄檗等高僧大德都在此修佛谈禅;就连鉴真大师东渡前,也曾在开元寺开示说法。皎然的一首《送僧游宣州》,不仅显现出他高深的佛理禅机,更使宣州佛教名声大振。其诗曰:

楚山千里一僧行,念尔初缘道未成。
莫向舒姑泉口泊,此中呜咽为伤情。

这首诗乍看浅显易懂,说了一个姓舒的姑娘在泉口唱歌,泉口涌泉,最后化成一双鲤鱼的典故。这似乎是一段美好的爱情故事,然而细究起来,初缘未成,千里寻道,不正是明白如话地说出宣州是一块洞天福地吗?至于化美好为"呜咽"的缘由,那就要见仁见智了。所谓诗文中"羚羊挂角,无迹可寻",倒也适用于禅学公案。这里可能有两层意蕴:所谓骨肉分离,斯有何乐?鲤鱼也是众生,斯有何乐?此故事典出《述异记》,据《九华山志》"宣城"记:"临城县南四十里有盖山,登百许步,有舒姑泉。昔有舒氏女与其父斫薪,于泉处坐,牵挽不动;父还告家,比还,惟见清泉,女母曰:吾女本好音乐,及弦歌,泉涌回流,见朱鲤一双;今作乐嬉戏,泉故涌出。"如此看来,皎然所说,无非是用"呜咽"一词警醒,要年轻的僧侣"志坚守一,心无旁骛",这也许正是皎然大师留给宣州儿女及世人的精神瑰宝。

禅宗讲究以心传心,重在体悟。皎然"住既无心,去也无我"之禅悟,"身闲始觉赊名是,心了方知苦行非"之证悟,对于今人去除浮华,得一种至素至简的人生境界有着指导意义。

  斗转星移,宣州山河犹美。皎然,一位集文学、佛学、茶学于一身的大师,正化作一轮皎洁的明月,高高悬挂在宣州历史的高空中。

梅尧臣："始忆高僧"

童达清

宋朝是一个社会思潮较为宽松的时代，参禅学佛成为一时时尚，梅尧臣自然也不能"免俗"。他一生好游山水，寺庙道院自然不会错过，因此和许多高僧大德结下了不解之缘。仅从《宛陵集》中的诗文来看，他一生游历的寺院有几十处，结交的方外之友亦有数十人。本文仅梳理他与宣州僧人的交往，并简要分析由此对他诗歌创作及其诗风的影响。

达观昙颖禅师

元代方回《名僧诗话序》："李、杜、韩、柳、欧、王、苏、黄排佛好佛不同，而所与交游多名僧，尤多诗僧，则同……韦苏州于皎然，刘禹锡于灵澈，石曼卿于山东演，梅圣俞于达观颖，张无甘露灭……极一时斤垩磁铁之契，流风至今。"文中提到的"达观颖"，就是达观昙颖禅师。

昙颖（989—1060），俗姓丘，号达观，杭州钱塘人。13岁投龙兴寺出家，后参谷隐蕴聪法师，嗣其法。后达观游洛阳，识欧阳修，梅尧臣当于此时与之相识。梅尧臣《送达观禅师归隐静寺古律二首》其一："初逢洛阳陌，再见南徐州。所历几何时，倏去二十秋。"诗作于皇祐元年（1049），二人已相交20年，两人相识当在天圣八年（1030）。

只是此后达观云游四海，行踪不定；梅尧臣也宦游各地，二人交往并不多。皇祐元年（1049），梅尧臣丁父忧回宣州守制，时达观住持宣州属县南陵隐静寺，梅尧臣有诗寄达观："身在大梁尘土中，心思隐静云山里。忽闻乘杯江上归，月下碧鸡啼不已。"（《寄达观禅师》）达观闻讯后即来宣州，住敬亭山广教寺，二人交往始密切起来。

达观在宣州盘桓半年之久，二人联袂敬亭，吟诗作句，畅谈佛经。秋末达观归隐静，二人依依惜别："今复振霜屐，还山远莫留……且莫似杯渡，沧波无去踪。"（《送达观禅师归隐静寺古律二首》）其后二人虽分居两地，仍然诗歌往还不断，如《依韵和达观禅师还山后见寄》《依韵和达观禅师山中见寄》等。

皇祐三年（1051）二月十三日，梅尧臣守制期满，离宣州赴京，行前曾与达观再次相见，作有《别达观、文鉴二大士》《依韵和达观禅师赠别》等诗。

> 平生少壮日，百事牵于情。
> 今年辄五十，所向唯直诚。
> 既不慕富贵，亦不防巧倾。
> 宁为目前利，宁爱身后名。
> 文史玩朝夕，操行蹈群英。
> 下不以傲接，上不以意迎。
> 众人欣立异，此心常自平。
> 譬如先后花，结实秋共成。
> 赵壹虽空囊，郑子岂其卿。
> 二人贫且隐，高誉动天京。
> 我迹固尚贱，我道未尝轻。
> 力遵仁义途，曷畏万里程。
> 安能苟荣禄，扰扰复营营。
> 近因丧已除，偶得存余生。
> 强欲活妻子，勉焉事徂征。
> 徂征江浦上，鸥鸟莫相惊。
>
> ——《依韵和达观禅师赠别》

全诗直白如话,既是与友人的告别,也是对世人的告白。梅尧臣自入仕后一直沉沦下僚,守制前仅为国子博士,其悲苦之情不言而喻。然而该坚持的操守不能或移,"安能苟荣禄,扰扰复营营",这正是梅尧臣与达观共同的志趣,二人才能够相交莫逆一生。

后来达观移住明州雪窦寺,二人仍有书信、诗歌往来。《依韵和雪窦山昙颖长老见寄》作于皇祐四年(1052),《雪窦达观禅师见寄依韵答》作于嘉祐二年(1057),时梅尧臣56岁,达观也已68岁高龄了。二年后二人同赴道山,或许冥冥中自有感应吧。

文鉴继真禅师

文鉴继真禅师,名继真(一作继贞),字希道,号文鉴,杭州钱塘人。文鉴亦为谷隐聪法师弟子,曾与达观昙颖相互参禅,自此有省。后住持宣州广教寺。李常说:"师少勤于诗,鼓琴甚工,通《易》与《春秋左氏传》;所至为人讲解,其后置不复道。以其得于慈照禅师者,开堂住广教山,惟诗弗废也。其为诗也,澄渟雅瞻,言肆而旨远,非如凡僧辈刌句抉字,区区于草花云月之间。"(《文鉴师诗集序》,《宣城右集》卷九)

可见文鉴禅师精通诗学,正与梅尧臣志趣相同。皇祐元年(1049)梅尧臣回宣州守制,就常至广教寺与之论诗谈佛。

> 读书夜寂冷无火,卷卷遂成摇膝吟。
> 始忆高僧将偈去,安知古寺托云深。
> 寒堂正睡远钟发,野鸟乱鸣残月沉。
> 明日呼儿整篮舆,欲烦重过小溪阴。
>
> ——《寄文鉴大士》

此诗作于皇祐二年(1050)春,其时达观已归隐静寺,春节过后,梅尧臣便迫不及待,"明日呼儿整篮舆,欲烦重过小溪阴",想要与文鉴相聚。

《与二弟过溪至广教兰若》《与诸弟及李少府访广教文鉴师》《至广教因寻古石盆寺》,可见二人交往之密切。皇祐二年梅尧臣回京,文鉴有诗送别,梅氏亦作诗和之:"来见寒沙鸟,长随上下波。乃知游宦迹,不似施松萝。子语马喻马,吾吟柯伐柯。清江挂帆去,奈忆故山何。"(《依韵和文鉴师赠别》)诗中借用《诗经》"伐柯"之典,再次表明自己为人做官的态度,与《依韵和达观禅师赠别》同一旨趣。

二人离别不久,皇祐五年(1053)八月,梅尧臣因继母张氏去世,扶柩回宣州守制。来年春,梅尧臣即到广教寺访文鉴,文鉴自是喜出望外。老友重逢,自是又一番诗歌唱和。

> 山暖春烟重,林昏古寺藏。
> 溪流过晓涨,岭树见新行。
> 马去侵云迹,风来袭野芳。
> 禅衣频斗薮,蜡屐莫趋跄。
> 飞鼠时过掷,饥禽或下颃。
> 凭栏何所适,望堞正相当。
> 捧膳溪童絜,衔花鹿女香。
> 登临无险绝,不似畏岩墙。
> ——《依韵和昭亭山广教院文鉴大士喜予往还》

据张商英元丰四年(1081)《文鉴师诗集后序》"文鉴之亡将二十年"(《宣城右集》卷九),则文鉴也在梅尧臣去世之后不久圆寂,一长眠于双羊山,一沉睡于敬亭山,一南一北,一僧一俗,千余年来,想必还有许多聊不完的话题、作不完的诗吧。

宣州众僧

广教寺僧可真。梅尧臣《宛陵集》中有《寄宣州可真上人》《雪中怀广教真上人》《和真上人万松亭虎窥泉》《僧可真东归因谒范苏州》等诗。梅尧臣与可真相识较早,或在庆历四年(1044),此年梅尧臣自监湖州盐税解官回宣州,二人得以相识。

广教寺僧志来。嘉祐四年(1059),志来自京师归宣州,梅尧臣作有《来上人归宣城兼柬太守孙学士》赠行。其后又作有《答来上人春日即事》《志来上人寄示酴醾花并压砖茶有感》《送志来上人往姑苏谒元曹》《真上人因送毛令伤足复伤冷二首》,可见二人交往也很频繁。

广教寺僧若讷。皇祐三年(1051)梅尧臣再至敏应庙观赛雨,顺便游广教寺,作有《若讷上人弹琴》一诗。可见若讷善琴。

开元寺僧仙上人。名不详,号明惠。至和二年(1055),梅尧臣作有《留题开元寺仙上人平云阁》《寄题开元寺明上人院假山》等诗。元祐七年(1092)郭祥正作有《怀平云阁,兼简明惠大师仙公》。

乾明院山主,名不详。乾明寺位于宣州城东二里,旧名福田寺。皇祐二年(1050),梅尧臣曾过乾明寺,作有《登乾明院碧藓亭》、《乾明院碧鲜亭》《留别乾明山主》等诗。

松林院长老。名不详。松林院在宣州城东东溪附近,皇祐二年(1050)梅尧臣居丧期间,曾游过松林院,作有《题松林院》《寄松林长老》等诗。

总之,梅尧臣与僧道的交往,既是时代风气使然,也是梅尧臣的性格与志趣使然。梅尧臣一生沉沦下僚,郁郁不得志,寺庙幽寂的环境,僧人简寂平淡的生活,可以消解现实的磨难和打击,使他得到精神上的慰藉。同时,游历寺院,交往僧道,也丰富了梅尧臣的人生经历和诗歌内容,对梅尧臣平淡简远诗风的形成产生了重要影响。梅尧臣与家乡僧众的交往唱和诗,既是梅尧臣诗歌创作的重要内容,也是研究宣州佛教史的重要史料。

六、浅吟低唱

QIANYIN DICHANG

宛溪柳
——贺铸的宣州词缘
李居白

大宋词坛上,贺铸算得上是一个传奇人物,一个"词魔"。

贺铸,集豪爽之气、侠客之风、狂士之态为一体的北宋奇才。

出身贵族,为宋太祖贺皇后族孙,所娶亦宗室之女,自称远祖本居山阴,是贺知章的后裔。贺铸(1052—1125),字方回,又名"贺三愁",人称"贺梅子",生于卫州,以贺知章居庆湖(即镜湖),故自号"庆湖遗老"。

据说,他长相奇丑,身高七尺,面色青黑如铁,眉目耸拔,人称"贺鬼头";但耿介豪爽,入仕后喜论世事,不肯为权贵屈节;其"少时侠气盖一座,驰马走狗,饮酒如长鲸""少有狂疾,且慕外监之为人,顾迁北已久,尝以'北宗狂客'自况"(《庆湖遗老诗集·自序》)。

剑客侠义,一身孤胆,貌似横武,却才情极高。他博闻强记,于书无所不读;家藏书万卷,而且手自校雠,"反如寒苦一书生"(程俱《贺方回诗集序》)。其词"雍容妙丽,极幽闲思怨之情",但又"于温柔缱绻之外,复有奇崛壮浪之姿",在北宋亦呈雄霸之势。

贺铸江湖涉远,吟唱诗词存世众多,在宣州,他最钟情于宛溪柳,曾一唱再唱复又唱。

一唱成名:"宛溪柳"定调词林

杨柳寄情,宣州的柳枝自也不甘落后。

梦云萧散,帘卷画堂晓。

残熏尽烛隐映,绮席金壶倒。
尘送行鞭袅袅。醉指长安道。
波平天渺。
兰舟欲上。回首离愁满芳草。

已恨归期不早,枉负狂年少。
无奈风月多情,此去应相笑。
心记新声缥缈,翻是相思调。
明年春杪。
宛溪杨柳,依旧青青为谁好。

——《六幺令·宛溪柳》

感谢贺铸有情,让宛溪柳一唱成名,入得词牌。

"宛溪柳",词牌名,其正牌名为"六幺令",又名"乐世""绿腰""录要",词调以柳永《六幺令·澹烟残照》为正体,双调94字,前后段各9句,五仄韵;另有双调94字,前段9句六仄韵,后段9句七仄韵等两种变体;代表作品有晏几道的《六幺令·绿阴春尽》等。

贺铸的《宛溪柳》前段六韵,后段七韵,比起正体,此格多押3个字的韵。《六幺令》词牌本身就已经平仄相交、声调抑扬,而贺铸多押的韵字,使得"宛溪柳"比正体读起来更加富有音韵上的节奏感。

健笔写柔情,《宛溪柳》全词意境清旷、托物抒怀,其语言秾丽、用韵谨严、富有节奏,但同时笔力奇横、清劲峭拔,代表了贺铸词作的主要风格。

此词写传统的相思别离题材,上阕开始时手法传统,与他词无异,过片时却突接斗转,"兰舟欲上"未上之时,便"已恨归期不早";"枉负狂年少",更是将难以名状、不可言传的复杂情绪一抖而出。

至下阕时,又连续用"已恨""枉负""无奈""应""翻是"等多个虚词作为节拍,一转二转再转,韵调激越交错,势若辘轳打水,一气旋转而下。

"清末四大家"之一的朱孝臧就曾评《宛溪柳》:"后遍笔如辘轳。"

转调复唱:赋得新词对离酒

一枝青柳,唱得几番离散。

为问宛溪桥畔柳。
拂水倡条,几赠行人手。
一样叶眉偏解皱,白绵飞尽因谁瘦。

今日离亭还对酒。
唱断青青,好去休回首。
美阴向人疏似旧,何须更待秋风后。

——《蝶恋花》

此词起句即"问宛溪桥畔柳",似乎是在与《宛溪柳》的结句"宛溪杨柳,依旧青青为谁好"承接,让人欣赏时有姊妹篇的错觉。

再转回来,与贺铸共同去感受宛溪柳的青青离思。

折柳赠故人,把酒对离别,宛溪桥上,听贺铸弹唱《蝶恋花》。

常有人说,北宋词坛,词人作品大多儿女情长、英雄气短。但人们吟唱贺铸的词作发现,在他的词声里,英雄豪气与儿女柔情总是在字里行间并存着。硬汉多情,读来令人唏嘘。

还是宛溪柳,还是离别。不同的是,这首《蝶恋花》比《宛溪柳》用词要柔婉,"拂水倡条""叶眉""皱""瘦",一副小儿女的情态,却道尽情深难别之景。

还是下阕,却陡而一转,"唱断青青,好去休回首",这里又大有雄武盖世的项羽之"别美人而涕泣"的大丈夫气概,真挚凄婉、浓情倾泻;而词尾离别后的寥落之态,又将贺铸词风刚柔并济的一面予以再现,其词转韵之高,实在是一般人难以企及。

一唱三叹:念念不忘宛溪柳

> 浅浅东流宛溪,当年罢酒分携。
> 认得桥边杨柳,春风几度鸦啼。
> ——《马上重经旧游六言:丙寅三月京师赋》

最美不过六言诗,在贺铸的诗作中,我私下认为这首写"宛溪柳"的六言应该是最美的,或许真的是因为贺铸对宛溪柳的钟情与偏爱,才使得他能笔下生花。

贺铸能诗能文也能词,更长于词,从实际成就来看,他的诗词高于文,而词又高于诗。其词内容、风格较为丰富多样,兼有豪放、婉约二派之长,写春花秋月之作,意境高旷,语言秾丽哀婉,近秦观、晏几道;写爱国忧时之作,悲壮激昂,又近苏轼;而之后的南宋爱国词人辛弃疾更是延续了他的词风,由此可见,贺铸的词也是泰斗级别的。

贺铸三唱宛溪柳,虽用的是六言,但也毫不逊色于其词作。或者说,他是以词为诗。本来六言跳脱潇洒,实近于词。该诗所及,故地旧物,重逢勾起心底涟漪,"认得桥边杨柳",突然便会让人眼里含泪。

周紫芝："尊前心事人谁问"

焦正达

秀美的陵阳山绵亘南北，贯穿宣州府城。三峰迤逦，一峰居中为州府之地，谢朓楼高耸峰头；二峰低回连接城南鳌峰；三峰北望，开元寺就坐落在峰侧。宛溪河从东边蜿蜒流去。宣州因此山此水而古称"宛陵"。三峰的街巷大多住的是寻常百姓，商贩、匠人、市井人家，有的房屋低矮蔽旧。然而就是从这市井陋室之中，走出了南宋的一位诗词大家——周紫芝。

周紫芝（1082—1155），字少隐，号竹坡居士、静观老人、蝇馆主人。史料记载，周紫芝"少家贫并日而炊，嗜学益苦"，不事理家，以读书习文为业，博览典籍，精研《楚辞》，颇有心得；兼作"诗话"，品评诗作，考证本事，多有可取之处。周紫芝为诗推崇梅尧臣和苏轼，尤得乡贤梅尧臣"平淡"之神韵，其诗"无典故堆砌，自然顺畅"；"在南宋之初特为杰出，无豫章生硬之弊，亦无江湖末派酸馅之习"（《四库提要》）。他的诗词一出，即广为传抄，虽足不出户，却文名远播。苏门诗人张耒等人对其深为器重，教益有加；周紫芝亦更勤勉，时称其为苏黄门庭后劲。

在宣州的读书生涯虽然贫穷，却是悠然而快乐的，这从周紫芝的一些作品中可以看出。周家旧宅原坐落于城南二峰下，出门漫步即是鳌峰胜景。雨后初晴，风送荷香，松竹苍翠，云丝飘拂，景色醉人，周紫芝吟道：

池面过小雨，树腰生夕阳。
云分一山翠，风与数荷香。

素月自有约,绿瓜初可尝。

鸬鹚莫飞去,留此伴新凉。

——《雨过》

置身市井里巷,周紫芝体会到寻常百姓的快乐:

无事小神仙,世人谁会。

著甚来由自萦系。

人生须是,做些闲中活计。

百年能几许,无多子。

近日谢天,与片闲田地。

作个茅堂待打睡。

酒儿熟也,赢取山中一醉。

人间如意事,只此是。

——《感皇恩》

此词全用宣州本土俗语俚音写成,明白通畅,朗朗上口,一时街巷传唱。

徽宗宣和年间,朝纲混乱,暴动四起,此后二十余年中,竟爆发两百多次兵变,致使民不聊生。周紫芝身在底层,深切体味到民间疾苦,他在《菖蒲山子歌》中愤怒地声讨"花石纲"之役;五首《五禽言》拟声言情,以民歌风味状农家贫困;《双鹊行》《秣陵行》等反映了战乱之苦。钦宗即位次年(1127)发生了"靖康之难",周紫芝又作《输粟行》《汉宫春》等谴责官兵欺凌百姓不能抗敌,描写了动乱生活和流离景象;这一时期他的诗词风格一变,艺术成就也更高。

高宗南渡,"建炎之乱"中,周家祖屋被毁,周紫芝北迁,家住陵阳三峰。城北郊外即是农田,农人春耕冬藏,辛苦劳作,不过求一粥一饭果

腹;然而乱世之中人不如犬,是时兵荒马乱,盗贼四起,平民百姓的日子更是难熬。周紫芝的诗作《插秧歌》反映了这一时期的现状:

田中水满风凄凄,青秧没垄村路迷。
家家趁水秧稻畦,共唱俚歌声调齐。
树头幽鸟声剥啄,半雨半晴云漠漠。
五白草斑谁敢闲,农夫饷田翁自作。
去年两经群盗来,妇儿垂泣翁更哀。
蚕丛烧尽不成茧,陵陂宿麦无根荄。
今年插秧忧夏旱,旱得雨时兵复乱。
官军捕贼何时平,处处村村闻鼓声。

绍兴初年,岳飞、韩世忠、吴玠、刘光世等大将分守江淮防务,金兵暂停南侵。绍兴二年(1132),高宗迁都临安,南宋朝廷初步在东南站稳了脚跟,社会逐渐稳定,经济开始快速增长,朝廷科举取士也恢复正常。周紫芝"功名"之心渐起。一则与其他文人一样,逃不过"学而优则仕"的宿命;再则因穷困潦倒,生计所迫,这是他悲剧人生的重要原因。周紫芝早年两次赴礼部试不第,发出"潮生潮落自年年""届堂空有画图看"的哀叹。第三次赴临安应试,仍是名落孙山,周紫芝辛酸地感慨道:"西湖山下水潺潺,满山风雨寒,枝头红日晓斓斑。越梅催晓丹。连翠叶,拥金盘,玉池生乳泉。此生三度试甘酸,欲归归尚难。"绍兴十年(1140),周紫芝59岁生日,这时他自称"竹坡老人",作《水调歌头》感怀:

白发三千丈,双鬓不胜垂。
人间忧喜如梦,老矣更何之。
蘧玉行年过了,未必如今俱是,五十九年非。
拟把彭殇梦,分付举痴儿。

君莫羡,客起舞,寿琼卮。
此生但愿,长遣猿鹤共追随。
金印借令如斗,富贵那能长久,不饮竟何为。
莫问蓬莱路,从古少人知。

直到高宗绍兴十二年(1142),周紫芝才以"特奏名"(意思是科考屡试不第者,另造册上奏,经许可附试,特赐本科出身,叫"特奏名"。"特奏名"与"正奏名"相区别,处于科举鄙视链的下游。《宋史·选举志一》:"开宝三年,诏礼部阅贡士及十五举尝终场者,得一百六人,赐本科出身。特奏名恩例,盖自此始","凡士贡于乡而屡绌于礼部,或廷试所不录者,积前后举数,参其年而差等之,遇亲策士,则别籍其名以奏径许附试"。)参加廷对,得第三释褐,被赐同学究出身,仍是鄙视链下游,时年已61岁。

周紫芝先被任命为霍邱酒税,不就;后改任监户部曲院(大概是管酒坊的小官。《宋史·食货志》:"在京曲院酒户酾酒亏额,原于曲数多则酒亦多。"),周紫芝自叹"命薄官如虱,年多鬓似银"(《闷题》)。绍兴十五年(1145),以右迪功郎(即宣教郎,从九品)为尚书礼、兵部架阁(管理档案);绍兴十七年(1477),为详定一司敕令所删定官(宋代枢密院有编修三司令式所,一司敕令所负责起草诏令,删定官为校对人员,八品),兼权实录院检讨(绍兴九年[1139]置实录院官署,编写皇帝实录,检讨位在修撰之下,为兼职人员)。

周紫芝入京后,虽职小位卑,但诗名愈重。他在西湖题诗:"寒食风埃满客巾,西湖烟雨送愁频。日高未起鸟呼梦,春晚不归花笑人。"(《题湖上壁》)清新流丽,别有思致,为文士争相摹习。连宰相秦桧亦爱他的诗,亲录其"秋声归草木,寒色到衣裘"等诗句,以致周紫芝"每一篇出,辄击赏不已,颇厚遇焉"。周紫芝以诗词与秦桧相交,为人所讥;但对"金鱼无分不须求,只乞鲈鱼换酒"(《西江月·发白犹欹旅枕》),不求高官厚禄、仅求薄俸谋生的他来说,又如何敢得罪当朝第一权奸?周紫芝自知处境狼狈,他在《渔家傲》中写道:"遇坎乘流随分了。鸡虫得失能多少。儿辈雌黄堪一笑。堪一笑,鹤长凫短从他道。　几度秋风吹梦到,花姑溪上人空老。唤取扁舟归去好。归去好,孤篷一枕秋江晓。"情实无奈。他心里的苦恼无人知晓,"尊前心事人谁问,花底闲愁春又归"(《鹧鸪天·花褪残红绿满枝》)。

绍兴二十一年(1151),年入七旬的周紫芝出知兴国军(宋代军与府、州、监为同一级的行政区,一般设在冲要之地,以京朝官充任,职掌与知府事略同,从五品);三年秩满后困居九江,家贫不能归故里。这至少说明他还是个清官。他感慨自己到老"华颠雪领,浑无定,漂泊孤踪",不禁怀念宣州旧舍:"吾庐,犹记得,波横素练,玉做寒峰。更短坡烟竹,声碎玲珑"(《潇湘夜雨·濡须对雪》)。他常抱老病之身眺望陵阳山:"故乡南望几时回?落日登临眼自开。倚杖独看飞鸟去,开窗忽拥大江来。伤心不见姑溪老,抱病还寻宋武台。岁晚无人吊遗迹,壁间诗在半灰埃。"(《凌歊晚眺》)老景凄凉,令人唏嘘。

周紫芝以诗显名于当时,而后世却更推崇他的《竹坡词》,称其词"善写空寂朦胧的境界,兼具清婉沉郁的风格,妙用曲雅俚俗的语言","自为一格",堪称一代名家。他的诗词文论多数作于宣州。

词素以摹写男女相思相悦之情为最,周紫芝现存的156首词中,传统爱情题材占据四分之一,也流传最广。如他的《生查子》:"春寒入翠帷,月淡云来去。院落半晴天,风撼梨花树。　人醉掩金铺,闲倚秋千柱。满眼是相思,无说相思处。"它细腻、生动地描绘了"春寒夜"之景,抒发了"玉楼人"感春怀人的情怀,情景交融,具有较高的艺术价值。《踏莎行》写道:"情似游丝,人如飞絮。泪珠阁定空相觑。一溪烟柳万丝垂,无因系得兰舟住。　雁过斜阳,草迷烟渚。如今已是愁无数。明朝且做莫思量,如何过得今宵去?"用语浅淡而情深意浓,结构错综,结体整中有散,极具"互体"特色。

周紫芝科场失意,长期嗟老衰贫,仰人鼻息,抒发身世之感成为他的词中另一重要内容。他在《阮郎归》中写道:"酴醾花谢日迟迟,杨花无数飞。章台侧畔尽风吹,飘零无定期。　　烟漠漠,草萋萋,江南春尽时,可怜踪迹尚东西,故园何日归。"移情入景,沉郁悲凉,反映了失意文人的共同遭遇,是这一类作品的代表。周紫芝词中还有登山览胜之作,如《减字木兰花》:"春闲昼永,城下江深山倒影,净扫风埃,收拾烟光入句来。"《水调歌头》:"问明月,应解笑,白头翁,不堪老去,依旧临水照衰容。良夜几横烟棹,独倚危墙西望。目断远山重,但恨故人远,此乐与谁同。"表现了寄情山水的欢乐情怀。送别词《临江仙·送光州曾使君》别具一格:"记得武陵相见日,六年往事堪惊。回头双鬓已星星。谁知江上酒,还与故人倾。　　铁马红旗寒日暮,使君犹寄边城。只愁飞诏下青冥。不应霜塞晚,横槊看诗成。"以蓄势充足的铺垫写惜别之情,勉励友人在边塞为国立功,显示了他笔法的多样和才情的广博。周紫芝"婉约清丽"的主体风格之外,最见"沉郁气概"的当数著名的怀古词《水调歌头·丙午登白鹭亭作》:

岁晚念行役,江阔渺风烟。
六朝文物何在? 回首更凄然。
倚尽危楼杰观,暗想琼枝璧月,罗袜步承莲。
桃叶山前鹭,无语下寒滩。

潮寂寞,浸孤垒,涨平川。
莫愁艇子何处,烟树杳无边。
王谢堂前双燕,空绕乌衣门巷,斜日草连天。
只有台城月,千古照婵娟。

在这首词中,周紫芝将个人的身世与古今的盛衰结合在一起,使其感喟更加深沉悲怆,具有强烈的艺术感染力。

周紫芝一生著作丰富,有《太仓稊米集》七十卷、《竹坡诗话》一卷、《竹坡词》三卷、《楚辞赘说》一卷。

宣州竹
——吕本中南渡宣州赋新词

李居白

北宋有柳,南宋有竹。

在宋词的牌林里,宛溪柳和宣州竹占得二席,是宣州词史上的双子星,可谓光彩亮丽。

说起吕本中,不得不提一下他显赫的家世背景。

显赫一:官宦世家,"东莱吕氏"之名号在大宋时期可以说声震寰宇。

吕本中(1084—1145),字居仁,世称"东莱先生",祖籍莱州,寿州人。仁宗朝宰相吕夷简玄孙,哲宗元祐年间宰相吕公著曾孙,荥阳先生吕希哲孙,南宋东莱郡侯吕好问子。

其家族为官长久不衰,一代一代,前后几乎贯穿整个两宋,可以说在中国历史上是极为少见的。

向上溯源,吕氏为官至少可以数到唐末,其七世祖吕梦奇,唐末五代时东莱人,曾任后唐户部侍郎,乃吕蒙正、吕蒙亨之祖父;六世祖吕龟祥,殿中丞,知寿州,遂移家于寿州;五世祖吕蒙亨,官至大理寺卿,其从兄吕蒙正,为宋太宗太平兴国二年(977)状元;四世祖吕夷简、三世伯祖吕公弼、三世祖吕公著,皆曾入朝为宰相。祖父吕希哲,自其以下,包括其父吕好问,以及同辈的兄弟吕弸中、吕大器,及至后辈的吕祖谦等,皆为朝廷命官。

显赫二:家族中学有建树者比比皆是。吕氏家学之深厚,"学本之家庭,有中原文献之传"(《宋史·吕祖谦传》)。

清人王梓材在校订《宋元学案·范吕诸儒学案》中加有按语说:"谢

山(按:指全祖望)《札记》:'吕正献公家登学案者七世十七人。'考正献子希哲、希纯为安定(按:指胡瑗)门人,而希哲自为《荥阳学案》。荥阳子切问,亦见学案。又和问、广问及从子稽中、坚中、弸中,别见'和靖(按:指尹焞)学案'。荥阳孙本中及从子大器、大伦、大猷、大同为《紫微学案》。紫微之从孙祖谦、祖俭、祖泰,又别为《东莱学案》。共十七人,凡七世。然荥阳长子好问,与弟切问历从当世贤士大夫游,以启紫微,不能不为之立传也。"其实全祖望的计算尚不准确,吕氏家族当入学案(指《宋元学案》)的,七世远不止十七人。

吕本中是两宋之交的著名道学家、诗人和诗论家、词人,在思想史、文化史和诗歌史上均具有重要的地位。南宋学者更是称其"亲受中原文献之传",是两宋之交思想文化的重要传承者。

"幼而敏悟,公著奇爱之"(《宋史·吕本中传》),吕本中早年过着诗酒风流的生活,效法陈师道、黄庭坚,诗风轻松流美、"清芙可爱"。20岁左右戏作《江西诗社宗派图》,使"江西派"定名。虽然他未将自己列入其中,但后人多视其为"江西派"。后期推崇李白、苏轼,尤其是在南渡后,时有悲慨时事、渴望收复中原故土之作,诗风、词风也更为浑厚。

吕本中诗的成就高,存量也大,而其词各种文本中仅可寻见27首,大多主写离愁别恨、风花雪月、村色野景,但词风疏放,或清丽淡雅,或凄清婉转,或新奇拗折,或明白浑厚,对人与事每有深刻、精微的感受,具有自己独特的风格,较之其诗,也并不逊色。

吕本中少年时颇为自在和自得,但为官后先是受佞臣秦桧迫害之苦,再遭弃国离家之痛,南渡流寓江左时更是深受羁旅行役和世态炎凉之苦,痛而有悟。

《宣州竹》便是南渡后的作品,全词以竹自喻,表达自己耻与奸佞为伍、不向权贵折腰的高洁情操。

六、浅吟低唱

小溪篷底湖风重,吹破凝酥动。
一枝斜映庾门深。冷淡无言香泛、月华清。

已经轻瘦谁为共?魂绕徐熙□。
耻同桃李困春容。肯向毫端开发、雨云中。

——《虞美人·宣州竹》

细品《宣州竹》,满满正能量,读来豪气上顶,大生义干云天之勇。

关于此词,查遍资料,却未见专家学者的解读。现本文作者便试作赏析奉上,只为一家之谈,欢迎指正。(按:这首词有选本作《宣州竹/虞美人·墨梅》,盖以为墨梅而作,"凝酥""一枝斜映""冷淡无言香泛月华清""耻同桃李困春容",皆为梅。然亦不可为竹乎?词牌《虞美人》,词中若无竹,何来"宣州竹"?词出,传唱,后人皆知"宣州竹",故有选本径以《宣州竹》为词牌,为《宣州竹·小溪篷底湖风重》。)

词的上阕,采用工笔写实的手法,构图清朗如水墨,词面乍看是在写村色野景,但实际句句暗合时局,用意深远。"小溪篷底湖风重,吹破凝酥动",开句直接铺写眼前景,看似简单运笔,客观白描,但实际上是隐喻南宋朝廷世事动荡、风雨浇淋、暗潮涌动的恶劣政治环境。接着仍然是工笔勾画,"一枝斜映庾门深",山崖茅屋,一竿翠竹相伴,看似意境唯美,但实则暗喻山崖上的房子本身就身处险地,随时难抵风雨;唯有宣州竹能于劣境生长,无畏悬崖泥流,一枝横出,竹影护门;"冷淡无言香泛、月华清",更是对竹子的气场进行了嘉赞,冷静从容、处变不惊、静观势态,具有大家风范。

词的下阕,却是直叙胸臆,言志毫不含蓄。"已经轻瘦谁为共?魂绕徐熙□",一竹难敌四面风,只恨同路无知己,词人感叹要是徐熙在世就好了。徐熙,五代南唐杰出画家,"江南名族"出身,也是家世显赫;在开宝末年(976)随李后主归宋,一生未仕,擅画雪竹,所画雪后枯木竹石,堪称一绝。也许南唐归宋,徐熙彼时的心态,和南渡后的吕本中有着类似的共鸣。徐熙的《雪竹图》中，所画的青竹也是凛然一身倔强之气，尽管积雪压顶，尽管雪下乱石裹脚，宁愿竿断也绝不跪地。而他的《鹤竹图》，"根干节叶皆用浓墨粗笔，其间栉比，略以青绿点拂，而其梢萧然有拂云之气"（宋代李廌《德隅斋画品》）。这就是词人"耻同桃李困春容"所表述的，绝不媚俗同流合污的心气和傲气。

其实，全词最大的亮点、高潮之音在结句，也是全词最大的魅力所在："肯向毫端开发、雨云中。"词句扛鼎破势，毫不犹豫，即使孤军一支，即使只身一人，也力冲云霄；至此，其词调突变，激越豪迈，让人为之一振。仅仅一句就尽显吕本中词作的力度和高度，振拔之音之强之大，毫不逊色于李后主的"一江春水向东流"。

"江山有恨英雄老"
——南宋重臣、文苑名家"三吴"

焦正达

宣州府衙西有一丘岗名"南门荡",岗上林木葱茏,树荫掩映下有一处深宅大院,邑人称之为"状元府"。南宋末年,吴府父子三人俱登进士第,一子高中状元,父子均列台阁大臣,二子俱拜相位,封爵公侯,且名留青史,享誉文苑,可谓显赫一时;其子孙亦多有闻人,成为宣州著名的文化世家。

吴柔胜:"政如霜月悬"

吴家世代书香门第,家谱列第十四世孙吴丕是饱学之士,精研理学。吴丕长子吴柔胜(1154—1224),字胜之,号壹是先生。幼听其父讲伊、洛书,已知有持敬之学,不妄言笑。成年后行走府县,以诗文会友,人惮其方严,然皆称其才略。孝宗淳熙七年(1180)秋,宁国府学官偕诸生登敬亭山,命以秋色为题赋诗,吴柔胜作诗:"丹枫酣霜压林丘,黄叶老尽岩西头。不应蔓草烟漠漠,并作粉绘苍山秋。"深得学官赞赏。

淳熙八年(1181),吴柔胜举进士,授都昌主簿,调秀州教授、浙西提刑司干办。丞相赵汝愚知其贤,差嘉兴府学教授,将置之馆阁。"庆元党案"中,赵汝愚、朱熹去位,御史汤硕弹劾吴柔胜在浙右救荒,擅放田租,为赵汝愚收买人心,且主朱熹之学,不可为师儒官。于是罢归。

吴柔胜回宣州教子读书,其三子吴渊、四子吴潜聪慧过人,文章辞赋,过目不忘。赋闲在家,吴柔胜雅赏丹青,作诗遣怀,其《柴门春书》云:

深巷寂无人,鸟声花坞春。
荜门长日掩,天地一闲身。

此诗有闲适雅致之韵,而无愤懑凄怆之音,可见其人心胸之豁达。他还作有题画诗《三友图》《唐人挟弹图》等。又研修前朝史实,为东京留守宗泽气节所感,悉心收录其行事。当时府县官员颇敬吴柔胜品行,知府林公更与其相洽,为政事宜多与其商谈,吴柔胜亦借此造福乡里。后林公任满将迁离,吴柔胜赠诗相送:

拟续宣城志,难忘令尹贤。
庭空无狱讼,斋静有诗篇。
心比秋云远,政如霜月悬。
活人最多处,饥岁作丰年。

诗赠友人,亦为自励,后来吴柔胜也一直如此行事。

吴柔胜闲居 10 余年后方起复,宁宗嘉定元年(1208),主管刑、工部架阁文字,迁国子正。吴柔胜以朱熹《四书》与诸生诵习,擢门生潘时举、吕乔年等,以他们作为文士表率,于是士子争相趋之,伊、洛之学复兴。迁太学博士,又迁司农寺丞,出知随州。当时宋与金和议,朝廷严令"诸郡毋开边隙,犯者立诛"。随州人梁皋因金人盗马,与金人发生争斗,郡里将梁皋等 7 人下狱,吴柔胜到任即将一干人等释放。在随州,吴柔胜"罢科敛,宽逋负,奖忠义,褒死节",备兵事,收土豪孟宗政、扈再兴隶于帐下,后二人皆为抗金名将。并始筑随州及枣阳城,招四方勇士 1000 余人,成立"忠勇军"。后金兵围枣阳,吴柔胜率军民坚守 3 月,金兵不克而退。嗣后历京西提刑,又改湖北运判兼知鄂州,值水灾歉收,吴柔胜乞粮湖南,大讲荒政,15 州灾民因之活命者不可胜计,百姓奉为再生父母。改知太平州,除直秘阁,主管亳州明道宫。改直华文阁,除工部郎中,力辞;除秘阁修撰,"依旧宫观以卒"。追赠太师,谥正肃。

吴柔胜著有《宗泽行实》传世,诗文散见各家选本。

吴渊:"断是平生不肯寒"

吴柔胜第三子吴渊(1190—1257),字道父,号退庵。他性肖其父,自幼端庄寡言,力学不怠,精研兵法,素怀大志。宁宗嘉定七年(1214),吴渊进士及第,调建德县主簿。丞相史弥远与其竟日相谈,大悦,谓其"国器也"。

吴渊就辟令,清正廉明,"江东九郡之冤,讼于诸使者,皆乞送渊"(《宋史·吴渊传》)。后改浙东制置使司干办公事。这时其父吴柔胜去世,吴渊回乡守制,重游少年旧地,作《登南城》抒怀:

江城一眺思悠悠,平楚苍然野水流。
衰草寒烟梅老墓,败垣斜日谢公楼。
江山有恨英雄老,天地无私草木秋。
万古兴亡俱是梦,丈夫何者为身谋。

登上南城,只见苍茫原野,碧水自流,双羊山梅尧臣墓被衰草寒烟遮掩,残垣斜阳下的谢朓楼黯然独立,思接千载,感慨英雄老去,无限江山留下多少憾事,而天地无私,草木又是一秋。万古兴亡,只是人间一梦,而大丈夫应弥补江山遗恨,又岂能仅为自己一身而谋呢? 全诗虽然格调苍凉,然不失慷慨豪迈,立意进取。诗人服满后也一直这样做。

吴渊起复后历任各州县,均有政绩。在知平江府兼节制许浦水军、提点浙西刑狱时,平定衢、严州盗党,以功累进右文殿修撰、枢密副都承旨兼右司兼检正;值朝廷欲用兵中原,以据关守河为说,吴渊力陈不可,得罪了丞相郑清之而罢职。不久,边事果然被吴渊言中,郑清之致书引咎逊谢。复迁太府少卿,加集英殿修撰、知镇江兼总领;进权工部侍郎、权兵部侍郎、权户部侍郎,再为总领兼知镇江。吴渊造阙下入对,历陈九事,干当朝政。再以宝章阁直学士知太平州,寻兼江东转运使。时两淮40余万灾民流徙入境,吴渊慰抚周济,并以什伍编列,令土著人无相犯;旁郡流民放火打劫无虚日,独太平境内肃然无哗。升华文阁学士、知隆兴府、江西安抚使兼转运副使。到任当年即逢大灾,吴渊讲行荒政,使79万人得以存活。改知镇江府兼都大提举浙西沿海诸州军、许浦、澉浦等处兵船,又遇大灾,因吴渊施行德政全活者66万人。

吴渊生性至孝,年幼丧母,哀哭如成人;奉继母亦若亲生。继母亡故后他再次返乡守制。曾在敬亭山作《水调歌头》,气象不俗:

太白已仙去,诗骨此山藏。
胸中锦绣如屋,都乞与东皇。
碎蘸杏花千树,浓抹胭脂万点,妖艳断人肠。
晓露沐春色,晴日涨风光。

孤村路,逢休暇,共徜徉。
酒旗斜处,□□一簇几红妆。
暂息江头烽火,无奈鬓边霜雪,聊复放疏狂。
倚俟玉壶竭,未肯宝鞭扬。

吴渊居家读书之余,漫步山野,"忽见前山有花发,始知今岁已春深",作《劝耕》诗二首,一方面劝课农桑;一方面因"边风尚有寒吹面",使他"忧国忧民平日事",身在民间而不忘国家安危。

除服后吴渊受命平湖南峒人之乱,生擒魁首;迁兵部尚书、知平江府兼浙西两淮发运使。是年大灾,因吴渊全活者42万多人。以功进职,创司空山、燕家山、金刚台3个大砦,嵯峨山、膺山、什子山等32个小砦,团丁壮置军,分立队伍,星罗棋布,脉络贯通,无事则耕,有警则御。上朝廷兴利除害二十五事,究心军民,拜资政殿大学士,封金陵侯,理宗赐"锦绣堂"大字;又进为公爵。后出为各路大使;在总领湖广江西京西财赋、湖北京西军马钱粮时,吴渊调兵 2 万往援川蜀抗击蒙古大军,力战于白河、沮河、玉泉。宝祐五年(1257)正月,吴渊拜参知政事,列相位。不久即病逝,赠少师。

史记吴渊"有才略,迄济事功,所至兴学养士",但立政尚严,弟吴潜曾劝之。吴渊诗词文论俱长,词的成就最高,尤善长调,喜作《满江红》,传世有《满江红·乌衣园》《满江红·雨花台再用弟履齐乌衣园韵》等。他的代表作有在宣州创作的词作《沁园春·咏梅》:

十月江南,一番春信,怕凭玉栏。
正地连边塞,角声三弄,
人思乡国,愁绪千般。
草草村墟,疏疏篱落,犹记花间曾卓庵。
茶瓯罢,问几回吟绕,冷淡相看。

堪怜影落溪南,又月午无人更漏三。
虽虚林幽壑,数枝偏瘦,
已存鼎鼐,一点微酸。
松竹交盟,雪霜心事,断是平生不肯寒。
林逋在,倩诗人此去,为语湖山。

这首词与他的诗歌一样,充满了入世情怀。晚清况周颐《蕙风词话》记:"宋王沂公言之曰:'平生志不在温饱。'以梅诗谒吕文穆云:'雪中未问调羹事,先向百花头上开。'吴庄敏词《沁园春·咏梅》云:'虽虚林幽壑,数枝偏瘦,已存鼎鼐,一点微酸。松竹交盟,雪霜心事,断是平生不肯寒。'二公襟抱政复相同。一点微酸,即调羹心事,不志温饱,为有不肯寒者在耳。"

吴渊流传最广的词是他在旧属宣州的当涂县采石矶所作的《念奴娇》:

  我来牛渚,聊登眺、客里襟怀如豁。
谁著危亭当此处,占断古今愁绝。
江势鲸奔,山形虎踞,天险非人设。
向来舟舰,曾扫百万胡羯。

  追念照水然犀,男儿当似此,英雄豪杰。
岁月匆匆留不住,鬓已星星堪镊。
云暗江天,烟昏淮地,是断魂时节。
栏干捶碎,酒狂忠愤俱发。

  这首词上阕写登眺牛渚危亭,因景抒怀,抚念昔日抗金英雄业绩,壮怀激烈;下阕由燃犀触景生情,激发满腔豪气,继而叹惜流年,悲愤激烈;表达了"报国欲死无战场"的英雄无奈。全词着笔的是古战场的险景,抒发的是吴渊的爱国豪情,由景及情,情景交融,十分自然;词中流露的深沉的历史感和现实感,以及豪迈悲壮的鲜明风格都极具感染力。

  吴渊著有《易解》《退庵文集》《庄敏奏议》等,其诗词又辑于《四库全书·两宋名贤小集》。

吴潜:"乾坤虽大愁难著"

  吴柔胜四子吴潜(1195—1262),字毅夫,号履斋居士。宁宗嘉定十年(1217)中状元,授承事郎,签镇东军节度判官,改广德军。召为秘书省正字,迁校书郎。理宗绍定二年(1229)通判嘉兴府,权发遣府事。后迁淮西总领,历知建康府、隆兴府、太平州、庆元府、平江府、镇江府、临安府。后丁忧,服除后转中大夫、试兵部尚书兼侍读,转翰林学士、知制诰兼侍读,改端明殿学士、签书枢密院事,进封金陵郡侯;召同知枢密院兼权参知政事。理宗淳祐十一年(1251),吴潜入为参知政事,拜右丞相兼枢密使。宝祐四年(1256),授沿海制置大使,判庆元府。吴潜以久任丐祠,累次上书乞归故里,进封崇国公,判宁国府,还家;又以醴泉观使兼侍读,召入对,论畏天命,结民心,进贤才,通下情。理宗嘉纳。拜特进、左丞相,进封庆国公;开庆元年(1259)改封许国公。景定元年(1260),理宗赐吴潜"忠勤楼"题额。同年,因谏阻贾似道立赵禥(度宗)为储君之议,谪建昌军,寻徙潮州,责授化州团练使、循州安置。景定三年(1262)五月,贾似道暗使武人刘宗申毒害吴潜于循州,"循人闻之,咨嗟悲恸"。恭帝德祐元年(1275),追复原官,次年特赠少师。

吴潜是南宋名相,从政期间,朝廷屈居于江左,苟且偷安;君臣骄奢淫逸,沉湎声色,奸佞弄权,迷国误军,国事民生凋零。吴潜清廉勤政,欲挽大厦于将倾。据《宋史》本传记,他曾贻书当时的丞相史弥远论事:"一曰格君心,二曰节奉给,三曰振恤都民,四曰用老成廉洁之人,五曰用良将以御外患,六曰革吏弊以新治道。"还敢于直言朝廷,谏理宗修身养民:"使三军百姓知陛下有忧之之心……以培国家一线之脉,以救生民一旦之命。"端平元年(1234),吴潜力陈九事以正国本、图长策。针对朝中弊政,他提出:"以静专察群情,以刚明消众慝,毋以术数相高,而以事功相勉,毋以阴谋相讦,而以见识相见";"乞令在朝之臣各陈所见,以决处置之宜";"重地要区,当豫畜人才以备患。论大顺之理,贯通天人,当以此为致治之本。"对宋与蒙古合力灭金后的形势,吴潜认为"与北为邻,法当以和为形,以守为实,以战为应",要积极防御备战。蒙古兵渡江攻鄂州,别将由大理下交址,破广西、湖南诸郡,朝廷势危,吴潜指出国家安危治乱的祸根是:"公道晦蚀,私意横流,仁贤空虚,名节丧败,忠嘉绝响,谀佞成风,天怒而陛下不知,人怨而陛下不察,酝成兵戈之祸,积为宗社之忧。"直言怒斥诸昏君和奸党小人;又奏:"臣年将七十,捐躯致命,所不敢辞。"忧国之心,令人慨叹。

吴潜能诗,多为纪游、即事之作,有的也抒发"丈夫勋业在安边"(《送曾阿宜往戍》)的抗敌抱负。他与吴渊在宣州守制,登城远望,二人分别作诗,吴潜《郡城晚望》诗云:"秋老逢天晚,孤城倚碧空。升沉当此际,怅望与谁同。远树没归鸟,寒莎泣候虫。所怀无晤处,弹指向西风。"较之兄长,吴潜更为含蓄蕴藉,也可看出两兄弟性格、为官之别。吴潜词的成就很高,是南宋词坛的重要词人。他与姜夔、吴文英等当世名家交往唱和,但并不如姜、吴喜爱寻章摘句、堆砌辞藻,反而畅达明快,情真意切。如他的《浪淘沙·和吴梦窗席上赠别》:

家在敬亭东,老桧苍枫。
浮生何必寄萍蓬。
得似满庭芳一曲,美酒千钟。

万事转头空,聚散匆匆。
片帆稳挂晓来风。
别后平安真信息,付与飞鸿。

吴潜长年游宦,作有很多怀乡词,如《小重山·怀昭亭》、《虞美人·怀双溪》、《疏影》(寒梢砌玉)、《水调歌头·出郊玩水》、《江城子·示表侄刘国华》、《沁园春·戊午自寿》、《贺新郎·丁巳岁寿叔氏》、《望江南·家山好》(14首)等,表达了他的故园之情,极具感染力。

吴潜词题材广泛,各体兼具,或婉转,或豪迈,到后期,他的词风更近于辛弃疾,多激昂凄劲,抒发济时忧国的抱负与报国无门的悲愤。小令《南柯子》写道:"池水凝新碧,阑花驻老红。有人独立画桥东,手把一枝杨柳系春风。 鹊绊游丝坠,蜂拈落蕊空。秋千庭院小帘栊,多少闲情闲绪雨声中。"通过对春光中各种景物和举动的描写,表达了一位妙龄女子的惜春之情,在这背后更深层次的却是对光阴、青春的眷恋。全词意象丰富,情景映衬,递进转换,微妙细腻,余味无穷,极具"婉约派"神韵。其余诸如《二郎神》(小亭徙倚)、《青玉案》(十年三过苏台路)等皆属此类。《鹊桥仙》词云:"扁舟昨泊,危亭孤啸,目断闲云千里。前山急雨过溪来,尽洗却、人间暑气。 暮鸦木末,落凫天际,都是一团秋意。

痴儿骏女贺新凉,也不道、西风又起。"《海棠春·己未清明对海棠有赋》:"海棠亭午沾疏雨。便一饷、胭脂尽吐。老去惜花心,相对花无语。羽书万里飞来处。报扫荡、狐嗥兔舞。濯锦古江头,飞景还如许。"吴潜的这一类词,或写宦海浮沉的落寞,或抒发心忧国事的悲怆和壮志未已的情怀,格调沉郁,感慨深切,动人心魄。

吴潜流传最广,艺术价值最高的是怀古、送别词,这类豪放派作品是他词作的主要部分。理宗嘉熙初年(1237),吴潜任镇江知府时作词数十首,其间代表作为《水调歌头·焦山》:"铁瓮古形势,相对立金焦。长江万里东注,晓吹卷惊涛。天际孤云来去,水际孤帆上下,天共水相邀。远岫忽明晦,好景画难描。　　混隋陈,分宋魏,战孙曹。回头千载陈迹,痴绝倚亭皋。惟有汀边鸥鹭,不管人间兴废,一抹度青霄。安得身飞去,举手谢尘嚣。"全词由写景、怀古、抒情交织组成,上阕从形势写起,江、天、远山,由近而远,层层生发,"视通万里";下阕超越时空局限,"思接千载",妙用典故,一气呵成。语言明净、圆熟,意境高远清新,表现了豪迈、开朗的胸襟,读起来惬心,发人意兴。吴潜与吴渊都喜作长调,都作有《满江红》多篇,吴潜著名的有《豫章滕王阁》《送李御带珙》《金陵乌衣园》《送陈方伯上襄州幕府》《齐山绣春台》等。其《满江红·豫章滕王阁》写道:

万里西风,吹我上滕王高阁。
正槛外楚山云涨,楚江涛作。
何处征帆林杪去?有时野鸟沙边落。
近帘钩暮雨掩空来,今犹昨。

秋渐紧,添离索;天正远,伤漂泊。
叹十年心事,休休莫莫。
岁月无多人易老,乾坤虽大愁难著。
向黄昏断送客魂销,城头角。

这首词写于理宗淳祐七年(1247)春夏之际,吴潜由签书枢密院事兼权参知政事遭罢,改任福建安抚使。赴任途经南昌,顺道探望在此任江西安抚使的兄长吴渊,兄弟同登滕王阁。吴潜忧心国难深重,感慨有志难酬,遂作此词。上阕写景重点突出,层次分明,处处映照着王勃《滕王阁序》,沟通古今,意象鲜明;下阕由近及远,回首往事,对人生、国事俯仰兴嗟,忧愁沉痛,绵绵不绝,成为宋词中的名篇。

吴潜著有《履斋诗馀》(收词 250 余首)、《宋特进左丞相许国公奏议》、《论语士说》、《鸦涂集》等,明代梅鼎祚编校为《履斋先生遗稿》四卷。

风流最数宣城
——散落宣州山水间的两宋词韵
李居白

三两声,长短不齐,倏忽掠过,激起一波波浪花……

一种委婉,藏于人后

"宣城自古诗人地",以诗而享盛名的宣州,其实背后还有另外一个强大的支撑——词。

提起宣州,诗意盎然,为一众邑人津津乐道。其实人们在大谈诗意的同时,往往也会生一个疑问:宣州文化历史悠久,底蕴深厚,堪称遍地诗歌,历代题咏,尤以唐诗凸显;但是作为中国文化之双绝"唐诗宋词"的宋词,却较少出现在宣州人的自诩里。这是什么原因?在很多时候,这个疑问会盘旋成一个大大的问号。

面纱神秘、飘忽邈远,其实作者真的不忍揭开,也许让朋友们多猜多想,可能会更添宣州的魅力。其实宣州一直都不缺词韵的律动,当然更不缺宋词。

宣城花,叠嶂楼前簇绮霞。
若非翠露陶潜柳,即是红藏小谢家。

——苏为《宣城花》

看,这不来了,一首小令,亦诗亦词,却道尽宣州的桃源仙境和文化根基,北宋诗人苏为可谓高手之一。苏为(生卒年不详),真宗大中祥符二年(1009)为都官员外郎、知湖州,徙知郡武军;仁宗天圣四年(1026),以职方郎中知宣州。

作为文化之瑰宝,在宣州,宋词怎会缺席?只不过她如大家闺秀,娇藏于阁楼,静看门前唐诗喧闹,欲迎还羞罢了。

一种律动,风流催醒

> 风流最数宣城,奇山秀水神仙府。
> 琴高台畔,花姑坛上,鸾翔凤舞。
> 春度玉墀,月升金掌,荣分铜虎。
> 想少陵,知有异人间出,三百载、留佳句。
>
> 岁岁椒盘柏斝,到明朝、又还重举。
> 阳和散作,千岩瑞雪,两溪甘雨。
> 汲取恩波,酿成禄酒,庆公初度。
> 有东风传报,都人已为,筑沙堤路。
> ——李廷忠《水龙吟·寿宁国太守王大卿正月初二》

从苏为的《宣城花》到李廷忠的《水龙吟》"风流最数宣城,奇山秀水神仙府。琴高台畔,花姑坛上,鸾翔凤舞";从地上的桃花源境到天宫的神仙府邸,轻轻巧巧几句,足以让宣州大美,彩头夺尽。你看,宋词笔力之劲健,是根本不逊色于唐诗的;尤其对于宣州的礼赞,和实景写意的"江城如画里"自然有的一拼,伯仲难分。

李廷忠(1154—1218),字居厚,号橘山,于潜人,唐汝阳王李琎之后。孝宗淳熙八年(1181)进士,曾任宣州(宁国府)属县旌德知县。

人间天堂如宣州,花海簇动,歌舞升平。礼赞宣州的词声中,除了苏为、李廷忠,其实还有一个更值得邑人去怀念的人,那就是曾以刑部尚书兼修玉牒出知宁国府的吴泳。

吴泳(生卒年不详),字叔永,潼川人,约宋宁宗嘉定末前后在世。嘉定二年(1209)进士。吴泳在宣州时,也有一首以"寿"而冠名的词:

> 碧嶂青江路。
> 近重阳、不寒不暖,不风不雨。
> 杜宇花残银杏过,犹有秋英未吐。
> 但日对、南山延伫。
> 碧落仙人骑赤鲤,渺风烟、不上瞿塘去。
> 来伴我,宛陵住。
>
> 西风画角高堂暮。
> 炙银灯、疏帘影里,笑呼儿女。
> 爷作嘉兴新太守,团拜鹖书天府。
> 况哥共、白头相聚。
> 天分从来钟至乐,更谁思、野鸭鸳鸯语。
> 提大斗,酌寒露。
>
> ——《贺新郎·宣城寿季永弟》

相比于李廷忠,吴泳更是不惜笔墨,虽然用词质朴,却是暗里着力,将气候宜人、花香鸟语、人和景明的宛陵(宣州),倾注于笔端,大秀秋景,情景交融,生机盎然,读来令人血脉暗涌,心向往之。

> 世事难穷,人生无定,偶然蓬转萍浮。
> 为谁教我,从宦到东州。
> 还似翩翩海燕,乘春至、归及凉秋。
> 回头笑,浑家数口,又泛五湖舟。
>
> 悠悠。当此去。黄童白叟,莫漫相留。

>但溪山好处,深负重游。
>珍重诸公送我,临岐泪、欲语先流。
>应须记,从今风月,相忆在南楼。
>——毛开《满庭芳·自宛陵易倅东阳,留别诸同寮世事难穷,人生无定偶然蓬转萍》

"应须记,从今风月,相忆在南楼。"风流乍醒,美景留梦,多情应如毛开,无论走得多远,走得多久,总会心心念念。

一种情怀,借付山水

山水灵秀蕴芳华,草木风流生情愫,在宣州,风花雪月皆入节奏,歌者一路。

>新月娟娟,夜寒江静山衔斗。
>起来搔首,梅影横窗瘦。
>
>好个霜天,闲却传杯手。
>君知否?乱鸦啼后,归兴浓于酒。
>——汪藻《点绛唇·新月娟娟》

霜天夜月、江静深寒、山衔北斗、梅影横窗,偶尔一声鸦啼,惊醒一壶老酒。厉害如汪藻,一曲《点绛唇》唱得高远清丽,穷尽了"月落乌啼霜满天"之境。

汪藻(1079—1154),两宋之交文学家,饶州德兴人。汪藻学识渊博,北宋时已经极负盛名,与胡伸俱有文名,时称"江左二宝"。徽宗亲制"居臣庆会阁诗",下令群臣献诗,汪藻一人独领风骚。南渡后,因与当政者政见不合,辗转于州郡。清代学者张宗橚《词林纪事》称:汪藻出守泉南,后为人谗毁而被移知宣州,"内不自得,乃赋《点绛唇》词"。"归兴浓于酒",虽然词尾委婉地透露着一种苦闷、一种意兴阑珊、一种弃官归田园的郁郁情怀,但全词调音琅琅,意境清远,韵味持久;所绘的宣州田园夜景,更是深藏着大诱惑。

同汪藻一样,将情怀寄于宣州草木山水的还有李弥逊。或许真的是宣州景色风流,足可熨帖心之孤寂,李弥逊的词也风韵琅畅,读来和汪藻的《点绛唇》有着异曲同工之妙:

竹边柳外,两两寒梅树。
疏影上帘栊,似却□、一枝横暮。
玉肌瘦损,有恨不禁春。
萦冰珮,整风裳,怅望瑶台路。

我来胜赏,持酒花深处。
天晓酿幽香,正一霎、如酥小雨。
江山得助,臭味许谁同。
长安远,故人疏,梦到江南否。
——李弥逊《蓦山溪·宣城丞厅双梅》

一种姿态,落地铿锵

两宋时期的宣州,词声叮咚,格调高雅,均极具风骨,没有萎靡之音。写景,疏远清朗;写情,饱满委婉。家国情怀更是多藏于音律,吟唱多有况味。

问缠腰跨鹤事如何,人生最风流。
怕江边潮汐,世间歧路,只是离愁。
白马青衫往事,赢得鬓先秋。

目送红桥晚,几番行舟。

兰珮空余依黯,便南风吹水,人也难留。
但从今别后,我亦似浮沤。
敬亭上、半床琴月,记弹将、寒影落南州。
秋声里,塞鸿来后,为尔登楼。

——陆叡《八声甘州·送翁时可如宛陵》

人生风流为何事?当然不止风花雪月。

陆叡(?—1266),字景思,号西云,会稽人。理宗绍定五年(1232)进士,官至集英殿修撰、江南东路计度转运副使兼淮西总领,今仅存词3首。

其实,风流又何止一种?

落日澹芳草,烟际一鸥浮。
西湖好处,君去千里为谁留。
坐想敬亭山下,竹映一溪寒水,飞盖共追游。
况有尊前客,相对两诗流。

笑谈间,风满座,气横秋。
平生壮志,长啸起舞看吴钩。
红白山花开谢,半醉半醒时节,春去子规愁。
梦绕水西寺,回首谢公楼。

——韩元吉《水调歌头·落日澹芳草》

词声清脆,词韵婉转,无论是陆叡的《八声甘州》还是韩元吉的《水调歌头》,词品都极其端庄,毫无矫揉造作之态。虽然吟唱多觉苍凉,但禅意和妙悟更能穿心。细品之下,男儿志气也是溢于言表。

一种豪气,疏狂跌宕

清脆爽朗,品高调昂,是两宋词韵在宣州的主旋律。

但一首歌,主音之外,往往还会有一种副歌激荡,和声嘹亮,张孝祥的《水调歌头·闻采石战胜》便义薄云天,读来音节振拔,腔调激越,掷地有声:

雪洗虏尘静,风约楚云留。
何人为写悲壮,吹角古城楼?
湖海平生豪气,关塞如今风景,剪烛看吴钩。
剩喜然犀处,骇浪与天浮。

忆当年,周与谢,富春秋。
小乔初嫁,香囊未解,勋业故优游。
赤壁矶头落照,肥水桥边衰草,渺渺唤人愁。
我欲乘风去,击楫誓中流。

绍兴三十一年(1161)十一月,金兵南犯,虞允文统帅水军取得"采石大捷",金兵主将完颜亮因战事失利被部下缢杀,金兵撤退。这是宋室南渡以来最振奋人心的一次大捷,彼时张孝祥正往来于宣州、芜湖间,听闻消息,大喜之下,作此"快词"。该词是张孝祥代表作之一,堪称宋词名篇,清人陈廷焯称赞此词:"淋漓痛快,笔饱墨酣,读之令人起舞。"(《白雨斋词话》)

一种风骚,隐隐待发

最后还是以吴泳的一首词来作结:

将进酒,吹起黄钟清调。
手按玉笙寒尚峭。陇梅春已透。

蓝染溪光绿皱,花簇马蹄红斗。
尽使宛陵人说道。状元今岁又。
——吴泳《谒金门·宣城鹿鸣宴》

鹿鸣宴,亦作"鹿鸣筵",起于唐代。科举时代,乡举考试后,放榜次日,州县长官宴请新科举人、主考、执事等内外帘官。鹿鸣宴,即古时地方官祝贺考中贡生或举人的"乡饮酒"宴会,是科举制度中规定的一种宴会,曾在唐至清代的科举和教育文化体系中延续了一千多年。

吴泳在宣州期间,兴办学校,广求人才,开"鹿鸣宴"大宴学子,留有《宣城鹿鸣宴》《谒金门·宣城鹿鸣宴》诗词各一首。《谒金门·宣城鹿鸣宴》一词更是饱含着他对宣州学子的褒扬嘉许和殷切期望。

莘莘学子,菁菁芳华,未来可期,可以说,正是因为有了如吴泳这样的地方官的爱惜,才极大地提振了宣州文人的士气;隐隐发力、蓄势前行,也正是因为有了他们的助推,宣州文风才得以昌盛绵延。

七、珠光璧采

ZHUGUANG BICAI

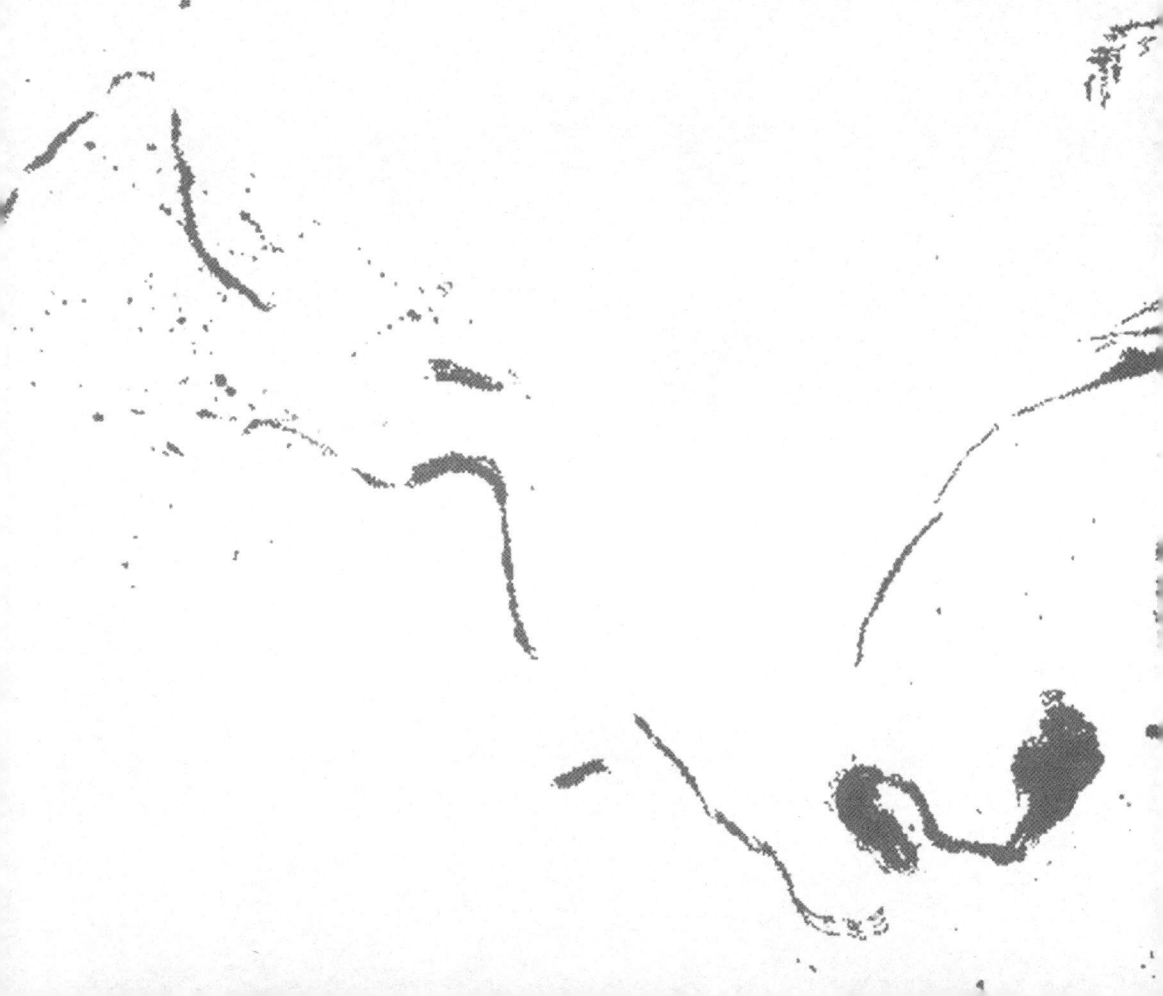

"昔观唐人诗,茶咏鸦山嘉"
——杜牧、梅尧臣笔下的鸦山茶
焦正达

清《宣城县志·山川》记"水之东"的"双峰山"说:"二峰对峙,古名丫山,产横纹茶,见陆羽《茶经》。"

宣州水东东部群山绵亘,丫山、碧山一带山高林深,溪流潺湲,云遮雾罩,气候湿润,温差适宜,土质肥活,为茶树生长和优质茶叶提供了良好的生态环境。丫山下生长着很多老茶树,传说是"鸦衔茶子而生",于是丫山又叫"鸦山";山间至今还有一条古道通往郎溪、广德,绵延至江浙地区,路名就叫"鸦山古道"。晚唐杨晔的《膳夫经手录·茶》有"宣州鸭山(鸦山)茶",并与天柱茶相比较;郑谷《峡中尝茶》诗说:"吴僧漫说鸦山好,蜀叟休夸鸟觜香。"丫山茶树品种独特,主侧脉交角偏大,形似横向纹理,故俗称"横纹茶"。

关于横纹茶,五代词人毛文锡在他篇幅不长的《茶谱》里两次提及:

> 宣城县有丫山小方饼,横铺茗芽装面。其山东为朝日所烛,号曰阳坡,其茶最胜。太守尝荐于京洛人士,题曰丫山阳坡横纹茶。

> 宣州宣城县有茶山,茶东为朝日所烛,号曰阳坡,其茶最胜,形如小方饼,横铺茗芽其上。太守常荐之京洛,题曰阳坡茶。杜牧《茶山诗》云:"山实东吴秀,茶称瑞草魁。"

这个横纹茶就是"瑞草魁"。明代王象晋《群芳谱》说:"丫山阳坡横纹茶,一名瑞草魁。"瑞草魁原产地为水东与郎溪县临界的山区。碧山出产的茶叫"碧山横纹",丫山之西山里出产的茶都叫"水东横纹";因丫山在山深处,其横纹茶历史最长,质量最佳,声誉最响,叫作"丫山阳坡横纹茶"。丫山之东郎溪县境内亦有出产。

《茶山诗》系杜牧去世前一年所作。杜牧曾两度作幕宣州,分别为大和三年至七年(829—833)、开成二年至三年(837—838),前后达6年之久,故对宣州的风物特产非常熟悉,自然包括丫山瑞草魁。离开宣州13年后,杜牧在宜兴题诗茶山,当年的景象历历在目,从他的笔端喷涌而出:"泉嫩黄金涌,芽香紫璧裁""舞袖岚侵润,歌声谷答回""树荫香作帐,花径落成堆",前尘往事和眼前实况交融在一起,有如旧地重游,以致他情"难自克",发出"登临怆一杯""俯首入尘埃"的感慨。所以《茶谱》将这两句诗附录在"宣州茶"之后。

经名人的吟诵记录,加上"太守常荐之京洛",可以想见,瑞草魁在晚唐五代时即已"成名"了。到宋代身份更涨,宋初《太平寰宇记》说:"鸦山出茶,尤为时贵。"成为馈赠亲友的上品。至和二年(1055),被誉为"宋诗开山祖师"的梅尧臣居母丧期满,即将离开家乡宣州,宣城县主簿赠其"鸦山茶"及诗。素来家贫的梅尧臣以礼物堪称"珍贵",便作长诗《答宣城张主簿遗鸦山茶次其韵》致谢:

昔观唐人诗,茶咏鸦山嘉。
鸦衔茶子生,遂同山名鸦。
重以初枪旗,采之穿烟霞。
江南虽盛产,处处无此茶。
纤嫩如雀舌,煎烹比露芽。
竞收青蒻焙,不重漉酒纱。
顾渚亦颇近,蒙顶来以遐。
双井鹰掇爪,建溪春剥葩。
日铸弄香美,天目犹稻麻。
吴人与越人,各各相斗夸。
传买费金帛,爱贪无夷华。

甘苦不一致,精粗还有差。
至珍非贵多,为赠勿言些。
如何烦县僚,忽遗及我家。
雪贮双砂罂,诗琢无玉瑕。
文字搜怪奇,难于抱长蛇。
明珠满纸上,剩畜不为奢。
玩久手生胝,窥久眼生花。
尝闻茗消肉,应亦可破癥。
饮啜气觉清,赏重叹复嗟。
叹嗟既不足,吟诵又岂加。
我今实强为,君莫笑我耶。

这首诗以特有的梅氏"宛陵体"风格,把"鸦山茶"的来历、得名传说、采摘、形状、制作、欣赏、品饮过程及贮存器物、市场情况等都翔实记录下来,成为瑞草魁茶最早的较完整的珍贵史料。

梅尧臣秋末离乡,经金陵、扬州于次年秋抵汴京,因翰林学士赵概和欧阳修的推荐,补国子监直讲。他与欧阳修、王安石、王安国、谢景初、苏洵、曾巩等名流茶酒相伴,交游唱和,使得家乡鸦山茶名满京华。南宋之后,瑞草魁被纳入贡茶之列。南宋史学家李心传《建炎以来朝野杂记》载:"宁国府岁产茶112万斤,鸦坑茶为贡品。"明末曹学佺《大明一统名胜志》说:"鸦山在脊山北,产茶,充贡茶。"清代宣州亦贡"本色芽茶五百四十一斤三两六钱五分四厘八毫"。

综上可知,水东丫山瑞草魁已是有1000多年历史的名茶。

瑞草魁于清明前后至谷雨间开采。传说采摘"明前茶"的都是少女,她们以嘴衔摘雀舌般的嫩绿芽尖,再以纯手工精制成极品茶叶。清明期间采一芽一叶,芽长于叶,制一等茶;谷雨前采一芽二叶初展,芽叶基本等长,制二等茶;后期一芽三叶,制三等茶。采茶的标准很高,要求不采鱼叶,不采病虫为害叶,不采紫色芽叶,不采不符标准的芽叶。采茶时应轻采轻放,防止损伤芽叶。一般上午采摘,及时送回,摊放 4—6 个小时即可炒制。

　　好茶服好手,好马配好鞍。因兵燹大疫,瑞草魁的传统制作工艺在晚清后失传了。1982 年,著名茶叶专家陈椽教授、皖南农学院茶叶科技人员等,协助指导重新研制。而梅尧臣的那首"鸦山茶诗",竟成了陈椽教授恢复鸦山茶历史原貌的重要参考资料。1986 年,当地开始制作瑞草魁样茶,样茶成功后正式投入生产,大受消费者的欢迎,多次获国内外大奖。近年来,瑞草魁远销北京、上海、南京、广州、沈阳、合肥等大中城市,还出口东南亚等地。

　　瑞草魁品质极佳:其外形挺直略扁,芽叶饱满壮硕,大小匀齐,形状一致;色泽翠绿,白毫隐现;香气高长,芬芳持久;汤色淡黄嫩绿,清澈明亮,如梅尧臣叔父梅询所说"茶煮鸦山雪满瓯"。尤其是清明前后的瑞草魁新茶,一杯在手,细细品啜,清香幽远,沁心爽口,回味隽永。

梅诗:风物记

童达清

梅尧臣是宋诗的"开山祖师",也是宣州第一个具有全国影响力的大诗人。他一生创作的诗歌很多,仅《宛陵集》留存下来的就有2900多首。尽管他长期在外做官,远离家乡,但他热爱家乡、关怀家乡、思念家乡,其作品中仍有相当多的内容与宣州有关。特别是在他居留宣州期间,反映宣州的诗歌尤多,《宣州杂诗二十首》就是一个突出的例子。

至和二年(1055),梅尧臣丁母忧居宣州,有了较多的闲暇时间,遂作《宣州杂诗二十首》,对宣州有代表性的风景名胜、历史古迹、地方特产等做了系统的吟咏。但由于诗人有些诗写得比较隐晦,不熟悉宣州历史风物者,往往不知所云,现按诗的内容分类作一简略的探析。

"昭亭万仞山":风景名胜类

> 昭亭万仞山,古庙半山间。
> 赛雨使君去,钓潭渔父闲。
> 蕨肥岩向日,竹暗垄连关。
> 北望高楼上,南飞鸟自还。

这首诗写敬亭山。敬亭山横亘于北郭,山势险峻,竹木参天,蕨菜肥美,广教寺、敏应庙等建筑掩映在半山之间,风景秀丽可人。"赛雨使君",指南齐宣城太守谢朓,他任职期间,遇水旱灾害,常常到敬亭山上的敏应庙祈雨祷晴,作有《赛敬亭山庙喜雨》《祀敬亭山庙》《祀敬亭山春雨》等诗。因为谢朓的大量吟咏,使得敬亭山声名鹊起,正所谓"宣城谢守一首诗,遂使声名齐五岳"(刘禹锡)。写景、咏史,二者水乳交融。

  三洲滩口急,两水渡头来。
  下过桓彝宅,上通严子台。
  潺湲泻寒月,滉漾照春梅。
  白鹭惊起处,鱼多见底回。

  宛水过城下,滔滔北去斜。
  远船来橘蔗,深步上鱼虾。
  鹅美冒椒叶,蜜香闻稻花。
  岁时风俗美,笑杀异乡楂。

  以上两首诗均是吟咏宛溪,故《宣城县志》《宁国府志》将这两首诗单独拈出,冠以"宛溪"之题。在诗人笔下,宛溪是清澈的,两岸的物产是丰沛的;宛溪河上,往来船只繁忙,异乡的物产也由此河走向千家万户。既有风俗之美,又有人文之美。"下过桓彝宅,上通严子台"两句用典,前者指东晋咸和三年(328)宣城内史桓彝与苏峻叛将力战,不敌,殉国,死后葬于城北五十里符里镇(即今东门渡)。后者指城南五里响山下有响潭,传说东汉隐士严光(字子陵)曾垂钓于此。出则为国尽忠,隐则高蹈远举,诗人用此二典,或许正是想彰显他自己的人生理想吧。

  一过响山畔,常思路中丞。
  开亭宴貔虎,制贼象冰蝇。
  旧刻多磨灭,今人少诵称。
  茸茸春草长,时有牧牛登。

此诗咏响山,重在咏史。唐永贞元年(805)十二月,常州刺史路应升任宣歙观察使兼宣州刺史。元和二年(807),李锜据润州反叛,欲攻宣州,路应在响山建新亭新营以作应对,权德舆为作《宣州响山新亭新营记》以记其事。这段往事随着时间的推移,已少有人知,"茸茸春草长,时有牧牛登",令人徒生感慨。

细雨春冈滑,无因驻马蹄。
裘单怀后侣,风急过前溪。
近寺闻鱼鼓,穿林听竹鸡。
田家春正急,炊饭待锄犁。

此诗《宣城县志》"艺文志"归入"宣州咏物杂诗",然细品味,未见所咏之物,故万历《宁国府志》被称为"宣州杂诗"。双羊山下有梅溪,山腰有柏山寺,山顶有竹林,当以咏双羊山景为是。

"项籍路由此":历史古迹类

伍员奔吴日,苍皇及水滨。
弯弓射楚使,解剑与渔人。
抉目观亡国,鞭尸失旧臣。
犹为夜涛怒,来往百川频。

春秋时期,伍子胥因父兄被杀,四处逃亡,最后投奔吴国。公元前506年,吴国伐楚,伍子胥建运河以通粮道,上游连接宣州北部的长江支流水阳江,下游接太湖水系荆溪,是为胥河(一名胥溪),为我国有记载的最早的运河。伍子胥得报父兄之仇,最终却因谗被杀,胥河之水的波涛,就像是他的怨气,永不停息。此诗由胥河而咏史,寄寓了诗人的历史观。

每见昭亭壁,高璩笔墨存。
丹青虚格里,云雾碧纱痕。
鸟屎常愁污,虫丝几为扪。
贵来曾改观,世故有谁论。

唐会昌五年(845),高元裕任宣歙观察使,其子高璩也随侍至宣州。高璩闲暇时常游敬亭山,曾经为梓府君庙题词。前此,宣歙观察使崔龟从因病,曾祷此病愈,遂重修此庙,并撰有《敬亭庙祭文》《宣州昭亭山梓华君神祠记》《书敬亭碑阴》等文。高璩至宣州时,梓府君庙新修不久,遂也提笔记之。北宋初,此题词尚存,所以梅尧臣有幸得见,只是该题词他并没有记载下来,后人亦无从窥见它的具体内容。时至今日,敏应庙也已不存,往事如烟,令人怅惘。

信谗多见逐,伐国岂无仁。
屈子行江畔,昭王问水滨。
包茅曾责贡,香草自持纫。
莽苍山川在,渔歌属野人。

这首诗咏楚国史事。"屈子行江"用典《楚辞·渔父》:"屈原既放,游于江潭,行吟泽畔,颜色憔悴,形容枯槁。""昭王问水",见《左传·僖公四年》:"昭王之不复,君其问诸水滨。"屈原以忠死,昭王以贤亡,然二事皆与宣州无涉;或许因其时宣州之地属楚国,二人之事皆国人之事。

项籍路由此,力豪闻拔山。
八千提楚卒,百二破秦关。
陔下围歌合,江头匹马还。
却思诸父老,相见亦何颜。

相传项羽起兵抗秦,率八千江东子弟渡江,曾在宣州峄山驻扎,故后人在此建庙祭祀。梅尧臣过此,自然有感而发。

　　高斋谢公殁,此地即危楼。
　　不改窗中岫,无停川上舟。
　　壁阴缘薜荔,城暝笑鹁鸪。
　　万井晓烟合,素霓横树头。

这首诗咏高斋。高斋为谢朓任宣城郡守时所建,至唐时改建为北望楼,简称北楼。许浑有《和崔大夫新广北楼登眺》。郑薰《北望楼》诗残句:"高斋今北望,池上犹春酌。"并自注:"高斋,今北望楼。"梅尧臣归里时,常登临北楼,诗写所眺之景,楼在人空,沧桑之感自在意中。

　　传道零陵守,兹亭暂解装。
　　分群同雁鹜,几日到潇湘。
　　班竹思虞舜,赪萍忆楚王。
　　殷勤吏部句,今亦诵无忘。

谢公亭在宣州城北,相传谢朓曾在此饯别零陵内史范云,范云亦作有《之零陵郡次新亭》诗:"江干远树浮,天末孤烟起。江天自如合,烟树还相似。沧流未可源,高帆去何已。"梅尧臣诗中"殷勤吏部句",即指此诗,范云后曾任吏部尚书。李白诗:"谢公离别处,风景每生愁。"亦咏此。

"紫毫搜老兔":地方特产类

　　古有琴高者,骑鱼上碧天。

小鳞随水至，三月满江边。
少妇自捞摝，远人无弃捐。
凭书不道薄，卖取青铜钱。

此首咏琴鱼。琴鱼产自宣州属县泾县琴溪。

诸葛久精妙，已能闻国都。
紫毫搜老兔，苍鼠拔长须。
露筦何明净，烟丸事染濡。
班超投此去，死作玉关夫。

此诗咏宣笔。宣州诸葛氏世代制笔，两晋时已有名于世，唐五代时腾价鸡林，北宋初更是一笔难求。文人诗文赞誉者甚多，作为乡人，梅尧臣自是赞誉有加，《次韵永叔试诸葛高笔戏书》："笔工诸葛高，海内称第一。"其赞赏之情可见一斑。紫毫笔当为新改进产品，诸葛高试制成功后，梅尧臣自是近水楼台先得月，并且分赠亲友。紫毫笔一炮打响，梅尧臣功不可没。

大实木瓜熟，压枝常畏风。
帖花先漏日，喷露渐成红。
青箬包山舍，驰心奉汉宫。
谁将橐驼载，辛苦向骄戎。

宣木瓜是宣州特产，自古有名。苏颂《本草图经》："宣人种木瓜遍山谷，始实成则纸花粘于上，夜露日烘，渐变红色，其文如生，故有'宣州花木瓜'之称。"正可看作是对梅尧臣此诗的注脚，反映了宣人种植木瓜的精心与辛劳。

竿头注腐鼠,水次野蜂知。
每视衔飞翅,因熏斸取脾。
绛囊千里道,干蛹百钧驰。
尽入公侯第,雕盘助酒卮。

宋人陆佃《增修埤雅广要》卷三十五引《遁斋闲览》说:"宣城李愈云:吾州有四出,漆、栗、笔、蜜。"梅尧臣此诗,所咏正为蜂蜜。宣州地处江南,环境优美,植物繁茂,所产蜂蜜自是上乘,而且具有很好的药用价值(张耒《瓜洲谢李德载寄蜂儿、木瓜、笔》曰"蜂儿肥腻愈风痹"),北宋时曾作为贡品上贡朝廷。只是采蜜人十分辛苦,虽然蜂蜜香甜,农人自己却舍不得吃,所以梅尧臣感叹:"尽入公侯第,雕盘助酒卮。"沈泌《割蜜谣》:"长至天寒例割蜜,留取一半资蜂食。"可见农人的善良。大观三年(1109),宣州知州陆傅上奏停贡(《宋会要辑稿》崇儒七《罢贡》)。这里还有个神异的故事。叶留《为政善报事类》卷十说:"崇宁间,会稽陆公傅为宣城太守,有司责岁贡蜂儿峻甚。公上章曰:'蜂未孕毓之物,不足以供御,愿赐停罢,以广陛下好生之德。'诏许停罢一年,公严行禁止采蜂人户,犯者痛惩,管下遵守甚力。公一再岁夏夜感泻疾,内逼,忽至溷门外,蜂阵遮障喧飞,殆不可入。即呼守宿者以火视之,有巨蛇卧于溷门之内,张吻厕上,咸皆惊异。"陆傅恤民疾苦,蜜蜂知恩图报,可以警世。

高林似吴鸭,满树蹼铺铺。
结子繁黄李,炮仁莹翠珠。
神农本草阙,夏禹贡书无。
遂压葡萄贵,秋来遍上都。

此咏"鸭脚子",即银杏,因银杏树叶形似鸭脚,故名。银杏果有较高的药用价值,故在宣州广泛种植,而且品质优良。《本草纲目》载:"银杏生江南,以宣城者为胜。"宋初也曾作为贡品入贡。梅尧臣常以家乡这一特产馈赠给亲朋好友,《依韵酬永叔示予银杏》《鸭脚子》《代书寄鸭脚子于都下亲友》《依韵和齐少卿龙兴寺鸭脚树》《永叔内翰遗李太博家新生鸭脚》……《宛陵集》里,写到鸭脚子的作品很多。

  鸟命若杨叶,夜栖鸡翼间。
  情知羽毛薄,自御雪霜难。
  相托为温燠,终非学附攀。
  犹胜居鹘握,忧惧得生还。

  这首诗所咏何物,颇费猜详,幸亏诗后作者有小注:"柳子厚《鹘说》云。"《鹘说》是柳宗元的一篇寓言作品。鹘,《玉篇》注曰:"斑鸠也。"《尔雅》注曰:"似山雀而小,短尾,青黑色,多声,江东呼为鹘鸼。"梅尧臣特意拈出此鸟,并非它有什么特殊,当是受柳宗元的启发。此鸟虽弱小,却又能"相托为温燠,终非学附攀",在恶劣的环境中能够互帮互助,而又不攀附他物,可谓鸟中之贤而义者。诗人借物喻人,正得咏物诗之三昧。

  斫漆高崖畔,千筒不一盈。
  野粮收橡子,山屋点松明。
  只见树堪种,曾无田可耕。
  儿孙何所乐,向此是平生。

  漆树也是宣州特产,前引《遁斋闲览》说"宣州有四出",漆排在首位。宣州南部多丘陵,多山地,适合漆树生长。漆液是天然的树脂涂料,在日常生活中有广泛的运用。至清时,种漆树、割漆仍是宣州百姓的重要营生。沈泌《割漆谣》:"吾乡风土颇茂淳,漆栗笔蜜物称盛。戕皮取汁翻蔚然,割不宜数全其天。"正是当时农人辛勤割漆的形象写真。

"五月黄梅肥":特有气候类

　　五月黄梅肥,终朝密雨微。
　　绿苔侵竹阁,润气裹人衣。
　　背陇沾牛去,衔虫湿燕归。
　　高山发瀑水,夜涨入吾扉。

　　这是写江南特有的梅雨天气,贺铸词云"梅子黄时雨"。每到农历五月,宣州即进入梅雨季节,连天阴沉多雨,到处都是湿漉漉的,常引发水灾。梅尧臣用细腻的笔触写出了梅雨季节给人带来的特有感受。其同年(1055)所作《梅雨》:"三日雨不止,蚯蚓上我堂。湿菌生枯篱,润气酿素裳。东池蛤蟆儿,无限相跳梁。野草侵花圃,忽与栏杆长……"《五月十三日大水》:"穷蛇上竹枝,聚蚓登阶陂。我家地势高,四顾如湖㳽。浮萍穿篱眼,断葑过屋头。官吏救市桥,停车当市楼……"正是该年宣州梅雨季节长,降雨多,甚至造成洪涝灾害,才给他留下深刻的印象,因而反复吟咏之,所谓"诗史",于此亦可见之。

广教寺·双塔

张婷

广教寺原坐落于敬亭山昭亭湖畔。那里曾是一片壮观的古建筑群，到民国年间，还可略见它恢宏的格局。后来历经战火劫难，寺院的殿宇楼台均已不存，佛器瑰宝尽皆毁散；千年遗址上，只比肩伫立着一对古塔。

唐大中二年（848），宣州僧人清越发动四方信徒布施，僧众广为募化，甚至远及安南诸地，才在敬亭山下创建了广教寺。又经历代营扩，终于成为一方丛林，高僧大德辈出。据清嘉庆《宁国府志》载：寺有僧舍近千间，还有千佛阁、慈氏宝阁、观音殿等辉煌建构，规制宏美。有诗为证："山前山后寺连珠，寺外青山列画图。"北宋初，太宗皇帝亲赐广教寺御书120卷，住持惟真建藏经阁收藏，诗人梅尧臣曾为这件盛事作记。梅尧臣与广教寺因此结下深厚之缘，为广教寺写了很多诗篇，如《与正仲屯田游广教寺》：

春滩尚可涉，不惜溅衣裾。
古寺入深树，野泉鸣暗渠。
酒杯参著具，山蕨间盘蔬。
落日还城郭，人方带月锄。

这首诗描写山林古寺风光，描绘山野质朴生活，表现恬淡闲适心情，可谓"清清楚楚、明明白白"。首联赴寺，次联寺景，三联会僧，末联归途；结构完整，井然有序，是那样地平淡而自然，语工意新，很能反映梅诗的根本特色。梅尧臣还作有五言长诗《与二弟过溪至广教兰若》《至广教因寻古石盎寺》等。

人说"爱屋及乌",但梅尧臣似乎更喜欢广教寺里的僧人。这些僧人除了精通佛法,还雅擅诗文,有的甚至会弹琴度曲,使梅诗更加广为传唱。梅尧臣与高僧们结成了诗友,他们山溪煮茶,野菜佐酒,酒酣赋诗,留下往来唱和之作不下数十首。他的《寄宣州可真上人》写道:"昭亭山色无纤尘,昭亭潭水见游鳞。长松碧绿入古寺,石上高僧度几春。"《若讷上人弹琴》:"莫作风入松,怀垄情未任。一闻流水曲,归思在溪阴。"如是等等。

而与梅尧臣交情最深的和尚,自是文鉴禅师无疑。《宛陵先生集》中,有关文鉴的诗有10多首。《奉和寄宣州广教文鉴师》:"秋池对门莲子枯,野壁剥月蜗涎涂。庭中两株石楠树,上有山鸟相呼。当时联巢接飞者,一落梁宋一海隅。扶桑日枝几千尺,光彩不独生阳乌。"《寄文鉴大士》:"读书夜寂冷无火,卷卷逐成摇膝吟。始忆高僧将偈去,安知古寺托云深。寒堂正睡远钟发,野鸟乱鸣残月沉。明日呼儿整篮筜,欲烦重过小溪阴。"还有《依韵和达观文鉴雨中见怀》等最有名的一首为《与诸弟及李少府访广教文鉴师》:

  山僧邀我辈,置酒比陶潜。
  紫蕨老堪食,青梅酸不嫌。
  野蜂时入座,岩鸟或窥檐。
  薄暮未能去,前溪月似镰。

梅尧臣依然是用白描的手法,写景如画,叙事如练,节奏舒缓,覃思精微,经过细密的琢磨,他用返璞归真的语言一气呵成——正是这样,梅尧臣开创了清新平淡之气,使得"风雅之气脉复续",在宋代诗歌史上有"导夫先路"之功绩。

然而广教寺建寺之初,并没有双塔;双塔建成后,广教寺的名字反倒渐渐地隐淡,民间径自取"双塔寺"而代之了。但从唐代到宋初的诸多文献里,都不见双塔的记载,连梅尧臣也没有提到过双塔。

双塔是一对姊妹塔,位于广教寺原址的通路口,东西对峙,相距百尺,东塔略大于西塔。塔各有7层,高20余米,砖木结构。塔砖大多雕刻着佛像,造型各异,墙面饰有宝相花,营造出庄严凝重的宗教氛围。经计算,建塔时所用的砖型有近百种。塔内小巧精致,中间是空的,塔层间设有木梯可供人攀登。塔顶已经毁坏,清末县志《敬亭山图》上所绘的双塔,与其形状相似。塔身外形平面呈四方形,似为唐代旧制;但其形制和细部手法均体现了北宋的建筑风格,应是建于宋代。1974年8月,国家文物局、"宣城县革委会"邀请同济大学著名古建筑专家陈从周、喻唯国教授勘察双塔,鉴定其建于宋哲宗绍圣十二年(1096)。这样的宋塔唐形,在全国也是仅见,是研究中国古代建筑文化的一个重要实物,被列入全国重点文物保护单位。

在双塔第二层的东西壁面上,分别砌有两块弥足珍贵的刻石,即苏轼手书的《观自在菩萨如意轮陀罗尼经》。石为横矩形,四缘镶有砖框;刀法传神,刻画出遒劲挺秀的"苏体"正楷。署款为"元丰四年二月二十七日责授黄州团练副使眉阳苏轼书以赠宣城广教院模上人",后跋为"绍圣三年元月旦日宛陵乾明寺愣严讲院童行徐怀义摹刊普劝众生同赠善果"。佛教中原有"陀罗尼可以安高幢上,或安高山,或安楼上乃至堵波(塔)中"的记载;如此陀罗尼既安至双塔,苏氏书法又藏之名山,而敬亭山更多了一处珍贵文物,正是相得益彰。

1000多年来,广教寺屡毁屡建,只有双塔存世,成为历史的见证。诗画名僧半山大师为此感叹道:此黄檗道场也,荼毗殆尽,双塔巍然。并作《双塔寺》一诗:"嵯峨双塔敬亭西,卓锡从来并虎溪。云护天花犹作雨,泉通地肺不闻鸡。回峰暮拥千莲出,荒殿晴含赤日低。莫向前朝灭几劫,居然灵异到今栖。"

诸葛笔誉满天下

李鑫

江南名城,上有天堂,下有苏杭。但在初唐时期,杭州还没有发展起来之前,因为富饶的矿藏、冶金业和天然的水运资源,在唐宋发展史中,宣州是独具特色的"江南名州"。古宣州经济繁荣、文化昌盛,被誉为"宣城自古诗人地",现今依然是"中国文房四宝之乡"。

所谓十里之家,不废诵读。宣州历史上文风极盛,对笔墨纸砚有很大的需求;恰因特殊的自然地理和人文条件,宣州一带出产的文房四宝,品质极佳,广受文人士子欢迎,因此被列为皇家贡品。

"文房四宝"之名,始于南北朝时期;在唐代,各地已分别将优产"四宝"纳贡;到了宋代,其"名牌产品"就基本固定下来了。梅尧臣说:"文房四宝出二郡,迩来赏爱君与予"(《再和潘歙州纸砚》),"二郡"就是宣、徽二州,宣笔、徽墨、宣纸、歙砚就是文房四宝的极品。

"文房四宝"当中,宣笔出道最早、名声最响,宣州制笔名家陈氏和诸葛氏共享盛誉。

东晋,陈氏之笔即深受王羲之等书家的推崇,王羲之曾亲笔书帖求陈氏笔。宋苏易简《文房四谱》记:"世传宣州陈氏,世能作笔,家传右军与其祖《求笔帖》,后子孙尤能作笔。"邵博《闻见后录》记:"宣城陈氏家传右军《求笔帖》,后世益以作笔名家。柳公权求笔,但遗以两支,曰:公权能书当继来索,不必却之。"可见陈氏家族制笔历晋、唐而不衰。

《旧唐书·地理志》载:天宝二载(748),唐玄宗登望春楼看新潭、南方数十郡特产,其中宣城郡船载特产就有纸、笔、黄连等。唐段公路《北户录》记:"宣城岁贡青毫六两,紫毫三两。"唐律宣笔纳贡仅此数两,足见其贵重。白居易《紫毫笔》诗云:"江南石上有老兔,吃竹饮泉生紫毫。宣州之人采为笔,千万毛中选一毫……起居郎,侍御史,尔知紫毫不易致,每年宣城进笔时,紫毫之价如金贵。"白居易本欲借夸赞紫毫的名贵精美,告诫手执紫毫笔的官员应忠于职守,但也使得宣笔更加出名。

唐代宣州又崛起一个制笔世家诸葛氏,至宋代达到极盛。宋叶梦得《石林避暑录话》说:"笔盖出于宣州,自唐唯诸葛一姓,世传其业。治平、嘉祐间,得诸葛笔者,率以为珍玩。熙宁后,世始用无心散卓笔,其风一变。"诸葛氏聚族为业,技艺精湛,著名的笔工有诸葛高、诸葛元、诸葛方、诸葛渐、诸葛丰等人,而推诸葛高为最。梅尧臣称:"笔工诸葛高,海内称第一。"诸葛氏制笔跨唐、宋两朝,制笔技艺世代相传,并对毛笔笔锋进行"革命性"改进,"诸葛笔"一时直达宫廷,民间重金难求。

诸葛笔到底有多贵？据说,南唐后主李煜的大周后专用诸葛笔,取名"点青螺",每支笔酬10金,而当时市面上普通的笔只卖3钱;如此推算,一支诸葛笔售价近10万元。况且笔尖金贵,损耗快,再好的保养使用寿命也不长,一般人实在用不起。梅尧臣曾赠送家乡的诸葛笔给挚友欧阳修,欧阳修非常高兴,写下《圣俞惠宣州笔戏书》作答:

圣俞宣城人,能使紫毫笔。
宣人诸葛高,世业守不失。
紧心缚长毫,三副颇精密。
硬软适人手,百管不差一。
京师诸笔工,牌榜自称述。
累累相国东,比若衣缝虱。
或柔多虚尖,或硬不可屈。
但能装管榻,有表曾无实。
价高仍费钱,用不过数日。
岂如宣城毫,耐久仍可乞。

欧阳修在诗中对诸葛笔有着极高的评价,当时夸耀诸葛笔的文人实在很多。苏轼赞诸葛无心散卓笔说:"惟诸葛高能之,他人学者皆得其形似而无其法,反不如常笔。"黄庭坚得友人赠诸葛笔,作《谢送宣城笔》诗酬答:"一束喜从公处得,千金求买市中无。"蔡襄《文房四说》说:"笔,诸葛高、许顿皆奇物……特佳耳。"林逋说:"顷得宛陵葛生笔,每用之如麾百胜之师,横行于纸墨间,所向无不如意……"诸葛氏不仅自身艺高名重,传人中也名家辈出,当时徽州地区的吕道人、吕大渊、汪伯立等都是师从诸葛氏而成为制笔高手。

故此,唐宋时期,以诸葛笔为代表的宣州笔声名显赫、独步海内,可以说是宣州文化的标志之一。

宋末元初,战乱频繁,百姓居无定所,宣笔销路大阻。入元后,统治者对汉人书画艺术不予倡导,汉人传统的书画艺术被俚曲小调所替代,宣笔制作失去根基,生产难以为继。宣笔技工只得四处逃难,或者改谋他业以求生存。在这样的历史背景下,以兔毫为主要原料的传统宣笔技艺与以山羊毫为主要原料的湖笔技艺有效融为一体,取长补短,相辅相成,推动了湖笔的迅速崛起。湖笔起于宣笔衰落之时,并得益于宣笔制作技艺是自古公认的事实,如清人江登云《素壶便录》所说:"江浙造笔,古推宣州。"元代宣笔虽已衰败,却还有一批制笔技工留在家乡,散落宣州溪口等山区和泾县、太平一带,坚持少量生产。明清时期,宣笔制作业逐渐得以复苏;宣笔中的精品,如明代"青花缠枝龙纹瓷管笔",清代"金花黑管笔""象牙管笔"等仍为世人所珍爱。

改革开放后,书画事业快速发展,传统宣笔生产重获新生。时至今日,"新"的宣笔仍然是笔中精品,并且品种已经扩大到200多种,在市场上也有相当的规模。如宣州溪口生产的宣笔,用料考究、做工精湛,深受各大书画名家的喜爱,远销日本、东南亚等国家和地区。

纵观历史,唐宋时期是中国文化史上的隆盛时代,灿烂辉煌、兼容并蓄,成就宣州笔的千年盛名。现代学者仍多以"宣笔甲天下""唐宋宣笔名满天下"等判语赞之。

宣木瓜：芬芳了宋诗

李居白

在历代文学作品中，木瓜出镜率最高的当数宋朝。

笔底香：文人雅士，争相题咏

> 打杀宣州花木瓜，爆出越州翁木大。
> 血滴滴风衮剑轮，黑漫漫弥天罪过。
> 咦，描邈者个贼头，
> 三千里外谁耐面热而汗迸流。
>
> ——释如净《无用顶相赞》

"天下宣城花木瓜"，古来一直就是人们对宣木瓜的爱称和美称，因其花果并秀，形、色、味俱佳而享盛名，宋时曾有"一果难求"之俏。

翻阅两宋时期的各种文献典籍，可以发现，关于木瓜的记载简直遍地都是，俯拾即得。而在梳理各种文献时又可发现，各地各类木瓜，入诗入文的又以宣木瓜为最。撇开药典、香经等工具书以及文赋等著作不作统计，仅仅在诗词一类作品中，直接提及"宣木瓜"的有数十首，而其他以海棠、铁脚梨、花木瓜等别名写入诗词的，加起来就更多了。

> 大实木瓜熟，压枝常畏风。
> 帖花先漏日，喷露渐成红。

青箬包山舍,驰心奉汉官。
谁将橐驼载,辛苦向骄戎。
————梅尧臣《宣州杂诗二十首(其十一)》

宣城景物今更妍,木瓜如瓠栗如拳。
敬亭山下蹑游屐,叠嶂楼中呼酒船。
————韩元吉《送许侍郎知宣州》

硕果园林密,春山雨露濡。
木瓜红镂体,银杏绿匀肤。
栗发风前鏬,柑垂霜后株。
蚁侵梨酿蜜,盘走芡圆珠。
————朱翌《宣城书怀》

真是诗海虽广、词山虽密,一路前行时,只要偶一驻足,便可睹得宣木瓜的芳容。由此可见,宣木瓜在宋朝是有多么受人待见。

眼里香:花开赏花,挂果赏果,色香齐案

在宋代,宣木瓜被文人墨客广为颂扬,一个主要的原因其实就在于它有极高的观赏价值。

春来花色艳丽可以欣赏,秋至果香清奇可供品尝。宣木瓜以其独特的颜值、脾性和魅力备受世人垂青,常常成为人们庭院栽培的首选。木瓜果更是常作供品和藏品被人珍惜,很多文人雅士常将其置于腰间随带,或陈列文房居室当作雅品,或摆放于案前观赏把玩。

早在宋朝之前,唐代诗人刘言史就曾作有《看山木瓜花二首》,其一写道:"裛露凝氛紫艳新,千般婉娜不胜春。年年此树花开日,出尽丹阳郭里人。"汉代丹阳郡治在宣州。刘言史笔下,春日木瓜花开,赏花者倾

城而出,"出尽"一词,尽绘了唐时人们观赏木瓜花的空前盛况。而至宋时,诗人王令更是对《木瓜花》的奇绝赞不绝口:

> 簇簇红葩间绿荄,阳和闲暇不须催。
> 天教尔艳呈奇绝,不与夭桃次第开。

除了花美,醉得一地春,宣木瓜更以其果形可爱、果色多彩、果香奇异而被人珍爱,备受宋人垂涎。

> 今代稽山贺季真,前身江左谢宣城。
> 向来诏策无双手,已逼云霄尺五程。
> 银杏木瓜分我否,鸳鸯野鸭莫渠惊。
> 玉皇香案方虚伫,看即徵黄侍紫清。
> ——杨万里《送詹进卿大监出宣城》

最"馋"莫过于杨万里,"哈喇子"流一地。送友人往宣州,心里惦念的不仅是友情,还有友人所往之地的木瓜:"兄弟,此去宣州,一定记得,木瓜分我,多多益善,最少一个,否则翻脸,哈哈。"杨万里的这首诗,按现在的意思来写,应该就是这样,此为笑谈。不管怎样,杨诗之中明显能感觉到,当时宣木瓜是多么出名,应该是"吃香"到宝贝至极、稀罕至极的份。

舌尖香:宋人座上客,礼遇若贵宾

除了具有赏玩价值,宣木瓜被宋人看重的另一个原因是它多样化的食用价值。

> 百果各甘酸,或由人所植。

木瓜闻卫诗,赠好非玉色。
　　　——梅尧臣《次韵和王尚书答赠宣城花木瓜十韵》

宋时非常流行食用木瓜,接待贵客木瓜果盘是标配,必不可少。

《武林旧事》记载:绍兴二十一年(1151)十月,宋高宗驾幸宠臣张俊的府邸,张俊为皇帝摆出"供进御筵",其中自然少不了纯为养眼的"饾饤"陈设,也就是点缀场面的果盘。第一道是:"绣花高饤一行八果垒:香圆、真柑、石榴、枨(橙)子、鹅梨、乳梨、榠楂、花木瓜。"

在这里,清清楚楚地写着,当年摆在高宗面前的、摆得高高的八盘水果里有一盘就是"花木瓜"。

除了作富贵人家的待客果品之外,宋时的木瓜还有一个更重要的角色:饮品。

其实饮食界认为,宋代是制作"冷饮"最有天赋的时代。古代冷饮业在宋代发展至巅峰,出现了冷饮"专卖店"。据说北宋都城东京的农历六月,街道旁的冷饮摊遍布,夜市更是要卖到三更,其中就有"生淹水木瓜"。《东京梦华录》记载,当时除了寻常饮品外,还有冰雪甘草汤、冰雪冷元子、生淹水木瓜等高档特色凉饮。又《事林广记》《武林旧事》等史料还记载,到南宋时,冷饮的品种更加丰富,市面上出售的有数十种:木瓜汁、木瓜渴水、荔枝膏水、苦水、白水、江茶水、杨梅渴水、香糖渴水、五味渴水、雪泡缩皮饮、杏酥饮、紫苏饮、香薷饮、梅花酒、皂儿水、沉瀣浆、漉梨浆、卤梅水、姜蜜水、绿豆水、椰子水、甘蔗汁、五苓大顺散、乳糖真雪、金橘团、甘豆汤……

从北宋的"生淹水木瓜"到南宋的"木瓜渴水""木瓜汁",可以想见,木瓜被宋朝诗人追捧自是必然了。

枕边香:伴得佳人春睡,熏得满帐美梦

宋时宣木瓜被诗人追捧,还有一个原因就是它的香料价值。这个应

该是宣木瓜自身的特性所致,不在药理范围之内。

新鲜的宣木瓜熟透了会有一股奇香,放在衣柜里能起到熏衣服的作用。古时没有今天这样的香水,人们便将宣木瓜晾晒风干后置放于衣柜,其味混入衣服鞋袜,穿时会散发出一种清香。或许这才是宣木瓜常被选为贡品入朝的真正原因。

而宋人又尤其时兴熏香,"四和香"(又有"富贵四和香"和"小四和香"之分,"小四和香"还被戏称"穷四和")是主要流行品色。宋代还是个大肆消费奢侈香料的时代,各种价格不菲的香料被用来制作熏香。

"发犹半黑脸常红,老健应无似放翁。烹野八珍邀父老,烧穷四和伴儿童"(陆游《闲中颇自适戏书示客》),陆游的自嘲,充分说明了当时的熏香风气之盛,以及熏香品味、等级观念之强。

对于穷秀才、寒苦读书人来说,这奢靡的熏香之风,只能令其望"香"兴叹。不过,读书人自有读书人的聪明才智,苏轼就曾自创"穷香方"——"苏内翰贫衙香"。宋代"衙香"多以名贵沉香为主香,"初换夹衣围翠被。蔷薇水润衙香腻"(毛滂《蝶恋花》);而东坡弃沉香改用檀香为主香,因此将此香命名为"贫衙香",追求的是"九衢尘里任逍遥"的境界。

无钱买好香,但又不能有失风雅,于是各显神通,读书人脑洞大开,方法多。

芙蓉红落秋风急,夜寒纸帐霜华湿。枕畔木瓜香,晓来清兴长。轻舟青箬笠,短棹溪光碧。去觅谢三郎,芦花何处藏。
——朱敦儒《菩萨蛮·芙蓉红落秋风急》

宣城绣瓜有奇香,偶得并蒂置枕傍。
六根互用亦何常?我以鼻嗅代舌尝。
——陆游《或遗木瓜有双实者香甚戏作》

买不起，自创自制，或许这也是当时的流行。即使穷也不能掉价，风雅时尚是读书人的脸面，或许正是如此，一种熏香的替代品——木瓜，才成了陆游和朱敦儒们的枕边香囊。而其中，宣木瓜又以其特殊的香味和药理，拔得头筹，常常成为文人雅士们的首选。

礼盒香：时尚而流行，宋人上佳伴手礼

"投我以木瓜，报之以琼琚。匪报也，永以为好也。"（《诗经·卫风·木瓜》）这是关于木瓜最早的诗歌，也说明了木瓜很早就被用作信物相互赠送。

礼尚往来、信物互赠，演化到最后，木瓜已是高规格的诚信表意，成为人情往来礼盒中非常贵重的一种。

> 宣城画虎遍天下，叶公好龙龙之假，百儒愿陶一真者。
> 红花木瓜银杏园，年年包贡入中原，何如兴贤起邱樊。
> 学徒尚有老梅否，诗声千古捋欧九，子其作人举荐口。
> ——方回《送郑君举宣城教谕》

除了作为贡品入朝之外，民间更是常将木瓜馈赠尊贵的客人，用来表示对彼此友情的看重和珍惜。

关于木瓜的投报之功用，宋诗中多有吟咏，宣木瓜也是屡屡出镜，梅尧臣、苏辙、杨万里等的诗作中也多有唱和。

> 南国青青果，涉冬知始摘。
> 虽咀涩难任，竟当甘莫敌。
> 来从万里外，或以苦口掷。
> 所投同木瓜，欲报无琼璧。
> ——梅尧臣《玉汝遗橄榄》

龙孙春吐一尺牙,紫锦包玉离泥沙。
金刀璀错截嫩节,铜驰不与大梁赊。
持寄韩郎绿蒲束,莫令卫女苦思家。
韩郎才调偏能赋,分饷唯思楚景差。
因之善谑诵淇澳,欲学报投无木瓜。
——梅尧臣《韩持国遗洛笋》

可怜衰病孰为媒,私喜邻邦得俊才。
玉案愧无酬锦绣,木瓜却用报琼瑰。
风流似欲传诸谢,格律犹应学老梅。
始信山川出才士,扁舟新自宛溪来。
——苏辙《次韵王荐推官见寄》

天下宣城花木瓜,日华露液绣成花。
何须猴子强呈界,自有琼琚先报衙。
——杨万里《野店多买花木瓜》

  李时珍曾说:"木瓜处处有之,而宣城者最佳。"这是突出宣木瓜的药用价值,可作为对上述宋诗的补遗。2010 年 12 月 15 日,农业部批准对"宣木瓜"实施国家农产品地理标志登记保护。以"宣"字冠名的木瓜,名扬海内外。

后　记

这是一片古老、丰腴、文明的土地。

经东汉、六朝的经营,地广人众、富庶繁荣的宣州,在唐、宋时代,理所当然地位列江南的大郡望州。

唐代前期江南的中心城市实际有3个,即越、润、宣三州。宣州作为江南"重镇",是因为地理、经济、政治、军事地位的重要。《全唐文》里有很多这方面的记载:"宣城奥区,国家巨屏";"东南国用所资,宣为其屏";"宣城重镇,陪京之南,制天险之津梁,据三楚之襟带,境环千里,邑聚万民,我朝以来,戎寄尤切";"劝农殖谷,百谷年丰,通商鬻货,万货云丛,阐道都会,敦儒泮宫"。《新唐书·地理志》又说,宣州人口在江东、西各州中为第一。"安史之乱"后,江南成为朝廷的经济命脉,韩愈曾说,"当今赋出于天下,江南居十九";元稹说,"宣城重地,较缗之数,岁不下百余万";《旧唐书·宪宗本纪》也说,宣歙地区是朝廷赋税的主要取给地。同时大批士大夫如过江之鲫投往江南,知识分子密度急剧增加,带动地域整体文化素质大幅提升,江南的文化地位也越发突出起来。《旧唐书》记:"两京蹂于胡骑,士君子多以家渡江东。"宪宗宰相权德舆说:"今江南多士所凑,埒于上国。"宣州吸引了大批士子及北方移民,和吴、越同是江南文风最兴盛的地区。孟郊称:"宣州多君子""宣城文雅地"。中唐后,苏、杭步入高速发展的轨道,形成苏、杭、越、润、宣5个江南中心区。

如果选用一个词来作为唐代文化的代表,那么这个词应该就是"诗歌"。如果选用一个词来作为唐代宣州文化的代表,那么这个词毫无疑问也是"诗歌"。的确,唐诗中有很多代表诗人及经典作品都与宣州有关,让后人能清晰把握唐代宣州的文化脉搏;甚至在今天,人们研究唐诗都不可能绕过宣州。宣州也是从唐朝开始出现有影响的本籍诗人,代表人物为刘长卿、刘太真等。刘长卿号称"五言长城",刘太真曾执掌礼部科考。而因任职、入幕、游历、寓居等来到宣州的诗人则数不胜数,几乎囊括了唐代大部分的著名诗人,真正是群星璀璨、辉映千古。其中诗人里的"顶级流量"李白、韩愈、白居易、杜牧等与宣州渊源极深,他们与本邑乡贤们共同推进宣州文化走向辉煌。自此,宣州便有了"自古诗人地"的美誉。

五代十国后,江南的中心逐渐转向南京、苏州、杭州,越、润、宣的地位有所下降。但两宋时期,宣州仍延续着唐代的繁荣,经济、社会、文化得到进一步发展,更重要的是它成功孕育了本地人文的代表,辐射面波及全国,影响后世。其标志性的人物就是"宋诗开山之祖"梅尧臣。南宋初宣州又走出一位诗词大家和学者周紫芝,其词作"自为一格",词评广被转引。宋末宣州还出了"父子三进士、兄弟二宰相",吴柔胜、吴渊、吴潜父子不仅政绩显著,文学成就也很高,吴渊、吴潜兄弟俱为宋末词坛翘楚。另外,晏殊、苏辙、张耒、范成大、杨万里、张孝祥、文天祥等一大批名家,都在宣州留下了深深的文化印迹。

唐、宋诗人们在宣州留下的诗词作品,不仅有很高的艺术价值,还记录了当时宣州的政治经济、社会文化、风土人情、生产生活等情况,描写了宣州的山水物产、名胜古迹等,所以也具有较高的史料价值。故此,政协宣城市宣州区委员会本着"存史资政"、主动作为的原则,决定在今年编撰一部关于宣州唐宋诗词的书,并计划明年继续编撰,形成一套《"江南名邑古宣州"文史丛书》,以进一步探索发现古宣州的历史面貌,挖掘研究古宣州深厚的文化内蕴,服务于新时代,积极为新宣州的经济、社会、文化等发展提供重要的助力。

政协将具体的编撰任务继续交给了我们,这是信任,是鞭策,也是期望。我们这几位同仁,大都为政协的文史工作服务了10多年,承担了历

后记

年各类书稿的编写任务,取得了一定的成果,获得了较好的社会认可。虽然是一个相对成熟的团队,但我们也不断面临一些新的领域、新的挑战,需要新鲜的血液,文史研究工作也需要薪火相传,因而在政协的支持下,我们努力推出新的参与者,让他们担负较多的写作事务,使他们尽快适应新形势的要求。

在接到新任务后,我们当即着手准备,反复商讨,形成了编撰方案上报。因唐宋时期在宣州的正史有传、典籍存文的人物约500多人,传世作品数千篇,限于篇幅,我们只能精选出其中的代表,以演绎成章。政协经过审核把关后,于2022年5月初正式同意了方案,"文史丛书"第一部《唐诗宋词里的宣州》编撰立即起动。政协高度重视丛书的编撰出版工作,专门成立了编委会,政协主席时国金领衔担任主任,副主席吴寒飞统筹抓落实,文史委主任汤文军牵头抓协调督促。时国金主席从以史为鉴、立足当下、面向未来的高度,提出了明确的指导意见。由于本书必须在年内出版,出版社要求8月底交稿;可谓时间紧、任务重。我们倒排时间表,细化分工,责任到人,全力推进,于7月初完成初稿,再经几度删改打磨,终于在规定的时间内完成了修订稿。因我们都是业余人员,必须要做好各自单位里的本职工作,还需要处理各人的繁杂事务,时间精力实在不够。但我们本着高度的责任心,利用一切可用的零碎时间,夜晚加班加点挑灯奋战;在写作中不断交流讨论,互相鼓劲,同心协力抢进度、保质量,才得以完成这项任务。应该说,我们没有辜负编委会的信任和重托,我们深感欣慰,为此付出的所有辛劳努力都是值得的。

在编撰过程中,政协给予了极大的关怀和帮助。时国金主席不时过问,吴寒飞副主席、汤文军主任以及专委会办公室张婷、马荣等领导全力营造良好的工作氛围,关注写作进度并提出建设性、可操作性的有价值意见,有效地保障和推进了工作的顺利开展。安徽文艺出版社的姚巍社长、张妍妍主任给予了有力的指导和帮助,使得本书可以及时出版。写作时我们也参考和穿插转引了一些文献和著述,利用了网络资源,使用了一些历史图片,书中未能一一注明出处,在此我们谨向所有为本书做出贡献的人士表示诚挚的谢意！限于时间和水平，书中难免有疏漏不足之处，敬请方家、读者不吝指正。

编 者

2022 年 8 月